마지막 황후

마지막 황후

2012년 6월 27일 초판 1쇄 인쇄
2012년 7월 4일 초판 1쇄 발행

글 박승현 / 표지 투리아트 / 기획 북스기획
펴낸이 이철규 / 펴낸곳 북스
편집 홍진희, 이은주 / 편집디자인 박근영 / 마케팅 이종한

편집부 02-336-7634 / 영업부 02-336-7613 / FAX 02-336-7614
전자우편 vooxs2004@naver.com
등록번호 제 313-2004-00245호 / 등록일자 2004년 10월 18일
주소 서울특별시 광진구 자양4동 52-197번지 2층
값 12,000원
ISBN 978-89-6519-032-5 03810

잘못된 서적은 구입하신 서점에서 교환하여 드립니다.
이 책은 저작권법에 의해 보호를 받는 저작물이므로 불법 복제와
스캔 등 무단 전재 및 유포·공유를 금합니다.

마지막 황후

글 박승현

프롤로그

"성옥염 환자! 환자 분, 정신이 드세요?"

귀를 따갑게 하는 날카로운 목소리에 옥염은 한사코 감기려고만 하는 눈을 억지로 떴다. 흐릿한 시야에 젊은 의사와 간호사의 걱정스런 얼굴이 보였다. 한동안 꿈과 현실을 넘나들던 옥염을 경계 밖으로 확 끌어낸 것은 만성심부전증으로 인한 숨가쁨이었다. 옥염이 고통스럽게 숨을 헐떡이며 가래 끓는 소리로 중얼거렸다.

"숨이…… 숨이 너무 막혀서……."

젊은 의사 양반이 다 알고 있다는 듯 고개를 끄덕였다.

"심장 기능을 돕는 약물을 투여했으니 조금만 참으세요, 할머니."

옥염이 가까스로 고개를 끄덕였다. 하지만 옥염은 이미 알고 있었다. 젊은 의사 양반이 어떤 약도 투여하지 않았다는 사실을. 세상에 늙음을 치료할 수 있는 약이 있다면 모를까, 죽음을 목전에 둔 이 노구를 치료할 약이란 존재하지 않는 것이다.

의사와 간호사가 병실을 나간 후, 옥염은 점점 가빠지는 숨을 몰아쉬며 창밖을 바라보았다. 바깥세상은 봄기운이 완연했다. 화창한 햇살 너머로 봄기운으로 더욱 새파래진 한강과 강변도로를 꼬리를 물고 달리는 수많은 차량들이 보였다.

'결국 나도 황후마마처럼 이맘때쯤 떠나게 되는군.'

1966년, 창덕궁昌德宮 낙선재樂善齋에서 윤황후께서 눈을 감으시던 날이 지금도 선연했다. 석복헌錫福軒 뒤뜰의 하얀 목련 잎이 눈처럼 날리던 봄날의 밤에 황후께서는 삼십 년 넘게 홀로 지켜오던 조선 왕조에 대한 모든 소명을 내려놓고 떠나시지 않았는가. 옥염은 생각시 시절 황후님을 처음 만나 평생을 한결같이 지켰다. 그리 서거하신 이후에도 황후님의 묘를 지키며 꼬박 삼년상三年喪을 치러냈다. 동생처럼 어여삐 여기고, 어버이처럼 돌봐 주시던 자애로움을 생각하면 삼 년은 오히려 짧았다. 이후, 출궁한 옥염은 무의탁 노인시설과 사찰 등에서 남은 생을 홀로 보냈다. 적당한 사람을 찾아 가정을 꾸리라는 주변의 권유도 있었지만 옥염은 그때마다 고개를 가로저었다. 그녀에겐 황후님과 함께 보낸 낙선재가 곧 집이요, 가정이었던 것이다.

'어찌 그리 꼿꼿하고 단정하셨는지…….'

다시 윤황후의 용안을 떠올린 옥염의 입가에 절로 미소가 그려졌다. 어떻게든 왕조를 말살시키려는 이승만과 대적할 때는 기세가 추상같으셨고, 옥염을 비롯한 아랫사람들을 마주할 때는 새끼에게 젖을 물린 어미처럼 푸근하셨다. 늘 주변을 정돈하고 스스로를 갈무리하시니, 아랫사람들이 절로 존경하는 마음을 품을 수밖에 없었다. 그런 마마 곁을 지키는 것이 옥염은 너무도 행복했다. 자신을 마마께서 가장 믿는 심복이자 친구라고 생각할 때마다 가슴이 터질 듯이 부풀어 오르곤 했다. 죽음은 조금도 두렵지 않았다. 저 세상으로 가서 황후님과 재회하는 것이야말로 그녀의 오랜 소망이었다. 그런데 이놈의 숨가쁨이 문제였다.

'마마……, 마마……, 저 옥염이옵니다. 어서 저를 좀 데려가 주옵소서. 마마의 곁으로 불러 주옵소서.'

가슴을 쓸어내리는 옥염의 눈에서 굵은 눈물방울이 흘렀다. 뿌예진 눈을 껌뻑이며 천천히 고개를 돌리던 옥염은 저도 모르게 숨을 혹 들이마시고 말았다. 어느새 침대 옆에 단정하게 쪽진머리를 하시고, 자주 저고리에 남색 치마를 입으신 황후께서 인자하게 웃으며 서 계시는 것이 아닌가.

'마마……, 와 주셨군요? 이 불쌍한 옥염이가 아파하는 것을 더는 두고 볼 수 없어 이렇게 직접 와 주셨군요. 지난 삼십 년을 하루같이 이 순간을 기다리고 있었나이다.'

침대 바로 옆에 놓인 제세동기에 삐이, 하는 소리와 함께 일직선의 그래프가 그려지고 있었다. 옥염의 얼굴이 잠시 환하게 밝아졌다. 스륵 눈을 감는 그녀의 얼굴은 편안해 보였다.

2001년 5월, 조선의 마지막 국모 윤황후를 끝까지 모셨던 상궁 성옥염이 영면永眠하는 순간이었다.

차례

프롤로그 …8

제1장 당돌한 소녀 …12

제2장 운명적인 만남 …19

제3장 입궁 …64

제4장 신년연회 …103

제5장 국모가 되다 …151

제6장 합병 …177

제7장 일본으로의 연행 …211

제8장 생사의 고비 …232

제9장 붕어崩御 …257

제10장 임이여, 새가 되어 가소서 …288

제11장 저 푸른 강물처럼 …314

제1장 당돌한 소녀

 늦더위가 유난했던 병오년丙午年은 겨울도 빨리 왔다. 십일월 초에 서설이 내렸다. 북서쪽에서 불어온 한풍이 운종로를 종종걸음 치는 행인들의 옷깃을 여미게 만들었다. 찬바람 때문이 아니더라도 대한제국大韓帝國에 발붙이고 사는 신민들의 마음에는 한기가 가득했다. 정확히 일년 전 체결된 을사늑약으로 인해 온 나라에 일본 군경이 득실거리면서 잠시도 편할 날이 없었다. 작년 이맘때의 소요를 사람들은 똑똑히 기억하고 있었다.
 처음 을사늑약의 부당함을 알린 것은 〈황성신문〉에 실린 장지연의 '시일야방성대곡' 이었다. 장문의 논설을 통해 장지연은 대한제국을 일본의 보호국으로 전락시킨 이토 히로부미伊藤博文를 침략의 원흉으로 지목하고, 이에 협력한 을사오적을 실명까지 거론하며 통렬히 비난했다. 결국 늑약 체결에 앞장선 이완용李完用의 집이 불타고, 전국에서 의병이 들불처럼 일어났다. 민종식, 최익현, 신돌석, 유인석 등 의병장들의 이름이 전설처럼 떠돌기도 했다. 하지만 근대화된 일본 군경의 대대적인 토벌 작전에 의병들마저 차례로 스러졌으니, 사람들의 마음에 한기가 도는 것도 당연했다.

찬바람이 떠도는 오후의 운종로를 증순이 잰걸음으로 걷고 있었다. 서두른 탓에 아직 솜털이 보송보송한 열세 살의 귀여운 얼굴이 땀범벅이 되었지만 결코 걸음을 늦추지 않았다.

"아버지를…… 이승을 하직하기 전에 네 아버지의 얼굴을 꼭 한 번만이라도……."

사경을 헤매며 아버지를 찾는 어머니의 가쁜 숨소리가 귓가에 울리는 듯했다.

증순의 아버지 택영은 해평海平 윤尹씨다. 칠 년 전 시강원侍講院 종관으로 관직에 올라 현재 법부협판의 고관이다. 아버지도 아버지이지만 증순의 큰아버지인 덕영은 나는 새도 떨어뜨린다는 궁내부 대신이었다. 대한제국의 관제는 일반 국정을 담당하는 의정부議政府와 왕실을 담당하는 궁내부宮內府로 나뉘는데, 아무래도 황제폐하를 측근에서 모시는 궁내부의 권세가 조금 더 대단했다. 백부는 또한 유명한 친일파였다. 갑오개혁이 있던 해에 과거에 급제해 경기도와 황해도 관찰사를 거쳐 철도원 부총재 등 요직을 섭렵하면서 줄곧 친일행각으로 일관했다. 사람들이 "해평 윤씨 문중에서 역적이 나왔다"라고 수군거릴 정도였다.

백부가 일제에 편승한 출세주의자였다면 아버지 택영은 대단한 난봉꾼이었다. 대부분의 관청이 몰려 있는 육조 거리에서 퇴청하자마자 운종로 옥인동에 위치한 자택으로 향하는 경우는 드물었다. 매일이다시피 청계천 유곽 거리로 마차를 몰았다.

대한제국의 수도 한성은 청계천을 중심으로 남촌과 북촌으로 갈리는데 북촌에는 주로 양반과 고관대작들이 살았고, 남촌에는 평민이나 재야 선비 및 상인들이 거주했다. 주요 고객인 고관대작들이 사는 북촌까지 진입할 수 없었던 유곽들이 그 경계인 청계천에 자리 잡은 것은 어쩌면 당연한 일이었다.

아버지의 행적을 떠올리자 증순은 절로 마음이 무거워졌다. 아버지가 어느 유곽에 열흘째 머물고 있다는 둥, 어느 기생을 첩실로 들였다는 둥 낯 뜨거운 풍문이 들려올 때마다 어머니는 작은 손으로 가슴을 꽉 움켜쥐곤 하셨다. 그 파리한 손이 바르르 떨리는 것을 보며 어린 증순도 '어머니의 가슴이 퍼렇게 멍들겠구나'라고 생각하곤 했다. 증순의 염려대로 어머니는 속병이 들어 증순이 여덟 살이 되던 해부터 자리보전을 시작했다.

'오늘은 안 돼요, 아버지! 오늘만은 꼭 집으로 오셔야 해요!'

일본풍의 키 낮은 목조건물들이 양옆으로 늘어선 청계천 유곽 거리로 들어서며 증순은 저도 모르게 어금니에 힘을 주었다.

어렵게 수소문해 찾아간 유곽은 아직 이른 시간이어서인지 한산했다. 좁은 복도 양옆으로 자리 잡은 객실 방문을 서너 차례 여닫은 후에야 증순은 아버지를 만날 수 있었다. 유난히 널찍한 객실 아랫목에 근사한 산수화 병풍을 배경으로 아버지는 느긋하게 앉아 있었다. 일본 인형처럼 얼굴을 하얗게 분칠한 기생이 곁에 앉아 시중을 들고 있었다. 하얀 얼굴

때문에 앵두처럼 붉은 입술이 유난히 도드라져 보이는 기생은 증순보다 불과 네댓 살 위로 보였다. 자신을 향해 배시시 웃는 기생의 얼굴을 멍하니 보는 증순을 향해 아버지 윤택영尹澤榮은 눈부터 치떴다.

"증순이 네가 예까지 어인 일인고?"

"예?"

"예까지 어인 일이냐고 물었다."

아버지의 짜증 섞인 음성에 정신이 번쩍 든 증순이 다급히 외쳤다.

"빨리 집으로 가셔요, 아버지! 어머니가 위독하세요!"

딸의 다급한 마음을 아는지 모르는지 아버지는 기생의 가녀린 허리를 끌어안으며 끌끌 혀부터 찼다.

"골골하더니만 결국 떠나려는 모양이군."

"……."

서운한 마음에 왈칵 눈물이 쏟아질 것 같았다. 어머니가 저리된 게 누구 탓이란 말인가. 새삼 아버지에 대한 원망이 사무쳤다.

"빨리 가셔야 해요. 어머니가 아버지를 애타게 찾고 계세요."

"미안하지만 지금은 갈 수가 없구나."

"왜요? 왜 못 가시는데요?"

"오늘 이곳에서 의정부의 고관들과 중요한 회합이 있다. 나라의 중대사를 논하는 자리이거늘, 사사로이 빠질 수는 없지 않느냐?"

증순도 유교를 숭상하는 반가의 여식이었다. 어찌 하늘 같은 아버지가 두렵지 않겠는가? 하지만 이번만은 도저히 참을 수가 없었다.

"기생들과 희희낙락하는 것이 나라의 중대사인가요? 그런 하찮은 일 때문에 지어미를 외면하시나요?"

날 선 목소리로 따지는 증순을 향해 아버지가 대번에 눈을 치켜떴다.

"네 말버릇이 참으로 불손하구나. 네 어미가 그리 가르치더냐?"

아버지의 삼엄한 추궁에 절로 모골이 송연해졌다. 하지만 차가운 방바닥에 홀로 누워 계실 어머니를 떠올리며 이대로 물러설 순 없다고 결심했다. 증순이 다짜고짜 무릎부터 꿇었다.

"어머니는 늘 아버님을 공경하라고 가르치셨어요. 제가 잘못했으니 오늘만은 집으로 가 주세요. 이렇게 애원해요, 아버지."

쨍강!

격노한 아버지가 던진 술잔이 증순 앞에서 깨어졌다. 가늘게 떨리는 손가락으로 증순을 겨누며 아버지가 이를 악물었다.

"내 응당 너를 엄히 훈육해야 할 것이나, 국가 중대사가 눈앞에 있어 참는다. 오늘의 오만불손함에 대해선 반드시 짚고 넘어갈 것인즉, 집으로 돌아가 자숙하고 있으라."

"……."

한동안 아버지의 얼굴을 망연히 보던 증순이 천천히 일어섰다. 아무리 애원해 봤자 아버지는 움직이지 않을 것이다. 자신이라도 서둘러 돌아가 어머니의 곁을 지켜야 했다. 어깨를 축 늘어뜨리고 힘없이 돌아서던 그녀의 등 뒤에서 그때까지 구경만 하고 있던 기생이 한마디를 툭 던졌다.

"나리도 참, 예까지 달려온 아이를 저리 보내는 법이 어디 있습니까? 장국밥이라도 한 그릇 먹여 보내시지요."

"저 아이는 씩씩해서 사나흘 굶겨도 끄떡없느니라."

"호호호! 나리도 차암……!"

옥이 굴러가는 듯 간드러지는 웃음소리를 듣는 순간 머릿속이 하얘질 정도로 화가 치밀었다. 아버지와 기생의 웃음소리를 뒤로하고 좁은 마당으로 내려서던 증순이 휘청했다. 분을 주체할 수 없어 현기증까지 났던 것이다. 마루 기둥을 잡고 어지러움이 가시길 기다리던 증순의 눈에 대문 옆 측간 바로 앞에 세워진 거름지게가 보였다. 지게 위에는 방금 퍼낸 듯 샛노란 똥물이 그득 담긴 거름통이 놓여 있었다. 한동안 뚫어져라 거름통을 보던 증순의 입가에 묘한 미소가 스쳤다.

"아잉, 나리! 대낮부터 왜 이러셔요?"

"남녀의 운우지정에 밤과 낮의 구분이 있다더냐?"

"잠시 후에 의정부의 대신들과 회합이 있으시다면서요?"

"어린 딸년을 쫓으려고 지어낸 말이다."

"호호호. 정말 어린애 같으시다니까!"

거름통을 들고 문가에 서서 망설이던 증순의 눈에서 불길이 화악 솟았다.

벌컥!

"천한 기생년아, 이거나 퍼먹어라!"

방문을 박차고 뛰어든 증순이 차마 아버지에게는 못하고 옆에서 알랑방귀를 뀌던 기생에게 똥물을 끼얹었다. 졸지에 똥물을 뒤집어쓴 기생의 입에서 돼지 멱따는 소리가 터져 나왔다.

"꺄아아악!"

똥물 세례를 받은 것은 기생뿐이 아니었다. 갑오개혁 이후 문관들의 예복이 된 양복과 그 위에 근사한 색코트sack coat까지 걸친 아버지 윤택영도 똥 범벅이 되었다. 아버지가 부들부들 떨리는 손가락으로 증순을 겨누며 천천히 일어섰다.

"증순이 너…… 너어……!"

증순은 뒤도 돌아보지 않고 냅다 도망쳤다.

유곽의 대문을 박차고 헐레벌떡 뛰어나오는 증순을 윤택영이 선불 맞은 멧돼지처럼 쫓았다. 하지만 오랜 세월의 향락에 빠져 있던 그가 다람쥐처럼 날랜 딸을 따라잡을 수는 없었다. 길 저편으로 멀어지는 딸의 뒷모습을 향해 윤택영이 고래고래 악을 썼다.

"증순이 너는 이제 내 자식이 아니다! 집으로 돌아가는 즉시 너를 내치고야 말 것이다!"

제2장 운명적인 만남

 그날 밤 옥인동 자택에서 증순은 어머니의 임종을 지키고 있었다. 한겨울 삭풍에 문풍지 덜컹거리는 소리가 유난히 스산했다. 마치 저승사자가 빨리 가자고 재촉하는 소리 같았다. 심장을 토할 듯, 가쁜 숨을 몰아쉬며 어머니는 정신줄을 놓쳤다가 붙잡기를 반복하고 있었다. 막 자정을 넘겼을까? 어머니가 눈을 크게 뜨고 증순을 보았다.
 "정신이 드세요, 어머니?"
 안타깝게 묻는 증순의 얼굴을 어머니가 가만히 보았다. 그제야 증순은 어머니가 자신을 보고 있지 않음을 깨달았다. 어머니는 아버지를 찾고 있었던 것이다. 서러운 마음을 누르며 어머니의 손을 잡았다.
 "아버지는 오늘 의정부에서 중요한 회합이 있으시대요. 용무가 끝나는 즉시 귀가할 테니, 저보고 어머니를 잘 돌봐드리라고 하셨어요."
 순간 투명한 막이 낀 듯, 혼탁한 어머니의 눈에서 맑은 눈물이 주르름 흘렀다. '아, 어머니는 내가 거짓말을 한다는 걸 아시는구나'라고 생각하자 설움에 목이 메었다. 눈물을 참으려고 그녀는 주문처럼 같은 말만 되풀이했다.

"정말이에요. 꼭 오신다고 하셨다니까요. 꼭이요."

순간 증순의 손을 맞잡은 어머니의 손아귀에 힘이 들어갔다. 어머니가 하얗게 타들어간 입술을 달싹였다.

"증, 증순아……?"

"예, 예……. 저 여기 있어요, 어머니. 무엇이든 말씀하세요."

어머니가 유언하려 한다는 사실을 직감한 증순이 귀를 바싹 들이댔다.

"너는…… 너만은 절대 엄마처럼 살지 말거라……. 절대로……!"

그 말을 끝으로 어머니의 손에서 마른 모래알갱이처럼 스르륵 힘이 빠져나가는 것을 증순은 똑똑히 느꼈다. 떨어지려는 어머니의 손을 와락 잡으며 소리쳤다.

"예! 예! 저는 어머니처럼은 살지는 않을래요. 저만 사모해 주는 남자를 만나 행복하게 살래요! 그러니 부디 편히 가세요! 어머니, 부디 편안히……."

그날 밤 외롭게 숨진 어머니 옆에서 밤을 하얗게 새우며 증순은 평생 흘릴 눈물을 모조리 쏟았다. 새벽이 뿌옇게 밝아올 무렵, 증순은 차갑게 식은 어머니의 온몸을 쓰다듬으며 어머니의 유언을 지키게 될 때까지 다시는 눈물 따윈 흘리지 않겠노라 맹세했다. 한 남자를 만나 평온한 가정을 꾸리라는 것이 어머니의 유언이었다. 그리고 그것은 어떤 상황에서도 포기할 수 없는 그녀의 평생 소망이 되었다.

장례는 조촐하게 치러졌다. 일가친척의 도움으로 상을 치르는 동안 아버지는 끝내 모습을 보이지 않았다. 아무것도 기대하지 않았던 증순은 원망마저 포기한 상태였다.

그렇게 사흘 동안 정신없이 상을 치르고 나흘째 되는 한낮에 그녀는 운종로로 나왔다. 상여가 빠져나간 무덤 같은 집 안에 홀로 남아 있고 싶지 않았기 때문이었다. 매운 겨울바람이 휘도는 거리를 흰색 저고리를 입은 여인들과 회색 코트를 걸친 신사들과 뒤섞여 무작정 걸었다.

"와아아!"

함성소리가 들려온 것은 보신각까지 걸어 내려왔을 때였다. 놀라서 돌아보니 널찍한 대로 한복판에 수십 명의 군중이 빙 둘러서서 왁자하게 웃고 있었다.

'곡마단이라도 온 걸까?'

궁금한 마음에 군중을 향해 걸음을 옮겼다. 사람들을 헤치고 앞으로 나와 보니, 웬 초로의 양반이 체격이 다부진 청년에게 희롱을 당하는 중이었다. 흰 두루마기를 단정하게 입은 양반은 용케도 단발령을 피해 높이 틀어 올린 상투머리 위에 대갓을 눌러썼다. 갓을 바르르 떨며 양반이 호통을 쳤다.

"아무리 반상의 법도가 무너졌다 한들, 어찌 너와 같은 상놈이 양반을 능멸하는고? 예전 같았으면 관아로 끌려가 곤장을 맞았을 것이다, 이놈!"

양반과는 대조적으로 껑충 자른 하이칼라 머리에 양복과 코트를 입어 서양 학당의 학생쯤으로 보이는 청년은 코웃음만 칠 뿐이었다.

"물론 옛날 같았으면 제 볼기짝에서 불이 났겠습죠. 하지만 지금은 그 옛날이 아닌 것을 어쩝니까? 앞집 갖바치도 양반입네 행세하고, 뒷집 개백정도 양반입네 거드름을 피우는 세상인데 누가 양반님을 대우하겠습니까, 예?"

"끄으으……!"

부모를 죽인 철천지원수라도 되는 듯 청년을 노려보던 양반이 다시 일갈했다.

"아무리 그래도 근본은 변하지 않는 법이다!"

"양반님은 무조건 존경받아야 한다?"

"물론이다."

일순 빙글빙글 웃던 청년의 얼굴에서 웃음기가 싹 가셨다. 청년이 손가락으로 양반의 얼굴을 겨누며 준엄히 추궁했다.

"이 나라의 양반님네들이 정말 존경받을 만한 짓거리를 해 왔다고 자부하시오?"

"사대부야말로 나라의 근간임을 부정하는 것이냐?"

"하지만 임금과 더불어 사직을 말아먹고, 강산을 왜놈들에게 팔아넘긴 것도 당신네 양반들 아니오?"

"네, 네 이놈 불충하게도 감히……!"

청년의 입에서 황제폐하까지 모욕하는 발언이 나오자 양반은 대경실색했다. 청년이 설익은 배추 잎처럼 파랗게 질린 양반을 버려두고, 구름처럼 몰려든 구경꾼들을 향해 돌아섰다.

"여러분은 어떻게들 생각하시오? 이 나라 폐하와 양반님들께서 백성들의 존경을 받을 만하다고 여기시오?"

청년의 선동에 사람들이 웅성대기 시작했다. 개중에는 존엄하신 폐하마저 매도하는 청년의 경솔함을 꾸짖는 목소리도 있었고, 간혹 삼천리강산을 왜놈들에게 속절없이 빼앗긴 위정자들을 질타하는 목소리도 들렸다. 그런 사람들 사이에 끼여서 증순은 전체적으로 삐딱한 느낌이지만 눈빛만은 개구쟁이처럼 맑은 청년을 유심히 살폈다. 청년이 주먹을 흔들며 다시 목청을 높이고 있었다.

"요즘 왜놈들을 몰아내고 독립을 이루자고 주장하는 사람들 대부분은 임금을 다시 세우자는 복벽파復辟派요! 이게 과연 옳은 주장일까요?"

"임금을 다시 세우는 것이 독립이지 그럼 무엇이 독립이란 말이냐?"

황당하다는 듯 소리치는 양반을 싹 무시하고 청년이 군중들을 향해 외쳤다.

"백성을 위해 아무것도 한 일이 없는 임금을 위해 왜 우리가 피 흘려 얻은 독립을 고스란히 바쳐야 한단 말이오? 나는 새로이 세운 나라는 공화국共和國이 돼야 한다고 생각하오! 그렇다면 공화국이란 대체 무엇이냐?"

청년이 눈을 치켜뜬 양반을 다시 가리켰다.

"공화국이란 나라의 주권이 이런 썩어빠진 양반과 임금에게 있지 아니하고, 우리 백성에게 있는 나라를 말함이오! 세계적인 추세 또한 공화정을 따르고 있소이다! 서양 각국이 공화정을 통해 강성대국이 되었소! 이제 우리도 왜놈들과 더불어 무능한 임금까지 몰아내고, 이 땅에 새로운 공화국을 세워야 할 것이외다!"

증순도 공화정이란 말을 들은 적이 있다. 근래 독립운동을 하는 사람들 중에는 왜놈들과 함께 폐하마저 몰아내고 백성이 주인되는 공화국을 수립하자는 이들이 늘어나고 있다고 한다. 이제 갓 열세 살로 정치가 무엇인지조차 모르는 증순이었지만 청년의 주장에 묘한 반감이 생겼다. 그것은 아마도 아버지와 관련이 있을 것이다. 아버지와 더불어 유곽에서 밤새 흥청망청 술을 퍼마시고, 기생들 엉덩짝이나 두드리는 관리들은 친일파일 것이 분명하다. 아버지에 대한 적개심이 친일파들에게 둘러싸여 겨울나무처럼 힘을 잃어가는 폐하에 대한 연민으로 이어진 것은 어쩌면 당연한 일이었다.

증순은 저도 모르게 오른팔을 번쩍 쳐들었다. 한창 핏대를 높이던 청년이 그런 증순과 눈이 딱 마주쳤다.

"거기 뭐냐?"

"묻고 싶은 게 있는데요."

"말해 봐라."

"나라를 왜놈들에게 빼앗긴 것이 꼭 황제폐하만의 잘못인가요?"

"……."

뜻하지 않은 질문에 청년은 당황하는 기색이 역력했다. 청년이 경계의 눈초리로 증순을 위아래로 훑었다. 열서너 살쯤 되었을까? 소녀는 야무진 얼굴을 하고 있었다. 촘촘히 바느질한 주름치마에 고급스런 분홍저고리를 걸치고 그 위에 솜을 두둑이 넣은 조끼를 껴입은 품이 영락없는 반가의 여식이었다. 자신의 신분을 지키고자 왕을 옹호하다니, 아무리 어려도 기를 꺾어놔야겠다는 생각이 들었다.

"임금의 잘못이 아니면 누구의 잘못이란 말이냐?"

신경질적으로 되묻는 청년을 향해 증순이 또렷하게 답했다.

"우리 모두의 잘못이지요."

"하아, 우리 모두의 잘못이라?"

청년이 기가 막힌 듯 실소를 흘렸다.

"우리 백성들이 조선조 오백 년 동안 정치를 해 왔단 말이냐? 아니면 왜놈들을 끌어들여 사직을 농단했단 말이냐? 정치를 잘못해서 나라를 가난하게 만든 것도 임금이요, 그로 인해 왜놈들을 불러들인 장본인도 임금 아니더냐?"

청년은 이쯤 되면 당돌한 계집아이가 입을 다물리라 생각했다. 그런데 아니었다. 감나무 가지 끝에 매달린 고드름처럼 눈을 반짝이며 아이는 맞받아쳤다.

"이 강산이 나라님만의 것인가요?"

"뭐, 뭣이라?"

"꼭 나라님만 나라를 지켜야 한다는 법이 있나요?"

"물론 그런 건 아니다만······."

더듬거리는 청년을 보며 증순이 확신에 차서 말했다.

"잘은 모르지만 왜놈들한테 가장 괴롭힘을 당하는 것도 나라님일 거예요. 그런 나라님을 구할 생각은 하지 않고 무조건 원망부터 하는 게 옳을까요? 제가 만약 사내라면 저자에서 나라님 흉을 보기보단 산으로 들어가 의병장이 되었을 거예요."

증순은 순진한 아이였다. 그래서 자신의 생각을 중언부언하지 않고 직설적으로 표현했다. 그녀의 이런 솔직함은 종종 주변 사람들의 오해를 샀다. 하지만 그녀의 정직한 사고는 때때로 어른들보다 더 정확하게 우리 주변에서 일어나는 현상들의 본질을 꿰뚫어보곤 했다. 지금의 증순이 그랬다. 청년은 도저히 그녀의 말을 반박할 수 없었다. 여기저기서 증순을 칭찬하는 소리가 들렸다.

"어린 아이가 똑똑하구먼."

"네 말이 옳다. 폐하를 욕하느니 산으로 들어가 의병장이 돼야지."

"정작 미운 건 왜놈들이지 폐하는 아니지 않는가."

증순의 뜻하지 않은 도움으로 원기를 회복한 양반님이 청년을 밀치고 앞으로 나섰다.

"우리 모두 황제폐하 만세를 외칩시다!"

결기가 오른 사람들이 즉각 화답했다.

"좋소!"

"당장 합시다!"

"양반님이 선창을 하시구려."

한동안 감개무량한 시선으로 사람들을 둘러보던 양반이 양팔을 번쩍 쳐들었다.

"황제폐하 만세!"

그를 좇아 수많은 사람들이 팔을 번쩍번쩍 들었다.

"황제폐하 만세!"

"대한제국 만만세!"

"와아아! 왜놈들은 물러가라!"

이렇게 해서 증순은 뜻하지 않게도 항일복벽운동의 한복판에 서게 되었다. 사람들은 점점 몰려들고, 만세 소리가 높아지는 가운데 증순과 청년은 당황스런 눈으로 서로를 보고 있었다. 두 사람 모두 일이 이렇게까지 커질 줄은 몰랐던 것이다.

삑! 삐익!

공기를 찢어발길 듯한 날카로운 호각 소리가 울린 것은 바로 그때였다. 놀라서 돌아보니 호각을 불며 부리나케 달려오는 한 무리의 일본 순사들이 보였다. 을사늑약 이후 민중의 저항이 만만치 않았으므로, 일본 경찰은 저자에서 사람 네댓만 모여도 눈을 번뜩였다. 그런데 운종로 한복판에서 "왜놈들 물러가라!" "황제폐하 만세!" 하고 외쳤으니 순사들이 사냥개처럼 몰려드는 것도 당연했다. 순사들이 들이닥치자 결기를 불태우던 사람들이 놀란 토끼 떼처럼 흩어졌다.

"어이쿠, 사람 살려!"

어찌할 바를 모르고 멍하니 서 있던 증순의 눈에 땅바닥에 쓰러져 순사들에게 짓밟히는 양반님의 모습이 들어왔다. 대갓은 부러지고, 흰색 두루마기는 핏물에 벌겋게 물들었다. 양반을 짓밟던 순사 중 하나가 증순을 향해 눈을 부라리며 다가왔다.

"네가 군중을 선동한 원흉이렷다?"

"나, 난 아니에요."

순사가 그 자리에 얼어붙은 증순을 향해 손을 뻗으려는 순간, 뒤쪽에서 누군가가 그녀를 화악 끌어당겼다.

"빨리 도망치지 않고 뭐하고 있어?"

증순의 손을 움켜잡고 달리는 사람은 방금 전의 청년이었다. 달리면서 설핏 본 청년의 턱 윤곽이 선명하다고 증순은 생각했다. 그 때문일까? 왠지 그가 믿음직스럽게 느껴졌다.

"서라! 당장 서지 못할까?"

순사들은 호각을 불며 쫓아오고 있었다. 숨이 턱에 찬 증순이 살기등등한 순사들을 힐끗 돌아보았다.

"꺄악!"

그 바람에 미처 땅 위로 불거진 돌부리를 발견하지 못한 그녀가 청년의 손을 놓치며 고꾸라졌다.

"아야야……!"

간신히 일어나 앉으며 양손으로 오른 다리를 안았다. 무릎이 깨져 피가 흘렀고, 발목도 시큰거렸다. 청년이 그녀를 억지로 일으켰다.

"서둘러! 잡히면 경을 친다!"

"아악!"

그러나 증순은 다시 주저앉았다. 오른 발목을 제대로 삔 것 같았다. 청년이 당혹스런 눈으로 코앞까지 닥쳐든 순사들을 보았다. 짧은 순간 청년의 눈가에 고민이 스쳤다. 마침내 증순을 구하는 것이 불가능하다고 판단한 청년이 몸을 돌려 도망치기 시작했다. 그의 잘못이 아님을 알면서도 증순은 멀어지는 청년의 뒷모습이 그렇게 서운할 수가 없었다.

젊은 순사가 마침내 증순의 멱살을 잡아 일으켜 세웠다.

"일어서라, 계집!"

"아악!"

오른 발목의 통증 때문에 증순은 다시 비명을 질렀다.

오후 늦게 증순은 남대문통 경찰서로 끌려갔다. 일본식의 이 층짜리 석조 건물 안으로 연행된 그녀는 좁고 어둑한 취조실에 감금되었다. 침침한 불빛 아래의 탁자에 홀로 앉아 있자니 절로 가슴이 두방망이질했다. 한동안 불안에 떨던 증순은 마음을 편히 하자며 스스로를 달랬다.

"후우우……."

그리곤 숨을 한 번 크게 들이마셨다가 볼을 잔뜩 부풀린 채 참을 수 있을 때까지 숨을 뱉지 않고 참았다. 어머니의 병이 깊어지면서 생긴 버릇이었는데, 이렇게 한동안 숨을 참고 있으면 머릿속이 하얘지며 모든 생각이 정지되는 것이다. 동시에 온갖 근심과 슬픔도 함께 사라졌다. 얼굴이 발갛게 달아오르며 숨이 목구멍까지 차올랐지만 마음은 반대로 차분히 가라앉았다.

증순이 참았던 숨을 막 뱉기 시작할 무렵, 방문이 열리며 가슴에 훈장을 주렁주렁 매단 중년의 경찰이 증순을 체포한 젊은 순사를 대동하고 들어왔다. 멍하니 올려다보는 증순을 향해 젊은 순사가 호통을 쳤다.

"서장님이시다! 당장 일어나서 인사를 올려라!"

서장이란 자가 오히려 손을 들어 만류했다.

"그만두게, 다무라 군. 아직 어린애 아닌가?"

"하잇, 죄송합니다!"

서장을 향해 목이 부러져라 고개를 숙이는 순사의 이름이 다무라임을 증순은 처음 알았다. 서장이 자리에 앉자 바로 옆에 선 다무라가 재빨리 장부와 펜을 내밀었다. 오른손으로 쥔 펜을 장부의 공란에 댄 채 서장이 증순을 향해 빙긋 웃었다.

"이름이 뭐라고 했지?"

"윤증순이라고 합니다."

증순이 최대한 공손히 답하자 서장이 펜을 놀려 장부에 알 수 없는 일본 글자를 적었다. 아마도 증순 자신의 이름일 것이다.

"올해 몇 살이지?"

"열셋인데요."

순간 서장이 놀랍다는 표정을 지었다.

"이런 어린애까지 이용하다니, 조선의 불온분자들은 악랄하기 그지없구나."

"그러게나 말입니다. 앞으로 어린애일지라도 가벼이 보아 넘겨선 안 될 것 같습니다."

"바로 그거다, 다무라 군. 우리는 조선 보호의 첨병으로서 불온분자들에 맞서 한시도 경계를 게을리해선 안 되는 것일세. 그것이 곧 천황 폐하의 신민으로서 신성한 의무임을 잊지 말도록."

"하잇!"

천황이 언급되자 다무라가 턱을 쳐들었다. 둘이 대체 무슨 말을 하는지 몰라 증순은 멀뚱히 쳐다볼 뿐이었다. 그런 증순 쪽으로 상반신을 기울이며 서장이 히쭉 웃었다.

"방금 들었다시피 증순 양은 아무런 잘못이 없어. 어린 증순 양을 꼬여 우매한 동족을 선동하라고 강요한 그들이 나쁜 놈들이지. 그놈들의 이름만 말해주면 증순 양을 순순히 풀어 주겠다는 뜻이야."

"……?"

여전히 멍한 표정을 짓는 증순에게 얼굴을 들이밀며 서장이 속삭였다.

"먼저 운종로에서 너를 데리고 도주했던 젊은 놈의 이름을 대는 게 좋겠지."

"아……!"

그제야 알아들은 증순이 낮은 신음을 흘렸다. 기대 가득한 서장을 향해 그녀가 약간 미안한 투로 고백했다.

"그 남자와는 그곳에서 처음 만났어요. 그리고 사람들을 선동한 게 아니라 우연히 그렇게 된 것뿐이에요."

"호오, 그래?"

"예!"

단호하게 고개를 끄덕이는 증순의 얼굴을 보는 서장의 얼굴에서 웃음기가 싹 가셨다. 자세를 바로하고 앉은 그가 뱀 같은 눈으로 증순을 째려보았다. 짙은 살기가 일렁이는 눈빛에 질린 증순이 절로 어깨를 움츠렸다.

서장이 착 가라앉은 목소리로 다무라를 불렀다.

"어이, 다무라."

"하잇!"

"이 계집이 이곳이 어떤 곳인지 아직 모르는 모양이다. 저녁 식사 후 다시 올 테니까 그때까지 확실히 알려 주도록."

"하잇!"

그 말을 끝으로 서장이 취조실을 빠져나갔다. 닫힌 방문을 향해 다무라는 한동안 고개를 숙이고 있었다. 한참만에야 고개를 쳐든 그가 증순을 향해 으르렁거렸다.

"여기 이 방에 들어왔다가 송장이 돼서 나간 조선인이 몇인 줄 알아? 우리는 어리다고 봐주지 않는다. 살이 찢기고 뼈가 갈라지는 고문을 당하기 전에 사주한 놈의 이름을 대라."

증순은 다무라를 화나게 할 생각도 없었고, 그저 빨리 경찰서에서 나가고 싶은 마음이 굴뚝같았다. 하지만 정말 아는 게 없었다.

"저는 아무것도 모른다는……."

철썩!

증순이 말을 맺기도 전에 다무라의 손바닥이 날아왔다. 어찌나 세게 뺨을 맞았는지 골이 띵해지며 절로 눈물이 맺혔다. 한편 억울하고, 한편 두려워진 증순이 다무라를 멍하니 보았다.

"빨리 이름을 대!"

"정말 몰라요. 믿어주세요."

철썩! 철썩!

다무라가 양손으로 증순의 뺨을 연달아 때렸다. 첫 번째보다 더한 고통이 밀려들며 귓가에서 우웅 하는 공명음이 울렸다. 코끝이 찡했지만 눈물만은 가까스로 참았다. 어머니가 떠났을 때도 참았던 눈물을 이런 곳에서 흘릴 수는 없었다. 그런 증순을 노려보며 다무라가 이를 갈아붙였다.

"어린 계집이 참으로 독하군. 오냐, 누가 이기나 한번 해보자."

한성 하늘이 서쪽부터 황적색으로 서서히 물들고 있었다. 청년은 해질 무렵의 이 시간을 좋아했다. 세상의 빛이 잦아들고, 낮과 밤의 경계가 모호해질 때면 더할 나위 없이 마음이 편해지는 것이다. 그것은 아마 그가 경계적 인간이기 때문인지 몰랐다. 돌이켜보면 어느 편에도 속하지 않은 채 들개처럼 살아온 인생이었다.

'스승을 만나지 못했다면 아직도 굶주린 개처럼 한성의 뒷골목을 헤매고 다녔으리라.'

남산 비탈의 노송에 등을 기대고 앉아 저 아래 경복궁景福宮을 중심으로 좌우편에 관청들이 늘어선 육조 거리를 내려다보며 청년은 스승을 떠올리고 있었다. 육조 거리 너머 일본풍 석조 건물들과 키 작은 목조 건물들이 뒤섞인 운종로를 바삐 오가는 마차들과 행인들이 노을빛을 받아 잘 익은 감귤 빛으로 어른거렸다.

"퉤엣, 빌어먹을!"

갑자기 울화가 치민 청년이 질겅이던 칡뿌리를 소리 나게 뱉었다. 청년의 이름은 나석중. 낮에 운종로에서 중순을 버려두고 혼자 도망친 바로 그 청년이었다. 석중의 나이 올해로 꼭 열여덟이었다. 어려서 조실부모하고 저자의 왈패들 사이에서 잔뼈가 굵은 몸이었다. 남보다 건장한 체격에 강단까지 남달라 점차 왈패들의 우두머리로 성장했다. 우연히 스승을 만나 가르침을 받지 않았다면 아마 유명한 불한당이 되었을 것이다.

그의 스승은 독립협회의 명망 높은 독립운동가였다. 당시 독립운동가들은 왜놈들을 몰아내자는 데는 뜻을 같이 했으나, 이후의 국가 운영에 대해선 두 개의 파로 갈렸다. 한쪽은 이李씨 왕조를 다시 반석에 올려놔야 한다는 복벽파였고, 다른 쪽은 왜놈들과 더불어 왕조도 타파하고 공화국을 건설해야 한다는 공화파였다. 스승은 독립협회 내에서도 급진 공화파 청년단체인 협성회를 이끌었다.

그런 스승이 두 해 전인 갑진년甲辰年, 외무대신 민영환閔泳煥 공公의 의뢰로 황제의 밀사가 되어 머나먼 미국으로 건너갔다. 미국 대통령을 만나 대한제국의 독립 보존을 위한 협조를 끌어낼 목적이었으나 뜻을 이루지 못하고, 그 와중에 지난 을사늑약 때 민영환 공마저 울분을 삭이지 못하고 자결해 버리자 만리타국에서 발이 묶이고 말았다.

자신과는 불과 열 살 정도 차이밖에 나지 않았지만 석중은 자신에게 세상을 사는 도리를 깨우쳐 준 스승을 부모처럼 공경했다. 그래서 스승과 틈틈이 소식을 주고받으며 이곳 한성에서 스승의 뜻을 잇는 독립운동을 전개하고 있었던 것이다. 스승을 떠올리자 석중의 속내는 더욱 복잡해졌다.

"내일 당장 죽을지언정 사나이가 기개를 잃어서는 안 된다!"

스승은 늘 이런 말로 망국의 시대를 사는 남아의 기백을 강조했다. 외세와 봉건 세력에게 굴종하느니, 칼을 물고 죽는 게 떳떳하다는 말이었다. 실제로 스승 자신도 지난 기해년己亥年에 광무황제의 폐위를 주장했다가 한성감옥에 투옥되어 오 년간이나 옥살이를 하지 않았던가. 이

와중에 절친한 최정식崔廷植 동지가 처형당하는 아픔을 겪기도 했다. 이후 스승은 외세와 이조 타파의 결의를 더욱 다졌다고 한다.

그런 자랑스러운 스승님의 제자로서 그는 오늘 참 부끄러운 짓을 했다. 순전히 자기 때문에 일본 경찰에 쫓기게 된 어린 소녀를 버려두고 홀로 빠져나온 것이다.

"스승님이 아셨다면 무어라 하실지……?"

스승이 눈앞에서 못난 자신을 꾸짖는 것만 같아 고개를 들 수가 없었다.

"제가 만약 남자라면 저자에서 나라님을 욕하기보다는 산으로 들어가 의병장이 되었을 거예요."

야무지게 말하던 소녀의 얼굴이 자꾸 어른거렸다. 노소老小를 가리지 않는 잔인한 일본 경찰에 끌려갔으니 어떤 고초를 당할지 눈을 감고도 알 수 있었다. 총명하게 반짝이던 소녀의 눈동자를 떠올린 석중이 결국 자리를 박차고 일어섰다.

"까짓것, 사나이가 한 번 죽지 두 번 죽냐?"

시간이 밤 아홉 시를 지나고 있었지만 증순은 아무것도 먹지 못했다. 양쪽 볼이 퉁퉁 붓고 입안이 헐어서 무얼 먹고 싶어도 먹을 수 없는 상태였다. 그녀는 여전히 취조실에 앉아 있었다. 맞은편에는 독이 바싹 오른 다무라가 있었다.

"내 인내심도 슬슬 한계에 다다르고 있어. 계속 고집을 부리겠다면 극단적인 방법을 쓸 수밖에 없다."

변명할 기운도 없는 증순은 아예 입을 다물었다. 눈알을 희번덕거리는 다무라의 태도로 보아 무슨 일인가 벌어질 것만 같았다. 짧은 순간, 아버지의 얼굴이 떠올랐다. 친일 관리인 아버지의 이름만 대도 즉시 석방될지도 모른다. 한동안 고민하던 그녀는 그러나 고개를 세차게 저었다.

'죽으면 죽었지 아버지의 힘을 빌릴 순 없어!'

그것은 어머니의 임종조차 거부한 아버지에 대한 최대한의 저항이었다. 어금니를 사려 물며 증순은 차라리 살이 터지고, 뼈가 갈라지는 고문을 받다가 죽자고 결심했다. 그런 그녀를 손가락으로 겨누며 다무라가 협박했다.

"마지막으로 묻겠다. 오늘 낮에 운종로에서 너와 함께 도망치던 놈은 어디에 사는 누구냐?"

"……."

"칙쇼!"

의자를 쓰러뜨리며 박차고 일어선 다무라가 허리에 차고 있던 일본도를 뽑았다.

"천한 조선년 하나 죽였다고 처벌받을 것 같나? 말하지 않으면 벨 것이다!"

예리한 칼날이 불빛을 받아 하얀 백광을 뿌렸다. 그 빛이 너무 눈부셔서 증순은 스르륵 눈을 감았다.

'기다리세요, 어머니. 저도 곧 어머니 곁으로 가게 될 것 같아요.'

석중은 증순이 구금된 경찰서 담벼락을 따라 바삐 걷고 있었다. 오른손에는 나무로 만든 직사각형 모양의 배달통이 들려 있었다. 이 배달통은 근처에 있는 일식집 '초우'의 것이었다.

증순이 남대문통 경찰서에 연행된 사실을 알아낸 그는 동지들을 총동원해 경찰서 안팎의 정보를 낱낱이 수집했다. 그중에는 경찰들이 인근의 일식집 초우에서 저녁밥과 야참을 배달시켜 먹곤 한다는 내용도 포함되어 있었다. 일단 경찰서 안으로 잠입하는 것이 급선무였던지라, 일식집에서 배달통을 들고 나오는 배달원을 쫓아가 으슥한 골목에서 뒷목을 때려 기절시켰다. 그리곤 곧장 배달통을 빼앗아 달려온 것이다.

애써 초조함을 감추며 걸어가는 그의 눈에 대검을 장착한 소총을 들고 경찰서 정문을 삼엄하게 지키는 두 순사의 모습이 들어왔다. 고개를 꾸벅 숙이며 정문을 통과하려던 석중을 오른편 순사가 불러 세웠다.

"어이, 너!"

석중이 비굴하게 웃으며 돌아섰다.

"헤헷! 부르셨습니까요, 나리?"

"넌 어디서 왔지?"

석중이 배달통을 들어 보였다.

"초우에서 왔는뎁쇼. 저희 집에서 매일 요리를 시켜 드시지 않습니까?"

"못 보던 얼굴인데?"

"어제 새로 왔습니다. 원래는 안동에서 살았는데, 그곳에선 목수로 일했습죠. 이래 봬도 솜씨가 좋아 일감이 끊이질 않았습니다. 하지만 사내라면 자고로 한성에 가야 대성할 수 있다는 생각에……."

횡설수설하려는 석중을 순사가 재빨리 막았다.
"아아, 됐으니까 빨리 갔다 오도록."
"감사합니다요, 나리!"
씩씩하게 소리치며 경찰서 안으로 달려가는 석중의 뒷모습을 보며 순사가 비웃듯 중얼거렸다.
"조선놈들은 뱰도 없는 모양이군."

"오늘 낮에 운종로에서 군중을 선동했다는 열세 살짜리 계집아이는 석방됐나?"
"아니, 일당의 이름을 불지 않아서 아직 지하 취조실에서 조사를 받는 모양이야."
증순을 찾아 경찰서 곳곳을 기웃거리던 석중이 나란히 복도를 걸어오는 두 형사의 대화를 엿들었다. 지하로 내려간 그는 어둑한 복도 끝에 위치한 취조실을 향해 소리 죽여 다가갔다. 문 앞에 이른 그가 배달통을 열고 그 안에 감춰뒀던 육혈포를 꺼냈다.
쾅앙!
방문을 걷어차고 뛰어든 그의 눈에 증순을 노리고 일본도를 쳐든 다무라 순사의 모습이 닥쳐들었다. 한동안 멍한 눈으로 석중을 보던 다무라가 이내 그를 노리고 칼을 내리치며 덤벼들었다.
"으하압!"
타앙!

동시에 석중의 육혈포가 불을 뿜었다. 총탄은 정확히 다무라의 목을 관통했다. 피를 뿌리며 자신의 발밑에 쓰러지는 다무라를 보며 증순은 비명을 질렀다.

"꺄아악!"

"조용히 하고 따라와!"

그런 증순의 손을 잡고 석중이 달리기 시작했다. 총소리에 놀란 일본 순사들과 형사들이 복도로 뛰어나왔지만 석중은 결코 멈추지 않았다. 천장을 향해 몇 방 쏘자 순사들과 형사들이 머리를 감싸고 넙죽 엎드렸다. 증순을 데리고 현관 밖으로 달려 나온 석중 앞에 마지막 관문이 기다리고 있었다. 경찰서 입구를 지키던 방금 전의 순사 둘이 앉아쏴 자세로 석중과 증순을 노리고 있었던 것이다.

타탕!

양측이 거의 동시에 총을 쏘았다. 하지만 협성회 비밀훈련장에서 권총 총신이 닳도록 사격 연습을 한 석중이 조금 더 정확했다. 총을 맞은 두 순사가 차례로 고꾸라졌다. 그 사이로 증순의 손을 잡은 석중이 바람처럼 달렸다. 경찰서 밖으로 나와 한참을 달리던 석중이 힐끗 뒤를 보았다. 일본 순사와 형사 대여섯이 총을 쏘며 쫓아오는 게 보였다. 그야말로 젖 먹던 힘을 다한 끝에 석중은 숭례문 근처에 마차를 세워 둔 동지를 만날 수 있었다. 바싹 따라붙은 일본 경찰들에 놀란 동지가 땀투성이가 된 석중과 증순을 향해 황급히 팔을 흔들었다.

"빨리 오시오, 나 동지! 빨리!"

두 사람이 마차에 오르자마자 동지가 말 등짝에 채찍질을 가했다. 일본 순사들이 권총을 발사했지만 마차를 세우지는 못했다.

좁은 마차 안에서 증순과 석중은 얼굴이 닿을 듯 앉아 더운 숨을 몰아쉬고 있었다. 상대방의 입김이 느껴질 정도의 거리였다. 호기심 가득한 눈으로 석중의 얼굴을 찬찬히 살피며 증순은 그가 제법 미남이라는 생각을 하고 있었다. 증순이 너무 빤히 쳐다보자 쑥스러워진 석중이 퉁명스럽게 쏘아붙였다.

"너는 고맙다는 말도 할 줄 모르냐?"

"예?"

눈을 동그랗게 뜨는 증순을 향해 그가 짐짓 성난 음성으로 말했다.

"생색내려는 건 아니지만 널 구하기 위해 목숨까지 걸었다. 고맙다는 말 한마디쯤 당연하지 않나?"

"고맙긴 뭐가 고맙다는 말이에요. 저는 그쪽 때문에 죄도 없이 끌려갔어요. 오히려 그쪽이 사과해야 하지 않나요?"

당차게 말하는 증순 앞에서 석중은 당황했다.

"농담이다, 농담. 그렇게 정색할 필요 없다."

"어머, 저도 농담이었는데."

"뭐야……?"

장난스럽게 웃는 증순의 얼굴을 석중이 황당한 듯 보았다. 서로의 얼굴을 빤히 쳐다보던 둘이 누가 먼저랄 것도 없이 웃음을 터뜨렸다.

"핫하하!"

"호호호!"

석중이 웃음을 그치고 불쑥 손을 내밀었다.

"나석중이라고 한다."

"윤증순이에요."

증순이 얼굴을 살짝 붉히며 석중의 손을 살며시 잡았다. 그렇게 손을 잡은 채 두 사람이 서로의 눈을 빤히 들여다보았다.

덜커덩!

이때 갑자기 마차가 급정거하는 바람에 두 사람은 이마를 부딪힐 뻔했다. 석중이 천으로 가려진 마부석을 향해 소리쳤다.

"여보게, 무슨 일인가?"

"……."

"무슨 일이냐니까?"

아무 대답도 들려오지 않았으므로 석중은 천을 걷고 밖을 내다보았다. 순간 그의 얼굴이 바위처럼 굳어졌다. 마차는 일본 경찰이 설치한 검문소 앞에 멈춰 있었다. 남대문통 경찰서에서 한성 곳곳에 설치된 검문소마다 전화를 돌려 증순과 석중이 타고 간 마차를 수배했던 것이다. 뒤이어 얼굴을 내민 증순도 마차를 빙 에워싼 채 총을 겨눈 일본 순사들을 보고 안색이 급변했다.

"이제 어쩌면 좋아요?"

"끄아악!"

늦은 새벽, 옆방에서 밤새도록 들려오던 석중의 비명소리가 다시 시작되자 증순이 양손으로 귀를 틀어막았다. 남대문통 경찰서에 다시 연행돼 오자마자 증순은 처음 갇혔던 이 방으로, 석중은 바로 옆방으로 끌려갔다. 그리고 죽은 순사 다무라의 복수라도 하듯, 일본 경찰들은 석중을 모질게 고문했다. 이대로 두면 아침이 밝기 전에 숨이 끊어질 것 같았다. 석중이 죽을지도 모른다는 생각이 든 순간 증순은 고개를 번쩍 쳐들었다.

"아버지에게 도움을 청해야겠어."

'나라꼴이 엉망진창이니 일개 경찰서장마저 대한제국의 고관을 동네 개 취급하는 게지.'

자신이 내민 명함을 건성으로 훑곤 툭 던져버리는 서장을 내려다보며 윤택영은 애꿎은 나라 탓을 했다. 사실 그는 참으로 심기가 불편했다. 식전부터 남대문통 경찰서에서 왔다는 순사가 딸이 붙잡혀 있으니 서까지 동행해 달라고 요구했던 것이다. 더구나 증순이 받고 있는 혐의가 반일 선동죄라니, 기가 찰 노릇이었다. 이게 다 죽은 어미가 잘못 훈육한 탓이라고 툴툴거리며 순사의 마차를 타고 경찰서까지 왔다. 그런데 일개 서장에게 무시까지 당했으니 유쾌할 리 없었다.

오만불손하던 서장의 태도는 윤택영의 형 윤덕영尹德榮이 명함을 내밀자 백팔십도로 바뀌었다. 찢어질 듯 눈을 부릅뜨고 형의 명함을 들여다보던 서장이 박차고 일어나 거수경례를 붙였다.

"하잇! 윤덕영 궁내부 대신각하!"

"으음."

가볍게 고개를 끄덕이는 것으로 답례한 덕영을 향해 서장이 부동자세를 풀지 않은 채 물었다.

"아침부터 저희 서엔 어인 행차십니까?"

"이곳에 내 질녀가 연행돼 있다고 들었소."

윤덕영이 동생 택영을 힐끗 보며 말을 이었다.

"하여 그 아이의 아비인 동생과 함께 사정을 알아보기 위해 왔소."

"질녀 분 존함이 어찌 되시는지요?"

같은 친일파라도 격이 다른 모양이라고 생각하며 윤택영이 퉁명스럽게 대답했다.

"윤증순이라고 하오."

"윤증순이라면……?"

서장의 표정이 대번에 굳어지는 것을 보며 윤택영이 불안한 듯 물었다.

"정녕 무슨 사고라도 터진 것이오?"

"그것이…… 따님과 함께 행동한 불온분자가 대일본제국의 순사를 살해했습니다."

"저런……!"

윤택영의 얼굴에서 핏기가 가셨다. 그는 형과 동행하길 정말 잘했다고 생각했다. 이른 아침 순사와 함께 대문을 나서던 그는 대한제국 황실의 상징인 오얏꽃 문양이 새겨진 궁내부 전용마차에서 내리는 형과 마주쳤다.

평소 동생을 은근히 깔보던 형이 무슨 바람이 불었는지 식전부터 자신을 만나러 오는 길이라고 했다. 윤택영이 증순이 때문에 경찰서에 불려 가는 길이라고 하자 웬일로 형은 동행을 자처했다. 서장으로부터 대강의 사정을 설명들은 윤덕영이 고개를 끄덕이며 말했다.

"어쨌든 질녀부터 만나 보고 싶구려."

"그러시겠습니까? 그럼 이쪽으로 오시죠."

서장의 정중한 안내를 받으며 택영과 덕영 형제가 어둑한 계단을 밟고 내려갔다.

아침 무렵, 증순은 아버지와 취조실에 마주 앉아 있었다. 뜻밖에도 아버지와 함께 나타난 백부 윤덕영이 사람을 위압하는 듯한 눈빛으로 한동안 자신을 지그시 본 후 나가버린 직후였다. 부녀 사이에는 한동안 침묵이 흘렀다. 하지만 그녀는 아버지가 무언으로 자신을 질책하고 있음을 느낄 수 있었다. 그것은 어떤 꾸지람보다 마음을 무겁게 만들었다.

"저어……"

침묵의 무게를 감당할 수 없어 무슨 말인가 하려는데, 아버지가 말꼬리를 낚아챘다.

"아비를 멸시하고 혼자 잘난 척하더니, 고작 이런 꼴을 보여주려던 게냐?"

아버지의 말이 비수가 되어 심장을 찔렀다. 절로 고개가 떨어뜨려졌다. 평생 아버지에게 머리 숙이는 일은 없을 것이라는 맹세가 덧없어지는 순간이었다.

그런 딸의 모습을 윤택영이 노기 띤 눈으로 보았다. 마음 같아서 뺨이라도 치고 싶었지만 방금 전 증순을 면회하고 나가며 자신을 따로 불러 당부하던 형 덕영의 목소리가 떠올라 가까스로 참았다.

"얼마 전 황태자비 민 씨가 서거한 사실을 알고 있을걸세. 나는 이번에는 우리 집안에서 미래의 국모감이 나와야 한다고 생각하네. 바로 내 질녀이자 자네의 여식인 증순이로 말일세."

윤택영으로선 뒤통수를 망치로 제대로 맞은 듯 충격적인 말이었다. 하루가 다르게 기울어가는 국운에 서른을 넘긴 황태자의 나이를 떠올린 그가 어찌 대답해야 좋을지 몰라 우물쭈물하자 형은 은근한 목소리로 설득했다.

"나라가 망하든 흥하든 태자는 등극할걸세. 그리고 일본인들은 이 왕조를 중심으로 조선을 경영하려 들겠지. 결국 친일을 해도 왕실을 장악한 세력이 가장 큰 과실을 따먹게 될 거란 뜻이야. 택영이 자네가 유흥비로 탕진한 빚이 이미 수십만 환이 넘는다지? 자네에게 그만한 빚을 변제할 능력이 있는가? 자네가 황제의 장인인 정일품 돈녕부영사가 되어 보게. 이 나라 국고에 쌓인 모든 재화가 자네의 수중에 떨어지지 않겠는가, 응?"

그 한마디로 택영은 딸의 나이가 불과 열셋이란 사실도, 격동기에 왕실에 잘못 들어가면 명성황후처럼 비참한 최후를 맞을지도 모른다는 염려도, 모두 깨끗이 지우기로 했다.

기가 죽어 있는 딸의 얼굴을 주시하던 윤택영이 남의 일인 양 무심히 말했다.

"내달 초 너는 황궁으로 들어가 태자비가 될 것이다. 그것이 죄를 씻을 유일한 방법임을 잊지 말거라."

"예에……?"

증순의 눈이 화등잔만 해졌다. 청천벽력도 이런 청천벽력이 있을 수 없었다. 한 달 후에 태자전하와 혼례를 올리라는 얘긴데, 자신은 이제 고작 열세 살이다. 더구나 어머니의 상을 치른 지 며칠 지나지도 않았다. 무엇보다 지아비가 될 남자는 직접 고르리라 결심하지 않았던가. 그것이 어머니의 유언을 지키는 첫 단추가 될 것이다. 증순은 완강히 고개를 저었다.

"싫습니다!"

"정녕 싫으냐?"

"죽어도 싫습니다!"

증순이 단호히 거절하자 아버지의 얼굴이 다시 일그러졌다.

"네가 아직 혼이 덜 났구나?"

"우워어어억!"

아버지가 비릿하게 웃으며 옆방과 면한 벽을 쳐다보는 순간 석중의 숨넘어갈 듯한 비명이 다시 들려왔다. 그것은 마치 도살장으로 끌려가는 소의 마지막 울부짖음처럼 증순의 가슴을 후벼 팠다. 그녀가 아버지를 향해 양손을 모아 쥐었다.

"제발 살려주세요! 이렇게 애원해요!"

"옆방에 있는 녀석을 살리고 싶으냐?"

"예, 꼭 살리고 싶습니다!"

"어째서?"

"그건……."

차마 말을 잇지 못하는 딸을 보며 윤택영은 자신의 판단이 정확했음을 깨달았다. 그는 증순이 독립운동과 관련 있다는 서장의 말을 곧이듣지 않았다. 규방에서만 자란 열세 살짜리 딸에겐 가당치도 않은 일이었다. 그는 딸의 황당한 돌출 행동을 조금 다른 각도에서 해석했다. 열셋이면 한창 콧구멍에 바람이 들어찰 나이였다. 윤택영은 딸이 웬 놈팡이에게 넘어가 무슨 짓을 하는 줄도 모른 채 연루됐다고 보았다. 그렇다면 옆방에서 고문당하는 저 괘씸한 불온분자의 목숨을 담보로 딸과 협상할 수도 있을 것이다. 새삼 스스로의 명석함에 자부심을 느끼며 윤택영이 은근히 제안했다.

"저놈을 구명해 주면 혼인을 할 테냐?"

"……."

한동안 멍하니 아버지의 얼굴을 보던 그녀가 완강히 도리질을 쳤다.

"그, 그건 싫습니다."

"그럼 오늘이 가기 전에 저놈은 송장이 되겠구나?"

아버지가 야비하게 웃었고, 옆방에선 다시 창자가 끊어지는 듯한 비명이 울렸다. 양손으로 귀를 틀어막았지만 석중의 비명은 어느새 손가락을 헤집고 들어와 고막을 때렸다. 와들와들 떨고 있는 증순을 향해 아버지 택영이 유혹하듯 속삭였다.

"다시 한 번 말하지만 놈을 살릴 방법은 네가 태자전하와 혼례를 올리는 것뿐이다."

증순이 어금니를 사려 물고 잔인하게 웃는 아버지의 얼굴을 쳐다보았다. 반드시 좋은 남자를 만나 행복하게 살겠노라는 어머니와의 마지막 약속마저 깨뜨리려는 아버지가 미웠다. 그렇다고 자신 때문에 사지로 끌려온 석중을 모른 척할 수도 없었다. 막다른 길에 몰렸음을 깨달은 증순이 입술을 파르르 떨며 속삭였다.

"혼, 혼례만 올리면 정말 풀어 주실 거죠?"

"물론이다."

"알았어요. 하겠어요."

그렇게 말하며 고개를 숙이는 증순의 눈에는 눈물이 그득했다. 피가 나오도록 입술을 깨물며 그녀는 한사코 솟구치는 눈물을 찍어 눌렀다. 행복해질 때까지는 결코 울지 않겠다는 약속마저 깰 수는 없었다. 딸의 기분을 아는지 모르는지 아버지가 그녀의 어깨를 두드리며 웃었다.

"잘 생각했다, 잘 생각했어! 우리 집에서 국모감이 나오다니, 가문의 광영이 아니냐?"

"……."

증순은 아무 말도 하지 않았다. 다만, 환하게 웃는 석중의 얼굴을 떠올리며 그런 좋은 남자를 덧없이 죽게 할 수는 없다고 생각했다.

"해평 윤씨 댁 여식이 새 태자비가 된다며?"

"그렇다더군. 헌데 신부의 나이가 고작 열셋이라지?"

"일본 앞잡이인 백부 윤덕영이 농간을 부린 게지."

"어찌 백부뿐이겠는가? 주색잡기에 빠져 빛이 수십만 환이 넘는 아비 택영이 딸을 팔아넘긴 것일세."

 해도 저물지 않았는데 주막 안은 뜨끈한 장국밥에 막걸리를 부어 마시는 손님들로 왁자했다. 손님들의 화제는 단연 황태자의 혼인 문제였다. 주막의 구석자리에 홀로 앉아 석중은 화난 사람처럼 거푸 술잔만 기울였다. 그는 사람들이 떠벌리는 새 태자비가 증순임을 알고 있었다. 왜놈 순사를 죽였으니 교수형을 당하거나 운이 좋아도 평생 감방에서 썩을 줄 알았는데 갑자기 풀려났다. 석방의 이유를 몰라 궁금해 하던 그는 열흘 만에 이부자리를 털고 일어나 외출하자마자 일본 경찰이 자비를 베푼 이유를 알게 되었다. 증순이 자신을 위해 희생한 것이리라.

 "눈빛이 참 맑은 아이였는데……."

 새삼 천진한 증순의 얼굴을 떠올린 석중은 가슴 한편이 시렸다. 순사 놈들에게 매질을 당했을 때보다 더 큰 아픔이 느껴졌다. 그 아이를 구해내려다가 오히려 수렁에 빠뜨린 꼴이 되고 말았다. 모진 고문이 끝나고 취조실 의자에 피투성이가 되어 늘어져 있는 그의 앞에 한눈에도 의정부의 고관처럼 보이는 양복 신사가 나타났다. 그는 자신을 증순의 아비이자 법부협판인 윤택영이라고 소개했다. 경멸 가득한 눈으로 석중을 보며 그가 차갑게 말했다.

 "너는 곧 석방이 될 것이다. 너를 석방시키는 것은 일본 경찰도 아니고, 나도 아니고, 우리 조정은 더더욱 아니다. 감히 대일본국의 순사를 살해한 네놈이 무사히 빠져나가게 되는 것은 순전히 내 딸 증순이 덕분이다. 그러니 차후로는 딸 앞에 모습을 드러내지 마라. 혹여 곧 존귀한 신분이 될 딸아이를 다시 현혹한다면 반드시 붙잡아 목을 매달고야 말

것이다."

　지독한 고문의 후유증으로 뼈마디가 쑤시고 정신이 아득해졌던 때라 당시에는 무슨 말인지 알아듣지 못했다. 하지만 이제와 생각해 보니 무슨 뜻인지 똑똑히 알 것 같았다. 증순이 덕분에 목숨을 건졌으니 고마운 줄 알고 다시는 나타나지 말라는 협박이었던 것이다.

　"빌어먹을!"

　울화가 치밀어 주전자째 탁주를 들이키려던 석중이 술이 떨어졌음을 깨닫고 버럭 고함을 질렀다.

　"주모, 여기 술 떨어졌어!"

　"에구머니나!"

　술상을 들고 마당을 종종걸음 치던 주모가 놀라 발을 헛디디는 바람에 찬과 술이 허공으로 튀었다. 아무리 마셔도 취하지 않을 것 같은 저녁이었다.

　컹컹컹!

　달빛조차 추위에 질려 얼굴을 가린 밤에 수상한 인기척에 깨어난 개들이 사납게 짖었다. 그때마다 옥인동 대갓집의 높은 담벼락 밑에 쪼그린 석중의 가슴도 쿵쾅거렸다. 담벼락의 높이는 대략 일 장丈 정도. 평소라면 두어 번 땅을 구른 다음 단숨에 넘을 수도 있었겠으나, 아직 고문의 후유증이 남은지라 불가능했다. 그래서 큼직한 바위를 끙끙대며 끌어다가 그것을 밟고 담 위로 기어올랐다.

쿠웅!

담벼락 안쪽으로 세게 떨어진 석중은 고통스런 신음을 삼켰다. 재빨리 정신을 수습하고 긴장 어린 눈으로 널찍한 마당 안쪽에 차례로 자리 잡은 세 개의 건물들을 살폈다. 첫 번째 건물은 하인들이 기거하는 행랑채였다. 두 번째 건물은 손님들을 모시는 사랑채 같았고, 세 번째 건물은 주인과 가족이 묵는 안채로 보였다.

"끄으응……."

무릎을 간신히 세운 석중이 허리를 낮게 숙이고 안채를 향해 날래게 움직였다. 집 안의 구조상 저 안채를 지나야 그가 찾는 건물이 보일 것이다. 소리 죽여 안채를 지난 그의 눈에 마침내 별당이 보였다. 주로 혼인 전의 여식들이 묵는 별당에서 불빛이 희미하게 새나왔다. 천천히 별당 섬돌 위로 올라선 석중이 나직이 증순의 이름을 불렀다.

"증순…… 증순…… 윤증순……."

하지만 수상한 소리에 놀란 개들만 사방에서 컹컹 짖을 뿐이었다. 조급해진 석중은 이판사판이란 식으로 버럭 소리쳤다.

"윤증순, 당장 나와!"

"야심한 시각에 누구세요?"

그제야 미닫이가 스르륵 열리며 증순이 모습을 드러냈다.

"아……!"

한동안 눈을 크게 뜨고 석중의 얼굴을 살피던 증순이 비로소 알아보고 신음을 흘렸다. 그녀가 구르듯 섬돌 아래로 내려섰다.

"여, 여긴 왜 왔어요?"

"너야말로 이러고 있으면 어쩌느냐?"

"무슨 말씀이세요?"

"너, 이달 열하루 날 황태자와 혼인하기로 돼 있다며?"

"예에……."

증순이 체념하듯 고개를 떨어뜨렸다. 그런 증순이 안타까워 석중의 목소리가 가늘게 떨렸다.

"네가 나 때문에 혼인하는 걸 안다. 그러니 어서 도망치자. 내가 어떻게든 네가 있을 만한 곳을 찾아 줄 테니, 일단은 한성을 빠져나가야……."

"전 괜찮아요."

"뭐?"

증순이 아무렇지도 않은 듯이 웃으며 말했다.

"태자비가 되면 언젠가는 황후가 된다는 뜻이잖아요. 그럼 이 나라의 국모가 된다는 것인데, 이보다 광영스런 일이 또 있겠어요?"

"……."

눈을 치뜨고 증순의 얼굴을 들여다보던 석중이 꾸짖었다.

"전대 황후께서 어찌 되셨는지 모르고 철없는 소리를 하느냐?"

일순 증순의 안색이 창백해졌다. 석중이 여유를 주지 않고 몰아붙였다.

"오늘 망할지 내일 망할지 모를 이 나라에 국왕이 어디 있으며, 국모가 어디 있단 말이냐? 나라가 망하는 순간 황제나 황후 모두 왜놈들의 포로가 되어 죽지도 살지도 못하는 신세로 전락할 것이다. 이는 오히려 저자의 백성들보다 비루한 처지인데, 너는 어쩌자고 어린 나이에 그런 아비규환 속으로 스스로 들어가겠다는 것이냐?"

극렬 공화파로서 일본에 무기력하게 무릎 꿇은 황실에 극도의 불신을 품고 있던 석중의 평가는 냉정할 수밖에 없었다. 증순도 석중의 말이 크게 틀리지 않는다고 생각했다. 만약 세간의 염려대로 나라가 곧 망한다면 창창한 증순의 앞날에는 영영 흩어지지 않을 먹구름이 드리울 것이다.

"마음을 정했다면 어서 가자."

아무 대답도 못하는 증순의 손목을 석중이 움켜잡았다. 그녀가 석중의 손에 이끌려 막 돌아서려는데, 아버지의 성난 고함이 들렸다.

"네 이놈, 다시 한 번 우리 아이를 꼬드기면 온전치 못하리라 경고했을 텐데?"

"아…… 아버지……!"

질린 얼굴로 돌아서는 증순 앞에 횃불을 대낮처럼 밝혀 든 건장한 하인 열을 거느린 아버지 택영이 노기 충전한 얼굴로 버티고 서 있는 게 보였다. 하인들의 손에는 굵직한 몽둥이가 들려 있었다. 아버지는 물론 하인들의 눈가에 일렁이는 벌건 살기를 목격한 증순이 다급히 변명했다.

"그런 게 아니에요, 아버지! 이 사람은 단지 제가 걱정되어서……."

윤택영이 턱 밑 수염을 바르르 떨며 증순의 말을 잘랐다.

"닥쳐라! 황실과 혼약한 몸으로 어찌 외간 남자를 끌어들인단 말이냐? 경찰서에서 이미 너희 둘이 예사롭지 않은 사이임을 눈치챘지만 이렇게 막 나갈 줄은 몰랐구나."

"아버지, 지금 무슨 말씀을 하시는 거예요?"

억울한 표정을 짓는 증순을 석중이 팔을 뻗어 막았다. 그리고 범상치 않은 기세를 풍기며 한 걸음 나섰다. 그리고 한동안 윤택영을 지그시 노려보던 석중이 진중하게 입을 열었다.

"왜놈들에게 무슨 말을 들었는지는 모르지만 따님과 저는 아무 사이도 아닙니다. 고작 열세 살인 아이를 탐낼 만큼 파렴치하지도 않고, 더구나 독립운동에 이용하기 위해 꼬드기는 짓은 더더욱 성정에 맞질 않습니다. 싸울 때 싸우더라도 이 말만은 믿어 주시오."

석중의 태도가 워낙 당당한지라 윤택영은 잠시 멍해졌다. 하지만 다시 분노가 치미는 데는 그리 오랜 시간이 걸리지 않았다.

"저놈을 꿇려라! 당장!"

추상같은 명령을 받은 하인들이 일제히 몽둥이를 휘두르며 달려 나갔다.

"도망쳐요! 이번에 잡히면 진짜 죽어요!"

증순이 절박하게 외쳤지만 석중은 꿈쩍도 하지 않고 자신을 향해 달려오는 하인들을 똑바로 쳐다보았다. 싸움이라면 이골이 났다. 양손에 쌀 한 가마니씩을 들어 올릴 수 있는 괴력에 날래기는 표범 같았다. 주먹은 꼭 쇳덩이 같아서 한 대만 맞아도 코뼈가 주저앉기 십상이었다.

얼굴에 곰보 자국이 얽힌 하인이 석중의 얼굴을 노리고 몽둥이를 휘둘렀다. 눈을 치뜨고 지켜보던 석중이 재빨리 고개를 숙였다. 몽둥이가 머리카락을 스치고 지나가는 게 느껴졌다. 순간 석중은 곰보의 텅 빈 얼굴을 노리고 주먹을 질렀다.

"크악!"

곰보가 코피를 한 말이나 쏟으며 모로 쓰러졌다. 그런 곰보를 타넘은 하인 둘이 몽둥이를 쳐들고 달려들었다. 석중의 발이 땅을 차고 가볍게 튀어 올랐다. 몽둥이 두 개가 속절없이 발밑을 갈랐다. 허공을 밟듯이 두어 걸음 힘차게 내딛은 석중이 오른발과 왼발을 거푸 질렀다. 발길질에 코가 깨진 하인 둘이 비명을 지르며 넘어갔다. 기세가 오른 석중이 하인 대여섯을 눈 깜짝할 새에 때려 눕혔다.

"굉장하구나!"

풀을 베듯 장정들을 쓰러뜨리는 석중을 보며 윤택영은 감탄했다. 여자와 술을 좋아하는 사람들 대부분이 그렇듯 그도 나름 호방한 사내였다. 젊은 시절에는 준마를 타고 산기슭을 달리며 호연지기를 키웠고, 언젠가 요령성遼寧省으로 건너가 군마軍馬를 모아 비적단을 꾸리겠노라 공언한 적도 있었다. 그런 그의 눈에 날래고 용맹한 석중이 대단해 보이는 것은 당연했다.

'아깝구나, 정말 아깝다!'

석중 같은 장정을 자신의 수하로 두면 얼마나 든든할까, 생각하며 윤택영은 다시 한 번 입맛을 다셨다.

"비키지 않으면 다친다!"

마지막 남은 하인 둘이 몽둥이를 움켜쥔 팔을 벌벌 떨며 석중에게 속절없이 밀렸다. 하인들이 자신 쪽으로 뒷걸음질을 치자, 그제야 정신이 번쩍 든 윤택영이 고함쳤다.

"이놈들, 밥값도 못 하느냐!"

주인의 호통에 놀란 두 하인이 이판사판이란 식으로 석중에게 덤벼들었다. 눈을 감은 채 몽둥이를 휘두르던 하인들이 이내 벌러덩 넘어갔다.

하인들을 죄 쓰러뜨린 석중이 겁에 질린 윤택영을 뚫어져라 쳐다보며 으르렁거렸다.

"왜놈들의 주구 노릇은 때려치우시오. 그러지 않으면 민족의 이름으로 처단받을 날이 올 것이오."

"헉헉……!"

무어라 대거리도 못 하고 가쁜 숨만 몰아쉬는 윤택영을 뒤로하고 석중은 다시 증순의 손을 잡고 돌아섰다. 이번만은 증순도 순순히 따라나섰다. 증순의 귀에 아버지 택영의 성난 고함이 다시 들려온 것은 바로 그때였다.

"너희는 아무 데도 가지 못한다!"

놀라 돌아서는 두 사람의 눈에 윤택영의 양옆으로 소총을 겨누고 있는 일본 순사 십여 명이 보였다. 윤택영이 비웃음을 흘리며 말했다.

"혹시나 해서 경찰서에 지원을 요청했는데 이제야 도착해 주었구나."

증순이 절망적인 눈으로 석중을 보았다.

"……"

어금니를 깨문 채 석중은 말이 없었다. 그런 석중을 향해 아버지 택영이 여유 있게 웃었다.

"자네, 나와 잠시 얘기를 나눌 수 있겠는가?"

고풍스런 가구들로 채워진 널찍한 안방에 찻상을 놓고 마주 앉은 윤택영과 석중은 한동안 말이 없었다. 따뜻한 찻물을 홀짝이며 윤택영이 석중의 선 굵은 얼굴을 찬찬히 살폈다.
 '보면 볼수록 탐나는 녀석이야. 저런 친구가 곁에 있어 준다면 얼마나 든든할꼬.'
 찻잔을 슬며시 내려놓으며 그는 빠르게 머리를 굴려 석중을 수하로 거둘 방법을 모색했다.
 "아……!"
 한동안 고민하던 윤택영의 눈이 반짝했다. 묘책이 떠오른 것이다. 위험을 무릅쓰고 딸을 빼내러 온 것으로 보아 저 나석중이란 녀석은 증순을 연모하는 게 분명했다. 그렇다면 궁으로 들어가는 증순을 볼모로 녀석을 잡아둘 수도 있지 않을까. 물론 둘이 불장난이라도 벌인다면 큰일이지만 벽에도 눈과 귀가 달린 궁에서 그런 기회는 아예 찾아오지 않을 것이다.
 "흠흠……. 이 길로 다시 경찰서에 연행되면 자넨 극형을 면키 어려울 거야. 그건 알지?"
 "……."
 목숨이 오락가락한다는데도 석중은 입술을 굳게 다물고만 있었다.
 '그놈 참……!'
 새삼 담대함에 감탄하며 윤택영이 은근한 목소리로 말했다.
 "내 특별히 자네를 한 번 더 풀어 줌세. 대신 조건이 하나 있지."
 그럴 줄 알았다는 듯 석중은 담담한 표정이었다. 왠지 저쪽이 칼자루를 쥐고 있는 것 같아 억울하다고 느끼며 윤택영이 목소리를 조금 더 낮췄다.

"조건은 다름 아니라…… 곧 궁으로 들어갈 딸아이의 시종무관이 돼 달라는 것일세."

"시종무관이라고요?"

석중이 미간을 좁히며 반문했다. 윤택영이 의미심장하게 웃으며 고개를 끄덕였다.

"조금 더 정확히 말하면 폐하를 지키는 시종무관이 아니라 태자전하와 태자비를 호종하는 배종무관이 돼 달라는 것이야. 그래 봬도 종오품의 정식 무관으로 임명되는 것이니, 출세라면 출세랄 수도 있겠지."

"닥치시오!"

주먹으로 방바닥을 내리치며 일갈하는 석중에게 놀라 윤택영은 뒤로 자빠질 뻔했다. 멍하니 주저앉은 윤택영을 쏘아보며 석중이 이를 갈아붙였다.

"나는 이씨 왕조가 하루빨리 망해야 한다고 믿는 사람이오. 하물며 의정부고 궁내부고 간에 죄 왜놈들 앞잡이인 벼슬아치가 될 생각은 추호도 없소."

분기를 누르지 못하고 씩씩대는 석중을 향해 윤택영이 딸의 신세를 망친 남자를 추궁하듯 물었다.

"그럼 증순이는 어쩔 텐가?"

"뭐요?"

"자네 말처럼 지금 궁은 남을 죽이고 나 먼저 살겠다고 아귀다툼을 벌이는 복마전이야. 이런 살벌한 궁에서 어린 증순이를 지켜 줄 사람이 단 한 명도 없어. 그래서 자네한테 저 가련한 아이를 돌봐 달라고 부탁하는 것이지."

석중의 눈빛이 흔들리는 것을 윤택영은 놓치지 않았다. 증순을 볼모로 삼으면 이 우직한 녀석을 조종하는 것도 어려운 일은 아닐 것 같았다. 어금니를 지그시 깨물고 고민하던 석중이 눈을 치뜨며 말했다.

"이 가당찮은 혼인을 추진한 장본인은 바로 당신이오. 딸의 안전 역시 당신이 책임질 문제요."

윤택영이 자신의 양 손바닥을 펼쳐 보였다.

"마음은 굴뚝같지만 내게는 그만한 힘이 없네."

"법부의 칙임관이 힘이 없으면 누구에게 있을까?"

"모르는 소리 말게. 통감부에서 파견한 일본인 고문들 등쌀에 우리 같은 중급 관원들은 방귀 한번 시원하게 뀌지 못해. 그나마 의정부의 참정이나 궁내부 특진관 등 대신의 반열에 올라야 궁에서 명함이라도 내밀 수가 있다네."

"당신의 형이 있지 않소? 일본인 경찰서장이 당신 형 앞에선 개처럼 꼬랑지를 말더이다."

"바로 그 형 때문에 증순이 걱정된다면 어쩔 텐가?"

"무슨 궤변이오?"

황당한 표정을 짓는 석중에게 시선을 고정시킨 채 윤택영이 속삭였다.

"형은 야심이 큰 사람이야. 궁내부를 수중에 넣고, 의정부 참정대신 이완용과 권력을 양분하고 있지."

윤택영이 검지를 세우며 목소리에 힘을 실었다.

"형의 목적은 단 하나! 대한제국의 깃발을 내리고 이 나라를 일본과

병합하는 것이야."

"매국노 같으니……!"

"형의 목적이 합병이라면 황실은 어찌 되겠는가? 곧 태자비가 될 내 딸은 또 어찌 되고?"

"그야……."

차마 말을 잇지 못하는 석중에게 윤택영이 최대한 부드러운 음성으로 말했다.

"증순이에게 왜 자네가 필요한지 알겠지? 궁에서 제 백부의 감시를 받으며 고립무원이 될 딸을 지키고, 친가와의 가교가 되어 줄 믿음직한 사람이 있어야 하네."

"그렇게 걱정된다면 혼인을 시키지 않으면 되지 않소?"

"후우우……!"

구들장이 꺼질 듯 한숨을 쉬며 윤택영이 말을 이었다.

"부끄럽지만 내가 짊어진 부채가 백만 환에 육박한다네. 이대로 가면 필경 파산하고 말겠지. 천지간에 도움 받을 사람이라곤 형밖에 없는데, 그 형이 딸아이를 태자비로 보내고 싶어 하니……."

"결국 돈 때문에 딸을 팔아넘기겠다는 것 아니오?"

"내가 아니라 형 때문이라니까."

뻔뻔스런 윤택영의 얼굴을 석중이 한심하다는 듯 보았다. 망국의 기운이 짙어지니 사람들도 미쳐가고 있었다. 인의와 충의가 일시에 무너져 개인의 영달을 위해서라면 자식과 나라를 팔아넘기는 것이 당연한 일처럼 여겨졌다.

'윤증순, 너도 참 가여운 아이로구나.'

그녀의 백부는 왜놈들 밑에서 더 큰 권력을 차지하기 위해 어린 조카를 팔려 하고, 아비는 그런 딸을 지킬 의지조차 없어 보였다. 무엇보다 그녀의 불행이 자신과의 우연한 만남에서 비롯됐다고 생각하니 가슴에 섬돌을 얹어놓은 듯했다. 한동안 침묵을 지키던 석중이 나직이 중얼거렸다.

"생각할 말미를 주시오."

"자네도 알다시피 시간이 별로 없어. 증순이가 열흘 후 입궁하게 되니, 최소한 사흘 전에는 자네의 동행 여부를 궁내부에 통고해야 하네."

"그 전에 가부를 결정하리다."

차갑게 한마디를 던지며 석중이 일어섰다. 윤택영이 구들장에서 엉덩이도 떼지 않고 눈인사로 배웅했다.

"멀리 나가지 않겠네."

거칠게 닫히는 미닫이를 보며 윤택영이 흡족하게 웃었다.

"남녀상열지사에 달통한 사람으로서 말하거니와, 너는 증순이와 함께 궁으로 들어갈 수밖에 없을 것이다."

나직이 중얼거리며 윤택영은 다시 형 덕영의 얼굴을 떠올렸다. 대표적인 친일파인 형이 태자비 증순을 장기판의 말처럼 이용하리란 그의 말은 빈말이 아니었다. 가문의 광영 운운하지만 형의 시커먼 속내가 훤히 보였다.

궁내부 대신인 형은 같은 친일파로 의정부를 장악한 이완용과의 권력 다툼에 골몰하고 있었다. 이토 히로부미 통감의 신뢰를 조금이라도 더 얻으려면 누가 조선의 황실을 더 확실히 장악하고 있느냐가 중요한데, 형은 그를 위해 증순을 택한 것이다. 윤택영에게 있어, 딸을 정쟁의 희생양으로 삼는 것은 큰 불만이 아니었다. 어쨌든 딸은 국모가 될 것이고, 그 자체로 부귀가 보장된 삶을 살 것이다. 문제는 딸을 이용해 얻은 권력을 형이 독점하는 상황이었다.

"도대체 너는 제대로 하는 일이 없구나. 우리 가문에서 어찌 너와 같은 아이가 나왔는지 모르겠다."

동생을 노골적으로 무시하는 형의 목소리가 귓가에 들리는 듯했다. 어려서부터 형은 그를 바보 취급했다. 그리고 그 완고한 선입견은 지금까지도 전혀 바뀌지 않았다. 이번만은 그런 형에게 호락호락 당하지 않겠노라 다짐했기에 석중처럼 심지가 굳고 기운이 센 젊은이를 증순 옆에 붙여 둘 필요가 있었던 것이다. 마치 형이 앞에 앉아 있기라도 하듯, 윤택영이 어금니를 갈아붙였다.

'형 덕분에 나는 곧 왕의 장인이 될 것이오. 부원군의 권세는 나는 새도 떨어뜨린다고 했소. 미안하지만 이번만은 이 모자란 동생이 형의 머리 꼭대기를 밟고 설 테니 두고 보시오.'

안채의 앞마당을 걸어 나오던 석중이 힐끗 고개를 돌려 증순이 묵는 별당 쪽을 보았다. 불이 완전히 꺼진 별당 주변을 소총을 받쳐 든 일본 순사 십여 명이 철통같이 지키고 있었다.

'으음……. 혼례 전에 증순을 빼내기란 불가능하겠군.'

증순을 데리고 탈출하는 게 불가능하다고 판단되자 마음이 심란해졌다. 아무리 머리를 굴려봐도 짙은 운무의 바다에 갇혀 버린 조각배처럼 나아갈 길이 보이지 않았다. 고개를 설레설레 흔들며 걸음을 옮기던 석중이 마침내 한 사람의 얼굴을 떠올렸다.
'일단 스승님께 전보를 보내 의견을 여쭙도록 하자.'

제3장 입궁

중순이 혼례를 열흘 남짓 앞둔 그해 겨울, 이승만李承晩은 미합중국의 수도 워싱턴 D.C.에 머물고 있었다. 힘차게 굴기하는 대국의 수도답게 워싱턴 D.C.는 활기가 넘쳐흘렀다. 아름다운 포토맥Potomac 강을 중심으로 좌우편 드넓은 평원에 대한제국의 황궁에 해당하는 백악관과 중추원中樞院에 해당하는 국회의사당 그리고 국무성과 국방부를 비롯한 주요 부처들이 자리하고 있었다. 이 밖에도 미국 역사상 가장 위대한 대통령인 링컨을 기념하는 링컨기념관, 역대의 애국자들이 묻힌 알링턴Arlington 국립묘지, 세계 최대의 도서 량을 자랑하는 국회도서관, 국립미술관, 국립자연사박물관 등이 있어, 우물 안 개구리처럼 반도에만 갇혀 있던 서른한 살 만학도 이승만의 신지식에 대한 갈증을 해갈시켜 주었다.

백악관을 중심으로 도시 전체에 방사형으로 뻗어나간 널찍널찍한 도로를 가득 메운 마차들과 자신감이 충만한 사람들을 보고 있노라면 도저히 건국의 역사가 백 년 남짓한 나라라고는 생각할 수가 없었다. 어떻게 이토록 경천동지할 발전을 이룰 수 있었는지 경탄스러울 뿐이었다. 마차에 섞여 요란한 엔진 음을 울리며 질주하는 포드 A형 자동차들을 새삼 경이롭게 쳐다보며 승만은 나직이 중얼거렸다.

"어쩌면 역사가 짧기에 젊고 역동적인 기상이 충만한지도 모르지. 그에 비해 조선은 어떠한가? 오백 년 역사를 자랑하지만 누옥의 썩은 기둥처럼 초라하지 않은가."

삼 년 전쯤 광무황제 즉위 사십 주년을 맞아 미국 공사관이 포드 자동차를 한 대 선물했다. 당시 이 자동차를 시연하는 창덕궁 앞에는 수만의 인파가 구름 떼처럼 몰려들었다. 그런데 이곳 국회의사당 앞 캐피털 힐Capitol Hill에는 그런 자동차가 수천 대는 깔려 있었다. 질풍처럼 달리는 자동차들을 피해 대로를 건너며 승만은 새삼 결의를 다졌다.

'늙고 병들어 일본의 먹잇감으로 전락한 낡은 왕조를 타파하고 조선에 미국처럼 강대한 공화국을 수립하고야 말겠다!'

일본놈들에게 맥없이 을사늑약을 허락한 황제에 대한 실망감 때문에 고국에서의 독립운동도 복벽파보다는 공화파가 늘어나는 추세였다. 공화파 중에서도 이씨 왕조에 대한 승만의 적개심은 남다른 구석이 있었다. 그것은 승만의 가계와도 관련이 있었다.

승만은 조선 3대 임금인 태종의 장자 양녕대군의 다섯째 서자 장평도정 이흔李訢의 십오 대 손이었다. 엄연히 왕족이었던 셈이다. 하지만 왕족으로서의 대우는 장평도정의 손자이자 그의 십삼 대 조인 수주정

이윤인李允仁에서 끝났다. 이윤인의 손자이자 승만의 십일 대 조 이원약 李元約이 병자호란 때에 무공을 세워 전풍군에 추증되기도 했으나 육대 조 할아버지 이징하李徵夏가 현령을 지낸 것을 끝으로 벼슬길이 끊겼다. 그 후 집안은 점점 어려워져만 갔다.

승만의 어렸을 때의 기억이라곤 어머니가 삯바느질을 하느라 침침한 호롱불 옆에서 밤을 하얗게 새우는 모습뿐이었다. 아버지 이경선李敬善은 그 와중에도 왕실 종친으로서의 체통을 강조했다. 그러나 이것은 어린 승만에게 왕실이 왜 우리를 이처럼 방치하느냐는 반감만 일으켰다. 나이를 먹어가며 적대감은 점점 깊어지고 구체화되어 마침내 기해년의 사건으로 비화되었다.

당시 광무황제는 독립협회가 왕조 해체를 주장한다는 의심을 품고 탄압하기 시작했다. 조선의 독립보다는 왕조의 보존에 급급한 왕실의 태도에 실망한 승만은 동지들과 함께 '광무황제는 연령이 높으시니 그만 황태자에게 자리를 양보해야 한다'라고 적힌 전단지를 배포하다가 체포되었다. 승만과 동지들이 황제 폐위의 음모를 꾸미고 있다고 판단한 황제는 그들을 한성감옥에 투옥했다. 혈기왕성했던 승만은 면회를 온 동지 주시경周時經으로부터 몰래 건네받은 육혈포를 쏘며 동지들과 함께 탈옥을 감행했다. 그러나 서상대徐相大만 중국으로 탈출하는 데 성공하고, 최정식과 함께 다시 한성감옥으로 붙잡혀 들어왔다. 결국 최정식은 비참하게 처형당하고, 승만은 무기징역을 선고받아 복역하게 되었다.

"이 동지, 원수를 갚아주오! 이 원수를 반드시!"

지금도 침대에 누우면 형리들에게 끌려가며 울부짖던 최정식의 얼굴이 악몽처럼 떠올랐다. 조선을 탐스러운 먹잇감으로 여기던 열강들에 맞서 조국의 독립을 지키고자 일어섰을 뿐인데, 왕은 자신들에게 역도의 굴레를 씌워 죽였다. 이때부터 승만의 적의는 더욱 깊어져 이씨 왕조를 일본과 거의 동등하게 적대시하게 되었다. 더욱 억울한 점은 왕조의 찌꺼기라는 전력이 독립운동 그룹 사이에서 그의 굴레가 된다는 사실이었다.

"이 동지도 왕족이라 이거요? 이 동지가 이번 거사에 반대하는 건 문중을 염려해서가 아니오?"

그는 시도 때도 없이 왕족의 일원이라는 오해를 받았다. 동지란 자들이 사소한 의견 차이만 보여도 거리낌 없이 승만을 왕실 비호자로 매도했다. 새삼 억울함이 치민 승만이 어금니를 깨물었다.

'두고 봐라. 언젠가는 내 손으로 잘난 왕조는 물론 나를 매도하던 네놈들까지 철저히 짓뭉개 줄 테니.'

이씨 왕조의 피가 흐르는 태생은 그의 가장 어두운 그림자였고, 이 그림자를 들추는 자는 누구를 막론하고 철저히 파멸시킬 준비가 돼 있었다.

"후우웁……!"

승만이 양팔을 크게 벌리고 신대륙의 공기를 폐부 깊숙이 받아들였다. 미국은 그에게 새로운 신앙이자 평생을 괴롭힌 열등감에서 해방시켜 준 은인이었다. 그는 마치 고목나무 밑에서 자란 양치식물처럼 암울한 자신의 과거와 망국을 눈앞에 두고도 서로 뜯어먹지 못해 안달인 잘난 동지들을 버리기로 했다. 대신 그에겐 미국이 있었다. 미국이란 나라는 일본쯤은 손가락으로 찍어 누를 정도의 힘을 가졌다. 그런 미국을 친구로 만들 수만 있다면 조국의 독립은 내일이라도 가능한 일이었다. 하지만 어리바리한 식민지 청년이 친구로 삼기엔 미합중국의 콧대가 높았다.

지난 해 승만은 외무대신 민영환 공의 중재로 한성감옥에서 오 년여의 수감 생활을 끝내고, 그 대가로 황제의 밀사가 되어 미국으로 건너왔다. 임금의 밀지를 품고 있었으나 욱일승천하는 강대국 미국을 끌어들여 일본을 견제한다는 의도였지 이씨 왕조의 수명을 연장시키고 싶은 생각은 추호도 없었다. 그래서 어렵게 루즈벨트 대통령을 만나 황제의 밀지를 전했지만 일언지하에 묵살을 당했을 때도 크게 실망하지 않았다. 나중에 알게 된 사실이지만 미국은 이미 가쓰라-태프트협정을 통해 한국을 일본에게 양보한 상태였다.

세계의 정세가 이처럼 냉엄했다. 강대국들은 마음대로 세계지도에 선을 긋고 면을 갈라 자신들의 식민지로 삼았다. 강대국 간의 상호 경쟁과 합의에 따라 약소국의 운명은 결정되었다. 더구나 일본은 미국이 직접 근대화시킨 나라로 자신들이 그토록 견제하고 싶어 하는 러시아를 극동에서 물리쳤으니 업고 다녀도 부족할 판이었다. 그런 미국이 오늘 망할지 내일 망할지 모를 동양의 소국 조선을 위해 나서 주리란 기대 자체가 순진한 발상이었다. 오로지 '약육강식' 네 글자를 가슴 깊이 새기며 승만은 고국으로 돌아가지 않고 미국에 남아 공부를 계속하기로 했다. 자신을 미국으로 보낸 외무대신 민영환이 을사늑약이 체결되자마자 자결한 것도 이유 중 하나였다. 무엇보다 세상에 일본을 물리칠 나라는 미국밖에 없었고, 그런 미국과 미국인들을 알아야 독립을 앞당길 수 있을 것 같았다.

그래서 한성감옥에 투옥돼 있는 동안 독학으로 배운 영어 실력을 바탕으로 인근에 있는 조지워싱턴대학에서 철학을 공부하기 시작했다. 서양사 전반을 관통하는 철학을 알아야 구미 여러 나라들을 제대로 이해할 수 있을 것 같았기 때문이다. 학비를 대기 위해 막노동과 홀 서빙 등 닥치는 대로 아르바이트를 했지만 못 견딜 정도는 아니었다.

'이곳에서 오 년만 죽어라 공부하자. 그런 연후 조국으로 돌아가 반反외세 반反왕조의 항쟁을 주도하자.'

승만은 미국 정치인들과 미군의 후광을 업고 금의환향하는 자신의 모습을 상상해 보았다. 그때에는 고루한 사고에 갇혀 복벽을 주장하는 복벽파들, 무장투쟁만으로 일본군을 무찌를 수 있다고 주장하는 주전파主戰派들, 모두 자신 앞에 무릎을 꿇게 될 것이다. 어쩌면 황제와 종친들까지 경복궁 근정전勤政殿 뜰에서 조선의 새로운 영도자를 향해 머리를 조아릴지도 모른다. 여기까지 상상한 승만의 입가에 절로 미소가 걸렸다. 어쩌면 그것은 새로운 왕의 귀환처럼 보일지도 모른다.

"하지만 이곳에선 조국의 상황을 전혀 알 수가 없으니……!"

달콤한 상상에 잠겨 있던 승만이 미간을 찌푸렸다. 어쨌든 그는 조국으로부터 멀리 떨어져 있었다. 자신의 동지들이자 경쟁자들이 어떤 활약을 펼치고 있을지 늘 불안했다. 미국에 있는 승만을 유일하게 괴롭히는 것은 자신만 뒤처져 있다는 초조함이었다.

한참을 걷던 승만이 흰색 나무 담장이 쳐진 말끔한 이 층 양옥들이 열을 맞춰 자리 잡은 로드아일랜드Rhode Island 13번지 주택가로 들어섰다. 흰색 지붕들 위 서편 하늘이 잘 익은 오렌지색으로 물들고 있는 게 보였다. 이제 곧 이역만리 타국에서 또 한 번의 밤이 시작될 것이다.

주택가의 맨 끝자락 허름한 윌슨 부인의 이 층 양옥집이 나타났다. 남북전쟁 직후에 지어져 유난히 삐걱거리는 계단을 밟고 승만이 이 층 자신의 하숙방을 향해 올라갔다.

"헤이, 쏭만!"

부르는 소리에 돌아보니, 허리가 드럼통처럼 굵은 하숙집 주인 심슨 부인이 작은 종이쪽지를 흔들며 올라오는 게 보였다. 아무리 가르쳐 줘도 자신의 이름을 이상하게 발음하긴 했지만 곱슬곱슬한 머리카락 대부분이 이미 백발인 풍풍한 흑인 아줌마를 승만은 퍽 좋아했다. 맺고 끊음이 분명해 박정하다는 느낌을 주는 백인들과는 달리 흑인들은 꼭 조선의 시골 아낙처럼 정이 깊었다. 주말이면 그녀는 후추와 오일을 넉넉히 발라 오븐에 구워낸 통닭과 양배추 스프를 혼자 사는 승만에게 대접하곤 했다. 승만이 자신 앞에 서서 아랫배를 출렁이며 숨을 몰아쉬는 윌슨 부인을 향해 친근하게 웃었다.

"무슨 일이세요, 윌슨 부인?"

간신히 숨을 고른 부인이 쪽지를 내밀었다.

"쏭만의 고국에서 전보가 도착했어요."

"전보라고요?"

반가운 마음에 승만은 얼른 전보를 펼쳤다. 전보를 보낸 사람은 가장 아끼는 제자 석중이었다. 석중은 유곽들이 몰려 있는 청계천에서 알아주는 왈패 출신이었다. 자신이 한성감옥에 갇혀 있을 때, 석중은 시전의 상인들과 유곽들로부터 보호비를 갈취한 혐의로 잡혀와 있었다. 처음엔 독 오른 살쾡이처럼 도사린 채 승만을 경계하던 석중은 머지않아 열두어 살 많은 승만을 친형처럼 따르게 되었다. 석중은 강인한 체력과 정직한 마음을 가진 친구였다. 또한 승만의 말이라면 섶을 지고 불구덩이로 뛰어들 만큼 충직했다. 어찌 보면 머나먼 이국땅에서 고립된 승만에게 석중은 조국과 통하는 유일한 통로였다.

"이럴 수가……!"

전보를 읽던 승만의 눈이 커다래졌다. 전보에는 석중이 곧 새로운 태자비가 되는 윤증순이란 여자아이의 호위무관이 되어 함께 입궁하게 될지도 모르니, 가부를 정해달라는 내용이 적혀 있었다. 짧은 전보인지라 자세한 사정은 알 수 없었으나, 무언가 대단한 인연을 만난 게 분명했다. 전보를 접으며 승만이 윌슨 부인을 향해 급히 물었다.

"부인, 전보를 치려면 어디로 가야 합니까?"

"여기서 두 블록쯤 떨어진 11번가 우체국으로 가면 돼요."

"감사합니다, 부인! 정말 감사해요!"

너무 기쁜 나머지 승만은 부인의 손을 잡고 손등에 입을 맞췄다. 얼굴이 홍당무처럼 빨개지는 부인을 뒤로하고 승만이 한달음에 계단을 내려갔다.

"석중아, 당연히 궁으로 들어가야지! 이게 우리에게 얼마나 큰 기회인지 모르겠니?"

주택가를 내달리며 승만은 석중이 눈앞에 있기라도 하듯 외쳤다. 이것으로 승만은 수만 리 떨어진 미국에서 대한제국 황실의 사정을 손금 보듯 들여다볼 수 있게 된 것이다.

이승만이 뜻밖의 행운에 환호하고 있던 바로 그날 밤, 증순은 옥인동 자택의 불 꺼진 별당에 앉아 깊은 고민에 빠져 있었다. 석중과의 탈출이 실패로 돌아가고, 혼인은 며칠 앞으로 다가와 있었다. 아버지 택영이 불러들인 순사들이 총을 들고 별당 주변을 에워싸고 있었다. 그들은 혼인식 당일까지 물러가지 않을 거라고 했다.

증순을 괴롭히는 것은 죄책감이었다. 그녀의 아버지와 백부는 세상이 다 아는 친일파였다. 그런 사람들의 여식이자 조카인 자신이 왕실의 식솔이 된다는 사실을 스스로 용납할 수가 없었다. 나이는 어렸지만 증순은 사리분별이 분명한 아이였다. 해는 동쪽에서 떠서 서쪽으로 지고, 콩을 심은 밭에선 콩이 나야 하며, 흰색은 하늘이 뒤집어져도 검은색이 될 수 없는 것이다. 증순에게 있어 그것이 어머니에게 배운 이치였고, 세상을 살아가는 도리였다.

그런데 자신은 지금 그 도리를 정면으로 거스르려 하고 있었다. 아버지의 강압 때문이라고 변명해 보았지만 납득이 안 되기는 마찬가지였다. 문풍지를 들썩이며 지나가는 칼바람 소리를 들으며 그녀는 문득 고개를 들어 천장을 보았다. 천장에 묶은 줄로 목을 매단 자신의 모습을 상상하던 증순이 고개를 세차게 저었다. 죽음 자체가 멀고 낯설게 느껴지지는 않았다. 죽음이란 단어를 떠올리는 순간 어머니의 유언이 함께 떠올랐을 뿐이다. 한 남자의 가슴에 기대어 평범한 행복을 꾸리며 살아가는 삶. 이제 증순의 삶의 이유가 되어 버린 그 소박한 꿈이 끔찍한 상상을 그치라며 그녀를 다독거렸다.

'이 납득할 수 없는 혼례를 통해 과연 그러한 삶을 얻을 수 있을 것인가?' 스스로에게 반문한 증순이 저도 모르게 고개를 흔들었다. 결과를 뻔히 알면서도 그녀는 절망을 향해 뚜벅뚜벅 걸음을 내딛을 수밖에 없는 운명이었다. 짙은 어둠 속에 웅크리고 앉아 고민에 고민을 거듭하던 증순은 한참만에야 어금니를 깨물며 마음속으로 되뇌었다.

'이 혼례를 치루고 나면 나는 이제 윤씨 문중의 여식이 아니라 이씨 왕가의 사람이다. 아버지와 백부님이 왕가에 저지른 죄를 만분의 일이라도 씻기 위해서 나를 버리고 왕실을 지키는 이끼가 되자. 그것만이 윤증순 네가 앞으로 살아가는 목표가 되어야 한다.'

병오년 십이월 초순, 안국동 별궁에서 황태자와 증순의 혼례식이 열렸다. 안국동 별궁은 광무황제와 명성황후가 오랜 기다림 끝에 황태자를 얻은 후, 아들의 가례를 위해 특별히 지은 건물이다.

그날따라 북국에서 몰려온 한풍도 숨을 죽인 채 오랜만에 화창했다. 황제폐하와 엄비마마 이하 황실 종친들을 비롯한 대한제국의 고관들과 이토 통감을 중심으로 일본인 고문단 및 조선 주둔 일본군 수뇌부가 참석한 가운데 전통 예복을 입은 황태자 이척李拓과 증순이 나란히 별궁

마당으로 입장했다.

　남색 비단에 붉고 푸른 색실로 백오십사 쌍의 꿩을 수놓은 화려한 궁중대례복인 적의를 입고 태자전하와 발 맞춰 걸음을 옮기며 증순은 정신이 하나도 없었다. 특히 그녀를 힘들게 한 것은 거두미였다. 거두미란 왕실의 여자가 예식 때 통상적으로 하는 머리로, 장식물이 주렁주렁 달린 커다란 대가발에 기다란 금비녀를 꽂은 형태였다. 꼭두새벽부터 깬 증순은 상궁들의 도움을 받으며 무려 세 시간에 걸쳐 머리를 완성했다.

　하지만 어린 증순에게는 너무 무거워서 자칫 발이라도 헛디디면 당장 쓰러질 판이었다. 거두미를 만들어준 장본인들인 제조상궁 김 상궁과 부제조상궁 윤 상궁이 바싹 따라오며 머리를 받쳐주지 않았다면 큰 망신을 당할 뻔했다. 궁내 상궁들 중 으뜸인 김 상궁은 은발을 단정하게 빗어 넘긴 오십의 노파였고, 윤 상궁은 삼십대 중반으로 아직 자태가 고왔다.

　마당 끝자락 정자에 나란히 앉아 계신 황제폐하와 비마마를 향해 걸음을 옮기던 증순이 힐끗 눈을 돌려 태자전하의 옆얼굴을 보았다. 전하를 이렇게 자세히 살펴보기는 처음이었다. 전하는 호리호리한 체격에 키가 훤칠해서 고개를 바싹 들고 올려다봐야 했다. 전하로부터 받은 첫 느낌은 굉장히 동안이라는 것이다. 그녀가 이 혼례를 거부한 이유 중 하나는 전하의 연배가 너무 높다는 점이었다. 그런데 지금 보니 자신을 따라 입궐한 석중보다 서너 살 위로밖에는 보이지 않았다.

　피부는 새벽 들판에 내린 첫눈처럼 뽀앴다. 눈썹은 대조적으로 숯검댕이를 칠해 놓은 듯 진했고, 그 밑의 눈은 너무도 깊고 맑아서 서글픈 느낌마저 주었다. 콧잔등은 길쭉하니 높았다. 두터운 입술은 한겨울 석류처럼 붉었는데, 굳게 다문 입가에선 설핏 고집이 엿보였다. 한마디로 전하는 눈이 번쩍 뜨일 정도의 미남자였다. 저도 모르게 증순은 석중과 전하를 비교해 보고 있었다. 석중이 거친 느낌의 호남 형이라면 전하는 반가의 귀공자 형이었다. 옥을 깎아놓은 듯한 외모의 전하는 금실로 장식한 용포를 입고 머리에는 관을 쓰고 있었다.

'무슨 사내가 계집보다 고울까?'

전하의 눈부신 용모에 넋을 놓고 있을 때, 뒤쪽에서 김 상궁의 낮고 다급한 음성이 들렸다.

"앞을 보소서, 앞을."

하지만 때늦은 경고였다. 땅 위로 솟은 돌부리를 발견하지 못하고 발이 걸려버린 것이다.

"어어……!"

"마마!"

"조, 조심하소서!"

균형을 잃고 휘청대는 증순을 김 상궁과 윤 상궁이 필사적으로 부축하려고 했지만 거두미가 한쪽으로 기울어지면서 기어코 엉덩방아를 찧고 말았다.

"어이쿠!"

순간 엄동에 찬물을 뒤집어쓴 듯 사위가 고요해졌다. 한기를 가득 품은 햇살만이 마당 한복판에 주저앉은 증순의 얼굴을 비추었다. 증순이 당혹스런 눈으로 마당 왼편에 시립한 일본 고관들과 오른편에 시립한 조선 고관들을 차례로 보았다. 조선 고관들 사이로 낯빛이 사색으로 변한 아버지 택영의 모습도 보였다. 아버지가 빨리 일어나라고 손짓했지만 그녀는 옴짝달싹할 수 없었다. 이때 일본인들 쪽에서 왁자한 웃음이 터져 나왔다.

"핫하하!"

"껄껄껄!"

노련한 김 상궁과 윤 상궁마저 어찌할 바를 몰라 멍하니 서 있을 때, 증순이 도움을 청하듯 태자전하를 올려다보았다. 어쨌든 전하는 자신의 지아비가 될 남자였다. 그리고 그녀가 아는 한 지아비는 곤경에 처한 아내를 돕는 게 당연했다. 증순의 바람과는 달리 태자전하는 마치 목이 한 방향으로 고정된 인형처럼 정면만 뚫어져라 응시하고 있었다. 전하의 낯빛은 더욱 하얘져서 투명한 얼음처럼 보이기도 했다. 그 단호한 냉정함에 증순은 왠지 가슴이 미어졌다.

'너는 꼭 너만을 위해 주는 남자를 만나 행복하게 살거라.'

마지막 숨을 몰아쉬며 남긴 어머니의 유언이 떠오르며 눈앞이 뿌예졌다. 눈물을 참는 데 일가견이 있는 그녀가 아니었다면 많은 사람들 앞에서 망신을 당했을 것이다.

"마마, 어서 일어나소서."

"저희들이 부축하겠나이다."

뒤늦게 정신을 수습한 김 상궁과 윤 상궁이 달려들어 증순을 일으켰다.

"마마, 괜찮으시옵니까?"

"나, 난 괜찮네."

"이젠 앞만 보고 걸으소서."

"명심하겠네."

일본인들의 웃음소리도 잦아들고 증순이 다시 전하와 보조를 맞춰 걸음을 옮기기 시작했다. 김 상궁의 당부가 아니더라도 더 이상 전하를 돌아보지 않기로 했다. 자신을 완강히 거부하는 그 얼굴을 한 번만 더 보았다간 이대로 발길을 돌려 도망치게 될 것 같았기 때문이다.

마침내 증순이 황제폐하 앞에 다다랐다. 그녀가 천천히 고개를 들어 인자한 미소를 머금은 폐하의 용안을 우러렀다. 옆에 자리하신 엄비마마께서도 살갑게 웃어주셨다. 폐하께서 전하와 증순을 향해 덕담을 건네셨다.

"태자 척이 민씨를 잃고 외롭게 지내는 모습이 늘 안타까웠는데, 오늘 새로이 윤씨를 맞아들이니 기쁘기 한량없구나. 태자와 태자비는 부디 왕손을 생산하여 황실과 제국을 평안케 하라."

"황은이 망극하옵니다."

태자전하와 증순이 감사의 표시로 폐하와 엄비께 머리를 조아렸다. 폐하의 앞을 물러나온 두 사람은 왕실 종친과 의정부 및 궁내부의 대신들에게 차례로 인사를 받았다. 약간의 여유를 되찾은 증순이 비로소 백부와 나란히 서 있는 아버지 택영을 발견했다.

아버지는 불만스러운 듯 중얼거렸다.

"조심하지 않으시고요."

백부는 아예 증순을 싹 무시하고 전하를 향해서만 환하게 웃었다.

"경하 드리옵니다, 전하."

"……."

그러나 전하는 싸늘한 눈초리로 아버지와 백부를 지그시 노려볼 뿐이었다. 그 눈빛이 어찌나 차가운지 옆에 선 증순이 절로 목이 움츠러들 지경이었다. 아버지는 시선을 어디에 둘지 몰라 전전긍긍했지만 백부는 노골적인 적의가 밴 전하의 시선을 덤덤히 받아내고 있었다. 한동안 백부와 눈싸움을 벌이던 전하가 휙 돌아서서 걸어가버렸다. 퍼뜩 정신을 차린 증순이 전하를 쫓았다.

"경하 드립니다."

"경하 드립니다."

전하와 증순이 차례로 머리를 조아리는 일본인들 사이를 지나가고 있었다. 전하는 고개만 까닥여 건성으로 답례했다.

"태자전하와 태자비마마, 일본국 황제폐하를 대신하여 진심으로 경하 드립니다. 부디 만복을 누리소서."

맨 끝자락에 서서 정중히 머리를 숙이는 일본인 노인 앞에서 전하가 우뚝 걸음을 멈추었다. 그는 노인이라곤 믿기 힘들 정도로 군살 한 점 없는 몸에 착 달라붙는 검은색 양복을 입고, 그 위에 회색 오버코트를 걸쳤다. 넥타이, 중절모, 구두, 지팡이, 회중시계 등의 장신구가 모두 반듯하니 있어야 할 자리에 있었다. 어린 증순이 보기에도 노인에게 빈틈이라곤 없었다.

"아……!"

순간 증순은 그토록 차갑고 당당하던 전하가 아래턱을 덜덜 떠는 것을 똑똑히 보았다.

'이 일본인 노인이 대체 누구기에……?'

궁금증은 오래지 않아 풀렸다. 노인 쪽에서 먼저 증순에게 자신을 소개했기 때문이다.

"소신을 처음 보시지요, 마마? 소신은 일본국에서 조선의 근대화를 돕기 위해 파견한 통감 이토 히로부미라고 하옵니다."

동시에 증순의 안색이 급변했다. 그녀 역시 이 땅에 발붙이고 사는 백성으로서 이토 히로부미란 이름을 모를 리 없었다. 그 이름 앞에는 늘 침략의 원흉이라는 수식어가 따라붙었다. 먹물이 좀 들었다는 남자들은 주막의 골방에 모여 점차 기울어가는 국운을 술로써 한탄하며 이토 히로부미란 이름을 안주 삼아 잘근잘근 씹어대곤 했던 것이다. 전하께서 왜 갑자기 저런 반응을 보이시는지 그제야 알 것 같았다.

이제는 식은땀까지 줄줄 흘리는 전하를 보며 이토 통감이 말했다.

"오늘 당장 태의원의 전의를 불러 꾸짖어야 할 것 같군요. 엄동설한에 식은땀이 맺힐 정도로 전하께옵서 편찮으신데, 아무런 조치도 취하지 않고 있으니 말입니다."

"아아……, 나는…… 나는……."

아마도 전하는 괜찮다고 말하고 싶은 것 같았다. 하지만 말은 목 안에서만 울릴 뿐 입 밖으로 나오지 못했다. 순간 이토 통감이 준엄히 호통을 쳤다.

"가슴을 펴고 당당히 말씀하소서, 전하. 적어도 전하는 한 나라의 태자가 아니십니까?"

이토 본인의 말대로 한 나라의 태자를 타국의 대신이 꾸짖는데, 누구

하나 나서는 사람이 없었다. 더욱 창백해지는 전하의 안색을 살피던 증순이 앞으로 나섰다.

"통감님, 제가 재미있는 얘기 하나 해 드릴까요?"

"예?"

황당한 눈으로 증순을 보던 통감이 흥미롭다는 듯 천천히 고개를 끄덕였다.

"말씀하소서. 귀를 열고 듣겠나이다."

"올봄부터 저희 사가의 앞마당에 매일 낯선 새 한 마리가 찾아왔어요. 깃털도 예쁘고 고운 소리로 노래까지 부르는 새에게 저는 쌀알을 던져주었죠. 매일 같은 시각에 모이를 얻어먹다 보니 경계심이 없어졌는지 새는 마침내 제 손바닥에까지 올라와 쌀알을 쪼더군요. 그러던 어느 날 제가 새에게 모이 주는 모습을 보신 아버님이 '저놈을 잡아서 구우면 술안주로 딱이겠구나' 하시면서 지나가시지 뭐예요?"

"호오. 그래서요?"

"물론 새를 잡을 마음 따윈 없었어요. 하지만 새에게 모이를 줄 때면 자동적으로 아버님의 말씀이 떠올랐어요. 그러자 신기한 일이 벌어졌죠."

"대체 무슨 일이 벌어졌습니까?"

"제가 마음속으로 아버님의 말씀을 떠올리는 것만으로도 새는 겁을 집어먹고 제게 접근하려 하지 않았어요. 높은 나뭇가지 위에서 쌀알을 뿌리며 애타게 부르는 저를 가만히 보다가 어디론가 훌쩍 날아가 버렸죠. 이후 다시는 그 새가 저희 집 앞마당에 내려앉지 않았답니다."

"으음……"

이토의 표정이 굳어졌다.
"제게 불온한 마음이 있어 태자전하께서 불편해 하신다는 뜻이옵니까?"
"그야 통감님만이 아실 일이겠죠."
'칙쇼……!'
순간 이토의 눈에 기광이 스쳤다. 그의 안광은 강렬하기로 유명해서 한번 눈가에 힘을 실으면 육군성의 장군들조차 시선을 피하기 급급했다. 그런데 열셋에 불과한 어린 태자비가 자신의 눈초리를 당당히 받아내고 있었다. 그런 태자비의 얼굴에 겹쳐 한 여인의 얼굴이 떠올랐다. 누구도 감히 범접하기 힘든 고귀함을 풍기는 여인은 몇 년 전 자신이 직접 밀명을 내려 살해한 조선의 국모였다.
'조선에는 어찌 당당한 왕들보다 더 당당한 비들이 나타나 우리를 곤혹스럽게 하는가?'
끓어오르는 적의를 주체하지 못하고 증순을 노려보는 통감을 양국 고관들이 숨죽인 채 지켜보고 있었다. 눈치를 살피던 김 상궁이 증순의 옆으로 나서며 통감을 향해 머리를 조아렸다.
"용서하소서, 통감. 마마께선 아직 궁중의 법도를 모르십니다."
윤 상궁도 나서서 증순을 재촉했다.
"마마, 어서 통감께 사과드리십시오. 어서요."
증순이 무슨 큰일이라도 난 듯 호들갑을 떨어대는 두 상궁을 지그시 보았다. 어린 아이인 줄만 알았던 증순이 심중을 꿰뚫을 듯한 눈으로 쳐다보자 상궁들은 당황하는 기색이 역력했다.
"두 상궁의 말이 참으로 해괴하오. 이토 통감은 우리 왕실의 사람도 아닌데, 어찌 궁중 법도를 운운하는가?"

"……"

증순의 준엄한 꾸짖음에 수십 년간 궁에서 잔뼈가 굵은 김 상궁과 윤 상궁조차 말문이 막히고 말았다. 무어라 반박이라도 하고 싶었지만 어린 태자비의 말에는 틀린 점이 없었다. 쩔쩔매는 상궁들을 지그시 보던 이토가 갑자기 너털웃음을 터뜨렸다.

"핫하하! 듣고 보니 마마의 말씀이 지당하십니다. 태자전하께서 고단하신 듯하니, 서둘러 종묘에 가 역대 선왕들께 인사를 드린 후 환궁하도록 하소서."

"배려에 감사드립니다, 통감. 전하, 가시지요."

증순이 부축하려 했지만 전하는 심기가 불편한 듯 그녀의 손을 매몰차게 뿌리쳤다. 한동안 증순을 쨰려보던 전하가 찬바람을 일으키며 돌아섰다. 전하의 적의가 왜 이토가 아니라 자신에게 쏠리는지 그녀는 당황스럽기만 했다. 한동안 혼란스런 눈으로 이토와 상궁들을 쳐다보던 증순은 황급히 전하를 쫓아갔다.

"전하! 전하! 같이 가셔요!"

긴 치마를 끌며 허둥지둥 멀어지는 증순의 뒷등을 이토가 눈을 가늘게 뜨고 지켜보았다.

'어리다고 무시하면 안 되겠군. 이 왕실의 진짜 주인이 누구인지 알려줄 필요가 있겠어.'

저녁 무렵, 창덕궁 희정전熙政殿에서 연회가 열렸다. 증순은 비로소 거두미를 벗을 수 있었다. 십이 폭 남치마와 송화색 저고리를 입고 그 위에 솜을 넣은 당의를 걸친 편안한 차림으로 연회에 참석했다. 별궁에서 헤어진 전하를 연회장에서 다시 만났다.

하지만 전하는 증순에겐 눈길조차 주지 않고 일본 고관들이나 그 부인들과의 담소에 바빴다. 다른 사람들도 증순에게는 신경을 쓰지 않아 그녀는 대중 속에서 외톨이가 된 느낌이었다. 전하가 왜 자신에게 화가 나셨는지 그것이 궁금할 따름이었다.

밤늦도록 이어진 연회가 끝나고서야 그녀는 동궁의 처소인 창덕궁 성정각誠正閣으로 돌아올 수 있었다. 성정각의 널찍한 방 안에는 호롱불이 켜져 있고, 아랫목에 새로 지은 솜이불이 한 채 놓여 있을 뿐 사람은 그림자도 얼씬거리지 않았다. 무덤처럼 적막한 방 안에 우두커니 앉아 증순은 김 상궁과 윤 상궁을 기다렸다. 그들이 와서 어떻게 첫날밤을 맞을지 설명해 주리라 생각했던 것이다.

그런데 자정이 다 되도록 상궁은커녕 나인 하나 나타나지 않았다. 하루 종일 긴장한 탓에 궁중의 온갖 산해진미를 그냥 지나친 그녀의 아랫배에서 꼬르륵 하는 소리가 들렸다. 체면을 차리느라 물 한 모금 입에 대지 않은 것이 후회스러울 뿐이었다.

멀리서 추위를 견디지 못한 장독 터지는 소리가 천둥처럼 울렸다. 갑자기 서늘한 한기가 등골을 타고 흘렀다. 떨쳐내려 하면 할수록 섬뜩한 상념들이 머리를 어지럽혔다. 당장이라도 벽과 천장을 뚫고 머리를 풀어헤치고 입에 피를 칠한 여인들이 나타날 것만 같았다.

증순이 미닫이를 열어젖히고 대청으로 우르르 달려 나갔다.

"김 상궁! 윤 상궁!"

"김 상궁! 윤 상궁!"

마루 끝자락에 서서 어두운 마당을 향해 상궁들을 불러 봤지만 돌아오는 건 차가운 메아리뿐이었다. 울컥 설움이 밀려들었다. 버림받았다는 생각이 그녀의 작은 가슴을 옥죄었다. 아버지에게 한 번도 사랑받지 못하고 외롭게 죽은 어머니의 얼굴이 떠올랐다. 모녀 간에 불행은 유전된다고 했던가. 새삼 어머니의 불행이 떠올라 슬펐고, 왠지 그 불행이 자신에게 전해질 것만 같아 두려웠다. 방으로 돌아가지도 못하고 양 볼이 발갛게 얼 때까지 증순은 대청마루 끝자락에 앉아 있었다. 멀리서 다시 장독 터지는 소리가 들렸다.

그 시간 석중은 창덕궁 내에 위치한 시종무관부侍從武官府를 향하고 있었다. 시종무관부는 황제를 호위하는 부서로 석중은 그 휘하인 동궁배종무관부東宮陪從武官府 소속이었다. 서양식 군복 차림에 반짝반짝 윤이 나는 구두를 신은 석중은 몸에 맞지 않은 옷을 입은 듯 불편하기만 했다. 이 왕조의 전복을 꿈꾸는 공화주의자가 군복을 입고 돌아다니는 것 자체가 해괴한 일이었다. 그는 며칠 전 미국에 있는 스승으로부터 받은 전보를 떠올렸다.

'절호의 기회를 놓치지 말기를 당부하네!'

이역만리 타국에 고립된 스승은 아마도 자신을 통해 궁중의 소식을 들고 싶어 하는 것 같았다. 더불어 그 안에서 암약하는 친일 정객들과 이토 히로부미를 비롯한 일본 침략자들의 동향도 정확히 파악하고 싶었을 것이다. 스승의 전보를 받자마자 그는 윤택영에게 증순과 입궁하겠노라 통보했다. 스승의 뜻을 따르는 동시에 증순을 돕고 싶기도 했다.

널찍널찍한 대리석이 깔린 시종무관부의 연무장으로 들어서며 석중은 상념에서 깨어났다. 연무장 한복판에 화톳불을 밝혀놓고 의자에 앉아 있는 강인한 인상의 중년 사내와 그 좌우편에 시립한 눈매가 날카로운 젊은 무관 둘을 발견했기 때문이다. 세 사람 모두 석중과 비슷한 군복 차림이었다. 다만 의자에 앉은 중년 사내만은 어깨에 금빛 견장을 차고 있어 고위직임을 짐작할 수 있었다.

한동안 지그시 석중을 보던 중년 사내가 자세를 흐트러뜨리지 않은 채 입을 열었다.

"나는 시종무관장 이병무李秉武라고 한다."

순간 석중의 표정이 굳어졌다. 윤택영으로부터 들은 말이 있었던 것이다.

"동궁무관이 되면 시종무관장 이병무란 작자를 만나게 될걸세. 스물한 살에 무과에 급제한 전형적인 무골로서 현재 의정부를 장악한 참정대신 이완용의 사람이지. 아마도 이 대감과 경쟁 관계에 있는 우리 윤씨 가문에서 보낸 자네를 탐탁지 않게 볼 거야. 수가 틀리면 무슨 짓을 벌일지 모를 과격한 인물이니 부디 조심하시게."

아닌 게 아니라 자신을 쏘아보는 이병무의 눈빛이 예사롭지 않다고 생각하며 석중이 천천히 고개를 숙였다.

"나석중입니다."

"어디서 굴러먹던 놈이냐?"

적의가 가득 실린 이병무의 목소리에 석중은 부아가 치밀었다. 천천히 고개를 쳐든 석중은 도전적인 눈으로 이병무를 쳐다보았다. 두 사람의 시선이 공중에서 얽히며 퍼런 불꽃이 튀었다. 한참만에야 석중이 표정을 풀며 말했다.

"그냥 저자의 뒷골목에서 뒹굴던 놈입니다. 운이 좋아 윤씨 가문 법부협판 나리의 눈에 띄어 태자비마마의 호위무관이 되었습니다."

이병무가 석중을 손가락으로 가리키며 으르렁거렸다.

"나라가 어지러우니 종오품 동궁배종무관의 중책이 너 같은 시정잡배에게 돌아가는구나. 이래서 내가 해풍 윤씨 가문을 좋게 보지 않는 것이다. 그 형제는 이완용 대감과는 달리 나라의 법도를 마음대로 흔들고 있어. 이제 자신들의 가문에서 태자비까지 배출하였으니 그 오만방자함이 오죽할까?"

"어차피 이완용 대감이나 윤덕영 대감이나 친일파가 아닙니까? 옳고 그름을 따져봤자 똥 묻은 개가 겨 묻은 개 탓하는 격이지요."

"뭐, 뭣이라?"

이병무의 수염이 바르르 떨렸다.

"이들은 시종무관부의 정위 김상태와 임기홍이라고 한다. 네가 과연 큰소리를 칠 자격이 있는지 이들이 판가름해 줄 것이다."

이병무가 내뱉듯이 말하자마자 양옆에서 대기하던 무관 김가와 임가가 달려왔다. 순식간에 거리를 좁히는 두 사람의 기세가 범상치 않음을 깨닫고 석중이 짧은 숨을 들이마셨다. 그런 석중의 눈앞으로 닥쳐든 김가가 공기를 가르며 오른손 정권을 질렀다.

퍼억!

얼결에 손바닥을 뻗어 막았지만 충격을 완전히 흡수하진 못했다. 신음을 삼키며 물러서는 석중의 머리 위로 이번엔 임가가 뛰어 올랐다. 그가 석중의 관자놀이를 노리고 발을 날렸다. 석중이 반사적으로 고개를 숙여 흘려보냈다. 연이어 김가와 임가가 숨 고를 틈도 주지 않고 주먹과 발을 날려 왔다. 석중은 정신없이 피하고 막으며 뒷걸음질을 쳤다.

의자에 앉아 지켜보는 이병무의 입가에 조소가 걸렸다. 윤택영이 태자비에게 호위무관을 딸려 보냈다기에 혹시나 하고 시험해 봤는데, 본인의 말처럼 저잣거리에서 뒹굴던 불한당 수준이었다. 더 두고 볼 것도 없겠다 싶어 일어서려던 이병무의 입에서 짧은 비명이 새나왔다.

"어엇!"

김가와 임가의 주먹과 발을 양쪽 팔뚝으로 막으며 석중은 계속 밀리고 있었다. 양쪽 팔이 떨어져 나갈 지경이었지만 그의 시선은 두 정위의 움직임을 놓치지 않고 있었다. 이병무처럼 김상태와 임기홍도 방심한 채였다. 그들은 애송이를 빨리 눕히지 못하면 상관에게 꾸지람을 들을까 봐 조바심을 내고 있었다. 결국 김상태가 수비를 완전히 도외시한 채 석중의 얼굴을 노리고 주먹을 휘둘렀다. 동선이 큰 무리한 공격이었다. 그 빈틈을 놓칠 리 없는 석중이 고개를 숙여 주먹을 흘려보내는 한편, 김상태의 텅 빈 가슴으로 파고들었다.

석중의 주먹이 정확히 턱에 꽂히는 순간 김상태의 얼굴이 번쩍 들어 올려졌다. 힘없이 쓰러지는 동료의 모습에 놀란 임기홍 역시 무리한 발차기를 날렸다. 석중이 발목을 붙잡음과 동시에 어깨로 가슴을 찍어 눌러 연무장 바닥에 메다꽂았다.

쿠웅!

단단한 대리석이 쪼개질 듯한 굉음이 울렸다. 바닥에 길게 드러누운 임기홍은 아예 눈을 허옇게 까뒤집고 기절한 상태였다. 그의 옆에서 김상태가 턱 밑으로 핏물을 뚝뚝 흘리며 일어나려고 버둥거리고 있었다.

석중이 거친 숨을 몰아쉬며 이병무를 향해 돌아섰다. 중년의 무관은 채 스물도 돼 보이지 않는 애송이와 사생결단을 벌일지 말지를 망설이는 듯했다. 일을 더 크게 벌려서 좋을 게 없겠다고 판단한 석중이 머리를 조아렸다.

"본의 아니게 소란을 피웠습니다. 자중하라는 무관장님의 뜻은 가슴 깊이 새기겠으니, 오늘은 이만 물러가도록 해주십시오."

잠시 석중을 쏘아보던 이병무가 천천히 고개를 끄덕였다.

"가도 좋다."

석중이 이병무를 향해 다시 한 번 고개를 숙이곤 돌아섰다. 석중의 뒷모습이 어둠 속으로 완전히 사라질 때까지 이병무는 결코 타는 듯한 시선을 거두지 않았다.

"태자비는 어찌하고 있는가?"

며칠 전 내린 눈이 쌓여 풍광이 한 폭의 산수화 같은 창덕궁 부용정芙

蓉亭 안에 등을 보이고 서서 이토가 물었다. 이토의 배후에서 김 상궁과 윤 상궁이 나란히 머리를 조아렸다.

"아무것도 하지 않고 있습니다."

한 치의 틈도 없이 견고하게 얼어붙은 연못을 내려다보는 이토의 입가에 흐릿한 웃음이 걸렸다.

"아무것도 하지 않는다라……?"

"아니, 아무것도 할 수 없을 것입니다."

김 상궁이 덧붙이자 이토가 흡족한 듯 웃었다.

"두 번째 말이 더욱 듣기 좋군."

"철부지 태자비는 상궁들의 도움 없이는 궁에서 아무것도 할 수 없음을 뼈저리게 깨닫게 될 겁니다. 그때쯤이면 제 발로 찾아와 통감께 머리를 조아리겠지요."

"과연 김 상궁이구나. 내 수하들이 다 너와 같다면 나는 벌써 내선합방을 이루고 고국으로 돌아가 노구를 요양했을 것이다."

"과찬에 몸들 바를 모르겠나이다."

"황태자는?"

이토가 힐끗 돌아보며 묻자 이번엔 윤 상궁이 허리를 낮췄다.

"태자전하께옵선 당분간 태자비의 처소에 들지 않으실 것입니다."

"어째서?"

"윤덕영 대감에 대한 태자전하의 반감을 아시지 않습니까? 태자비를 윤 대감이 보낸 간세 정도로 생각하십니다."

"저런, 어린 태자비께서 고립무원이 되셨군그래."

일본의 내각총리대신으로서 조선 병합이라는 원대한 포부를 품고 이 땅으로 건너온 이토는 신성불가침적 존재인 국왕의 처소이자 조선 정치의 총본산인 궁궐에 대해 연구하다가 매우 흥미로운 존재들을 발견했다. 바로 상궁들이었다. 궁의 내관들이야 동양의 여느 나라처럼 권력의 한 축을 담당하는 게 당연하게 여겨졌지만 상궁들은 좀 낯선 존재들이었다. 하지만 이들이 가진 힘은 참으로 막강해서 내관들은 물론 대신들마저 우습게 여길 정도였다.

이토가 조사한 바에 따르면 그것은 조선 국왕의 성장 과정과 관련이 있었다. 조선의 왕들은 어려서부터 유모에 해당하는 상궁의 보살핌을 받으며 자란다. 또한 성년이 되어서도 식사, 의복, 목욕, 잠자리 등 모든 생활을 상궁들에게 의지한다. 어디 그뿐인가. 대부분 왕의 첫 경험은 상궁을 통해 이루어진다. 상궁이야말로 왕의 최측근이요, 유일하게 속내를 터놓을 수 있는 친구요, 치부까지 내보일 수 있는 정부였던 것이다. 이런 상궁들에게 권력이 쏠리는 것은 당연했다. 갑오경장 때 내관 제도가 폐지되면서 상궁의 힘은 더욱 세졌다.

그래서 이토는 진즉부터 상궁들의 환심을 사기 위해 노력했다. 일본에 다녀올 때마다 고급 시계나 진귀한 서양 향수 혹은 노리개를 구해 상궁들에게 아낌없이 선물했다. 그 결과 현재 궁에서 가장 큰 영향력을 행사하는 김 상궁과 그녀의 후계자인 윤 상궁을 수족처럼 부리게 되었다.

제조상궁은 내전의 어명을 받들고 내전의 모든 재산을 총괄하여 맡아보는 상궁으로 그 권력이 막강했다. 또한 모든 상궁의 우두머리로 황제와 황태자를 지근에서 시중을 드는 지밀상궁 등을 동원해 웃전들의 일거수일투족을 감시하기도 용이했다. 이토는 이들을 이용해 불온한 싹이 보이는 어린 태자비의 항복을 받아 내려 하고 있었다.

"무슨 일이든 시작이 중요한 법. 태자비가 대일본제국에 순종하느냐, 반항하느냐는 오직 너희들에게 달렸음을 명심하라."

"뜻을 받들겠나이다, 통감."

성정각의 마당 건너 대문 격인 영현문迎賢門 위쪽 새벽하늘이 파랗게 밝아오는 것을 증순은 대청 끝자락에 앉아 멍하니 보고 있었다. 추위와 배고픔 때문에 손가락 하나 까닥할 힘조차 없었다. 이젠 정말 누구라도 와 주면 좋겠다고 그녀는 생각했다. 지금이라도 저 영현문을 열고 김 상궁이든 윤 상궁이든 와 준다면 얼싸 안고 춤을 출지도 모른다. 얼어붙은 입술을 달싹여 그녀가 마지막으로 두 상궁을 불러 보았다.

"김 상궁……. 윤 상궁……."

"불러 계시옵니까, 마마?"

갑작스런 대답에 증순이 눈을 크게 뜨고 섬돌 아래를 내려다보았다. 그렇게 기다려도 나타나지 않던 두 상궁이 거짓말처럼 나란히 시립해 있었다. 증순이 구르듯 섬돌을 밟고 내려가 두 상궁 앞에 섰다.

"대체 어디들 갔었는가? 내가 얼마나 찾았는데."

김 상궁이 지극히 사무적인 투로 물었다.

"저희들을 찾아 계셨습니까?"

"찾았어! 밤새도록 찾았어!"

"어찌 찾으셨습니까?"

"그것이 저어……."

체면 때문에 잠시 망설이던 증순이 아랫배를 지그시 누르며 말했다.

"실은 어제 아침부터 아무것도 먹지 못했네. 찬밥에 장국이라도 상관없으니 허기 좀 채울 수 있겠는가?"

김 상궁과 윤 상궁이 흐릿한 비웃음을 흘리며 번갈아 대답했다.

"지난밤부터 소주방에는 태자전하와 태자비마마를 위한 주안상이 준비돼 있습니다. 하지만 태자전하께서 납시지도 않았는데, 마마 혼자 상을 받으시는 건 법도에 어긋나는 일입니다."

"윤 상궁의 말이 지당합니다. 전하께서 납실 때까지 참으시는 게 어떨는지요?"

법도라는 데야 도리가 없었다. 쓰러질 정도로 배가 고팠지만 신랑의 얼굴도 보기 전에 초야 상부터 받는 게 이상하긴 했다. 증순이 상궁들을 향해 조심스럽게 물었다.

"헌데 전하께서는 왜 납시지 않으시는가?"

"글쎄요……. 잘은 모르겠으나 지난밤 늦게까지 계속된 연회 때문에 늦잠을 주무시는 게 아닐까요?"

"전하께서 이곳 성정각이 아니라 다른 곳에서 주무시고 계시다는 말인가?"

"전하께서는 종종 중희당重熙堂에서 주무시곤 하십니다."

"그렇군."

시무룩하게 고개를 끄덕이는 증순을 앞에 두고 상궁들이 의미심장한 미소를 교환했다. 한동안 골똘히 생각에 잠겨 있던 증순이 부러 밝게 웃으며 말했다.

"기왕 참은 것 조금만 더 참지 뭐."

"그럼 소인들은 이만 물러가겠나이다."

"둘 다 가는 거야? 누구 한 사람은 남아서 말동무라도 해 주면 좋겠는데……."

"마마께서도 아시다시피 이토 통감께서 우리 황실의 고질적인 부채 문제를 해결하느라 궁인들의 숫자를 줄여서 궁내 일손이 많이 부족하옵니다. 저희들만 해도 황제폐하는 물론 태자전하까지 보필하느라 눈 코 뜰 새 없이 바쁘지요. 사정이 이럴진대 마마 곁에만 붙어 있으라는 분부는 너무 과하다고 생각되옵니다."

불쾌한 표정이 역력한 김 상궁을 향해 증순이 손사래를 쳤다.

"미, 미안하네. 내가 실언을 했네."

"정 적적하시면 나인이라도 하나 보내드리겠습니다."

"그래 주면 고맙겠군."

어색하게 웃는 증순을 남겨두고 김 상궁과 윤 상궁이 돌아섰다. 쌩하니 영현문을 향해 걸어가는 두 사람의 치맛단이 깃발처럼 펄럭였다. 아무래도 증순은 저 두 사람이 자신에게 적의를 품고 있다는 생각을 떨칠 수가 없었다.

'누가 나를 미워하면 상대를 탓하기 전에 먼저 자신의 허물부터 살필 일이다' 라고 어머니는 당부하곤 하셨다. 그래서 증순은 김 상궁과 윤 상궁을 미워하기보단 자신의 부족함을 먼저 살피기로 했다. 다시 대청마루 끝에 힘없이 앉으며 그녀는 문득 석중을 떠올렸다. 석중이라도 옆에 있어주면 고마우련만 어제부터 코빼기도 보이지 않는 것이다. 오전의 햇살조차 얼려버릴 듯한 추위와 배고픔이 다시 엄습했다. 궁에서의 이틀째 날이 힘들게 시작되고 있었다.

해가 중천에 떠올랐을 때에야 석중이 성정각에 모습을 드러냈다. 그때까지 대청에 멍하니 앉아 있던 증순은 석중을 보자마자 반색하며 달려갔다.
"왜 이리 늦었어요?"
"시종무관부에 들러 등청을 신고하고 바로 오는 길입니다."
"그랬군요."
"얼굴이 핏기가 없으십니다. 지난밤 무슨 일이라도 있으셨습니까?"
"……."
증순이 대답하지 못하자 석중이 성정각을 살폈다.
"태자전하께서는 기침하셨는지요?"
"전하는 지난밤 납시지 않으셨어요."
"예에?"
석중은 눈을 크게 떴다. 혼례를 치른 신랑이 신부를 버려두고 나타나지 않다니, 여염집에서도 흔치 않은 일이었다. 하물며 법도를 중시하는 황실에서야. 이때 미간을 찌푸리며 아랫배를 슬슬 문지르는 증순을 보고 석중이 물었다.

"배가 아프십니까?"

"그게 아니라……."

"아프면 아프다고 말씀하십시오. 그래야 태의원太醫院의 전의라도 불러오죠."

"실은 아픈 게 아니라 고파서 그래요."

증순이 얼굴을 붉히며 고백하자 석중은 다시 황당한 표정을 지었다. 산해진미가 돌멩이처럼 굴러다니는 궁에서 다른 사람도 아닌 태자비가 굶주림을 호소하다니, 누군들 믿을 수 있겠는가.

"너무 긴장하셔서 식사를 못 하셨군요?"

"그런 게 아니라…… 아무도 음식을 주지 않았어요."

"허어……!"

기가 막혀 실소를 흘리던 석중이 눈을 치떴다.

"마마를 보필해야 할 상궁들은 다 어디로 가서 코빼기도 보이지 않는답니까?"

"상궁들이 말하길, 태자전하가 납시어야 초야 상을 내올 수 있대요. 그게 황실의 법도래요. 사실 전하도 안 계신데 혼자 먹으면 이상해 보이긴 할 거예요."

석중이 상궁들의 꿍꿍이를 눈치챘다.

'노회한 상궁들이 어린 태자비를 업신여기는구나.'

이 정도로 사람을 골탕 먹이는 것으로 보아 기선을 잡자는 정도가 아니라 무언가 단단히 억하심정이 있는 게 분명했다. 한동안 생각에 잠겨 있던 석중이 증순을 향해 말했다.

"상궁들이 마마를 골탕 먹이려고 헛소리를 한 겁니다."
"예에?"
"상궁들을 불러 엄히 꾸짖고, 아침상을 받으십시오."
"으음……."
아랫입술을 지그시 깨물고 한동안 고민하던 증순이 고개를 저었다.
"왜 그러십니까?"
"상궁들이 화가 났다면 필시 내게 잘못이 있기 때문일 거예요. 상궁만 탓할 일은 아니라고 생각해요."
"하지만 웃전으로서 위엄을 보이지 않으면 계속 끌려다닐 수도 있습니다."
"내가 진심으로 대하면 그 사람들도 언젠가는 나를 진심으로 대할 거예요. 나는 그렇게 믿고 있어요."
석중이 무언가 더 말하려다가 그만두었다. 한편으론 지극히 순진하지만 한 번 뜻을 세우면 목에 칼이 들어와도 꺾지 않는 증순의 성정을 알기 때문이었다.
'이 복마전에서 사는 사람들이 증순이 너의 순수함을 받아 줄지 의문이구나.'
석중이 내심 혀를 찼다. 지난 이틀간 둘러본 바에 의하면 벌레 먹은 사과처럼 일본인들에게 야금야금 잠식당하며 궁 안의 사람들은 점점 극악해지고 있는 듯했다. 석중 자신의 경험에 의하면 악을 악으로써 물리치는 건 그나마 가능한 일이다. 하지만 악을 선으로써 교화시킨다는 건 현인이나 가능한 일이다. 걱정이 가득 담긴 눈으로 그가 증순의 맑은 눈을 들여다보았다.

'내가 밥도 안 먹고 기다린다는 소식을 들으면 서둘러 와 주실 거야.'

한편, 증순은 태자전하에 대한 기대를 포기하지 않고 있었다. 어제 안국동 별궁에서 꼴사납게 넘어졌던 일이 자꾸 마음에 걸렸다. 그때 참으로 냉정하게 자신을 외면하던 전하의 얼굴이 잊혀지지 않았다. 이대로 전하가 영영 자신을 찾지 않으면 어떻게 되는가? 그런 식으로 어머니의 불행을 되풀이하는 것이야말로 상상할 수 있는 가장 끔찍한 미래였다.

'전하는 오실 거야. 저 영현문을 통해 헌헌한 모습으로 들어오실 거야.'

어금니를 깨물며 증순은 영현문을 보았다. 그러나 영현문을 넘어 들어온 사람은 전하가 아니라 시종무관부의 서기였다. 숨을 헐떡이며 달려온 서기가 석중에게 말했다.

"시종무관부에서 모든 무관들의 훈련이 있소이다. 속히 참석하라는 무관장님의 엄명이시오."

"알았네. 속히 가겠노라 말씀드리게."

"빨리 오시오! 빨리!"

서둘러 영현문을 빠져나가는 서기의 뒷모습을 물끄러미 보던 석중이 증순을 향해 머리를 숙였다.

"잠시 다녀와야 할 것 같습니다."

"내 걱정은 말고 어서 가세요."

"조금만 더 기다려 보다가 전하께서 안 오시면 상궁들을 불러 수라상을 받으십시오."

"그럴게요."

"퇴청하기 전에 한 번 더 들르겠습니다."

허리를 곧게 펴고 마당을 빠져나가는 석중의 뒷등을 보며 증순은 그나마 저 남자가 있어서 이 넓디넓은 궁에서 내가 외톨이가 아니구나, 하고 생각했다.

"하압!"

"타합!"

시종무관부 연무장에서 웃통을 벗어젖힌 무관들의 기합성이 울려 퍼졌다. 정조 때에 백동수 등을 시켜 편찬한 무예도보통지武藝圖譜通志, 조선 후기의 무예 훈련 교범 중에서 주로 본국검법本國劍法, 한국 전통의 무예 검법으로 무예도보통지의 하나과 수박手搏, 두 사람이 맞붙어 손으로 쳐서 상대방을 넘어뜨리는 겨루기을 훈련시켰다. 원래 싸움이라면 자다가도 벌떡 일어나는 석중이었기에 교관들이 가르치는 검술과 권각술에 금방 빠져들었다. 교관들 뒤를 왔다 갔다 하며 무관장 이병무가 가끔 석중을 째려보았지만 그는 깨끗이 무시하고 목검을 휘두르고 정권을 찌르는 데 열중했다.

엄동설한이 무색하게 단단한 맨 상의에서 김이 모락모락 솟았다. 석중은 때때로 고개를 돌려 담장 너머 성정각 쪽을 보았다. 증순이 걱정됐지만 지금쯤 누구든 불러 밥을 먹었을 것이라고 생각했다.

겨울 해는 추위에 쫓겨 일찌감치 서쪽 지붕 너머로 자취를 감췄다. 해가 사라진 하늘이 잠시 밝개지는가 싶더니, 이내 어두워졌다. 해가 사라지자 바람이 거세졌다.

성정각의 섬돌 위 대청 끝자락에 앉아 증순은 하염없이 영현문만 보았다. 배가 너무 고파서 정신이 가물가물했고, 그래서인지 자신이 기다리는 사람이 전하인지 석중인지 헷갈렸다.

'아니지…… 아니야!'

자신이 둘 중 누구도 기다리고 있지 않음을 깨달은 증순이 고개를 가로저었다. 당장의 배고픔을 면하기 위해 그녀는 김 상궁이나 윤 상궁을 더욱 간절히 기다리고 있었다. 밥상을 받을 수만 있다면 상궁들 앞에 무릎이라도 꿇을 수 있을 것 같았다. 하루 이틀의 배고픔이 사람을 이리도 초라하게 만드는구나, 생각하며 자조하던 그녀의 입에서 갑자기 비명이 터져 나왔다.

"꺄아악!"

"으아악!"

동시에 성정각에서 대문인 영현문에 이르는 기다란 왼쪽 담장 중간쯤에 뚫린 샛문인 인현문引賢門 쪽에서도 비명이 들렸다. 누군가 문을 빠끔히 열고 증순과 눈이 딱 마주쳤던 것이다. 인현문 안쪽에 털썩 주저앉아 있는 것은 증순보다 두세 살 어려 보이는 꾀죄죄한 계집아이였다.

증순은 계집아이를 향해 천천히 걸어갔다. 증순이 바로 앞에 설 때까지 아이는 주저앉은 채였다. 증순은 아이의 얼굴을 찬찬히 살폈다. 각진 얼굴에 쭉 찢어진 눈매의 아이에게 또래의 귀염성을 찾아보기란 쉽지 않았다. 하지만 보통 사람보다 거리가 먼 눈썹과 눈썹 사이의 편편한 미간에는 분명 그 나이에 걸맞은 호기심이 맺혀 있었다. 계집아이의 때 묻은 나인복을 살피던 증순이 물었다.

"생각시니?"

생각시란 정식 나인이 되기 전의 나이 어린 견습 궁인을 말한다. 그제야 발딱 일어선 아이가 무릎에 코가 닿을 듯 허리를 숙였다.

"예, 마마. 소주방 생각시인 성옥염이라 하옵니다."

"소주방 생각시가 이곳에서 무얼 하고 있었더냐?"

"예, 마마. 김 상궁님이 마마께 가서 심부름이라도 해 드리라고 보내셨습니다."

그제야 증순은 아침에 큰 선심이라도 쓰듯 나인이라도 하나 보내주겠다던 김 상궁의 말을 떠올렸다. 나인은커녕 보리 한 말 들어 올리지 못할 어린 생각시였지만 증순은 왠지 이 성옥염이란 아이에게서 친밀감을 느꼈다. 외로운 이의 친구는 외로운 이라고 하지 않던가.

"날 위해 이렇게 와 주다니 고맙구나."

"......!"

증순이 자신의 손을 꼬옥 잡아 주자 성옥염이 오히려 당황했다. 입궁한 지 어언 일 년 반. 멀건 죽이라도 먹는 날보다 못 먹는 날이 많을 정도로 찢어지게 가난한 부모가 배라도 곯지 말라며 어린 그녀를 궁으로 보냈다. 하지만 궁에서도 고단하긴 매한가지였다. 밥은 먹을지언정 누구 한 사람 따뜻하게 말을 걸어주지 않았다. 정에 주렸던 그녀는 가난한 부모가 그리워 밤마다 베갯잇을 적셨다. 그런데 자신을 애물단지 취급하는 상궁이나 나인들보다 몇 백배 존귀하신 태자비께서 자신을 진정으로 대해 주고 계신 것이다. 코끝이 시큰해진 성옥염이 잡혔던 손을 슬그머니 빼내며 조심스럽게 물었다.

"드, 듣자하니 마마께서 어제부터 아무것도 잡수지 못했다고 하시던데……."

"네가 어찌 그런 것까지 아느냐?"

선뜻 대답을 하지 못하고 불안하게 눈알을 굴리던 성옥염이 기어 들어가는 소리로 고했다.

"송구하오나 김 상궁님과 윤 상궁님이 말하시길, 마마께옵서 내일쯤 주린 배를 안고 와서 무릎을 꿇을 것이라고……."

증순은 그만 멍한 표정이 되었다. 이유를 알 수 없는 타인의 적의가 마음을 무겁게 짓눌렀다. 한동안 골똘히 생각에 잠겨 있는 증순의 눈치를 살피던 성옥염이 말했다.

"마마, 소녀가 마마께 수라를 올리겠습니다."

"뭐라고?"

쭉 찢어진 눈을 반짝이는 성옥염의 얼굴을 증순이 의아한 듯이 바라보았다.

"네가…… 수라를 올리겠단 말이지?"

"그렇습니다."

"이 시각에 어떻게?"

증순을 올려다보며 성옥염이 흰 이를 드러내고 웃었다.

"제가 이래 봬도 소주방에서 잔뼈가 굵은 년입니다. 밤이 늦었기로 간단한 요깃거리를 준비하지 못하겠습니까?"
　옥염을 물끄러미 보던 증순이 다시 물었다.
"날 도운 걸 알면 김 상궁과 윤 상궁에게 치도곤을 당할 텐데."
"상관없습니다."
"상관없다라……?"
　환하게 웃는 옥염을 보며 증순은 '아, 이 아이는 믿어도 되겠구나' 하고 생각했다.

제4장 신년연회

증순이 옥염을 따라 인현문 밖으로 나갔다. 어둠이 짙게 깔린 후원을 두 사람이 잰걸음으로 가로질렀다. 월동문月洞門을 몇 개인가 통과해 창덕궁의 후미진 구석에 위치한 소주방에 다다랐다.

소주방은 여염집의 부엌과는 비교조차 할 수 없을 정도로 넓었다. 커다란 무쇠 솥이 줄줄이 걸린 아궁이가 열 개나 뚫려 있었다. 온갖 식재료와 장이 담긴 작은 단지가 선반 위에 겹겹이 쌓여 있었다. 궁궐 곳곳이 그렇듯이 소주방도 일부는 서양식으로 개조되어 나인들이 서서 조리하는 바닥은 벽돌을 쌓아 평평하게 만들어져 있었다. 나인들의 키 높이에 맞춘 조리대 위에는 깨끗이 씻은 도마와 식칼들이 가지런했다.

배고픔도 잠시 잊고 증순은 소주방 안을 신기한 듯 둘러보았다. 옥염이 그런 증순의 뒤에서 첫 번째 무쇠 솥을 열었다. 솥 바닥에는 저녁밥을 지을 때 누른 누룽지가 깔려 있었다.

촤아악!

솥 안에 물을 붓는 옥염을 돌아보며 증순이 의아한 듯 물었다.

"얘, 무얼 하려고 그러니?"

"날이 추워서 남은 음식이 돌덩이처럼 얼었어요. 누룽지를 푹 삶아 드시면 웬만한 곡기보다 나으실 겁니다."

옥염은 벌써 아궁이에 마른 짚을 넣고 불을 붙이는 중이었다. 매캐한 연기가 새나오는 아궁이에 엎드려 훅훅 입바람을 부는 옥염을 보며 증순은 이 아이가 나이는 어려도 손이 제법 야무지다고 생각했다.

콰앙!

김 상궁과 윤 상궁이 소주방 문을 박차고 뛰어든 것은 바로 그때였다. 두 상궁이 어찌나 급작스레 들이닥쳤는지 증순과 옥염은 한동안 멍하니 얼어붙어 버렸다. 간신히 정신을 수습한 옥염이 도끼눈을 뜬 상궁들에게 머리를 조아렸다.

윤 상궁이 그런 옥염을 향해 추상같이 추궁했다.

"네가 어찌 시키지도 않은 일을 하느냐?"

"송, 송구합니다. 마마께옵서 너무 시장해 하시는지라……."

증순이 옥염을 변명하고 나섰다.

"미안하게 됐네. 어제부터 아무것도 먹지 못해 허기가 지는지라 내가 이 아이를 재촉했네."

증순의 말은 싹 무시하고 윤 상궁이 계속 옥염을 닦아세웠다.

"우리가 마마의 수라를 챙겨드린 일 때문에 이러는 게 아니다. 어찌 존귀하신 마마께 누룽지 따위를 올릴 수가 있느냔 말이다."

"당장 할 수 있는 것이 그뿐인지라……."

"저 선반 위에 쌀이 있고, 소금 간을 해 둔 고등어도 있음을 모르느냐? 또한 창고에 가면 오늘 저녁 양념에 재워둔 너비아니도 있다."

"그것까진 미처……."

"결국 네 한 몸 편하고자 마마를 욕보인 것이 아니냐?"

윤 상궁의 서슬 퍼런 기세에 옥염이 기가 눌려 입을 다물었다. 자기 때문에 어린 생각시가 수난당하는 것이 미안해 중순이 다시 나섰다.

"모두 나 때문에 벌어진 일이니 부디 용서하게. 이 아이가 설마 나를 욕보이려고 누룽지를 삶았겠는가?"

그때까지 지켜보기만 하던 김 상궁이 턱을 쳐들고 말했다.

"마마, 이는 궁인들 간의 일입니다. 아무리 마마시라 해도 간여하실 수 없습니다."

"아아, 정말 미안하네."

중순이 서둘러 사과했지만 김 상궁의 눈빛은 더욱 표독스러워졌다. 그 독기가 고스란히 옥염에게 쏟아졌다.

"내 오래 참고 가르쳤으나 옥염이 너는 도저히 궁인의 자질이 보이질 않는구나. 내일 날이 밝는 대로 짐을 꾸려 출궁하도록 해라."

"출, 출궁이라굽쇼?"

옥염의 눈이 화등잔만 해졌다. 한동안 김 상궁의 얼음장 같은 얼굴을 멍하니 보던 옥염이 노회한 제조상궁의 발밑에 넙죽 엎드렸다.

"한 번만 용서해 주십시오! 이 엄동에 궁 밖으로 내쳐지면 소녀는 죽사옵니다!"

"너희 사가를 찾아가면 될 것 아니냐?"

"작년 이맘때 전선사典選司, 조선 후기 통리기문아문에 소속된 관청에 소녀를 넘기고 사라진 부모는 어디로 가서 죽었는지 살았는지 소식조차 끊긴 지 오랩니다. 소녀에게 돌아갈 집 따윈 없습니다."

"내 알 바 아니다."

고개를 모로 꺾는 김 상궁의 치맛자락을 붙잡고 옥염이 눈물을 쏟았다.

"살려 주십시오, 마마님! 이대로 쫓겨나면 소녀는 동태처럼 얼어 죽을 겁니다!"

"어허, 뉘 앞에서 생떼를 쓰느냐? 당장 떨어지지 못할까?"

윤 상궁이 달려들어 눈물범벅이 된 옥염을 억지로 뜯어냈다. 윤 상궁이 떨어뜨리면 다시 무릎걸음으로 달려들어 김 상궁의 치마를 붙잡고, 다시 윤 상궁이 패대기치면 들러붙기를 반복하는 옥염을 가여운 듯 보던 증순이 그 자리에 털썩 무릎을 꿇었다.

"모두 내가 부덕한 탓일세. 내 비록 반가에서 자랐으나 어려서부터 규방의 법도를 제대로 익히지 못해 오늘날에 이르렀네. 이렇게 사과할 테니 모쪼록 노여움을 푸시게."

무릎을 꿇은 것도 모자라 머리까지 조아리는 증순을 내려다보는 상궁들의 입가에 흡족한 미소가 걸렸다. 하지만 김 상궁은 이쯤에서 마무리할 생각이 전혀 없는 것 같았다.

"이는 궁인들의 일이라고 분명히 말씀드렸습니다. 부디 체통을 지켜 주소서, 마마."

"내가 이렇게 애원하는데도 안 되겠는가? 대체 어떻게 하면 이 아이를 용서하겠는가?"

"으음……."

김 상궁이 고민하는 척하며 중얼거렸다.

"이는 도저히 묵과할 수 없는 일인지라……."

"무슨 일이든 할 테니 이 아이가 궁에 남을 수 있는 방도만 알려 주게."

잠시 더 생각하던 김 상궁이 신중히 입을 열었다.

"며칠 후 창덕궁 비원祕苑에서 큰 연회가 열리옵니다."

"신년연회를 말하는 것인가?"

"그렇습니다. 신년연회는 궁에서 열리는 가장 큰 연회 중 하나이옵니다."

"나도 어렴풋이 들어서 알고는 있네. 그런데 그 연회와 이 아이가 무슨 상관인가?"

"부용지芙蓉池 앞 주합루宙合樓에서 열리는 연회에는 폐하와 전하를 비롯한 한일 양국 내외빈들께 궁중 만찬을 대접하게 될 것이옵니다. 만찬이 끝난 직후 귀빈들께 후식을 내갈 텐데, 만약 옥엽이 혼자 그날의 후식을 준비한다면 출궁에 대해 다시 생각해 보겠사옵니다."

순간 증순과 옥엽의 표정이 동시에 일그러졌다. 소주방에서 파나 다듬고, 누룽지나 삶던 생각시가 까다로운 황족들과 고관들의 혀를 만족시킬 만한 후식을 만든다는 건 촌로가 하룻밤 새 산을 옮기는 것만큼이나 힘든 일이었다.

증순이 무릎을 세우며 항의 조로 말했다.

"그게 불가능한 일이란 건 자네가 더 잘 알지 않은가? 차라리 다른 일을 하라면 얼마든지…….."

김 상궁이 단호히 말꼬리를 잘랐다.

"후식을 만들면 옥염이는 궁에 남을 것이고, 만들지 못하면 떠날 것이옵니다."

"하아……."

땅이 꺼져라 한숨을 내쉬며 증순은 옥염을 보았다. 옥염의 눈가엔 다시 눈물이 맺혀 있었다. 그 모습에 증순은 가슴이 찢어질 것 같았다. 원래 자신의 아픔은 꾹꾹 눌러 잘도 참으면서 남의 아픔은 보지 못하는 성미였다. 하물며 그 아픔이 자신으로 인해 비롯된 것임에야.

어금니를 지그시 깨물며 증순이 김 상궁의 얼굴을 똑바로 보았다.

"내가 옥염이를 돕겠네. 그것은 괜찮은가?"

"어차피 마마를 보필하라고 보낸 아이옵니다. 소신이 어찌 간섭하겠나이까?"

"그나마 다행이로군."

"단……!"

증순이 가슴을 쓸어내릴 때 김 상궁이 눈을 빛냈다.

"단, 이번 연회를 주관하는 분은 이토 통감이십니다. 만에 하나 후식이 잘못되어 통감께서 망신이라도 당하는 날에는 소인들의 목숨 따위로 해결될 문제가 아닙니다."

"그래서……?"

"만약 연회에 어울리는 풍미와 격조를 갖춘 후식을 만들어 내지 못한다면 마마께서도 공동 책임을 져 주셔야겠습니다."

증순이 즉시 대답하지 못하고 김 상궁의 안색을 살폈다. 노회한 상궁이 무언가 꿍꿍이를 꾸미고 있다는 느낌이 들었다. 그렇다고 이제 와서 피해갈 수는 없었다.

"무얼 어떻게 책임을 지란 말인가?"

"이토 통감을 찾아뵙고 연회를 망친 것에 대해 직접 사죄해 주셨으면 하옵니다."

"!"

증순이 눈을 부릅뜨고 김 상궁의 얼굴을 보았다. 백부 같은 친일파들이 득세한 것은 알고 있었지만 궁 깊숙한 곳에서 폐하를 모시는 상궁들까지 일본의 수족이 된 줄은 꿈에도 몰랐다. 이 나라가 정말 망하긴 망하려는 모양이구나, 하고 생각하며 증순이 나직이 말했다.

"그만한 일로 태자비인 내가 일본인 통감에게 머리까지 조아려야 하는가?"

김 상궁은 대꾸하지 않았다. 그녀의 미간에 맺힌 불손한 적의를 보고 증순은 서글픔과 분노를 동시에 느꼈다. 목구멍을 비집고 나오려는 분기를 한사코 누르며 증순이 내뱉듯이 중얼거렸다.

"알았네. 후식을 제대로 만들어 내지 못하면 내 반드시 이토 통감에게 머리를 조아리겠네. 그러면 되었는가?"

"예, 그러면 되옵니다."

그 말을 끝으로 김 상궁과 윤 상궁이 문도 닫지 않고 소주방을 나갔다. 활짝 열린 문을 통해 불어 닥치는 찬바람을 맞으며 증순이 탄식했다.

"고약하다……. 참으로 고약한 사람들이다……."

"마마, 소녀를 죽여 주옵소서!"

애꿎은 옥염이 저를 탓하는 줄 알고 엎드렸다. 증순이 힘없이 웃었다.

"너 때문에 화난 게 아니다. 일어서라."

"하지만 저 때문에 지엄한 마마께서 욕을 보지 않으셨습니까?"

"글쎄다……. 이 궁 안에 나를 지엄하게 생각하는 사람이 있는지나 모르겠구나."

무슨 말인지 몰라 어리둥절한 옥염을 증순이 부축해 일으켰다.

"자, 일어나렴. 신년연회에 쓰일 후식을 만들려면 너와 내가 정신없이 바빠질 것이다. 일단 네가 끓인 누룽지라도 먹고 기운부터 차려야겠구나."

옥염을 데리고 어둠이 한층 농밀해진 후원 담장을 끼고 걸어오던 증순이 전방에서 걸어오는 석중을 발견하고 멈춰 섰다. 증순 앞으로 다가온 석중의 얼굴에는 원망하는 빛이 역력했다.

"어딜 다녀오십니까? 성정각에 들렀는데 안 계셔서 궁 안을 샅샅이 뒤지는 중입니다."

"소주방에 다녀오는 길이에요."

"오, 수라를 드셨습니까?"

"이 아이 덕분에요."

증순이 성옥염의 어깨에 손을 얹고 빙그레 웃었다. 석중이 의아한 눈으로 꾀죄죄한 생각시의 얼굴을 보았다.

"누굽니까?"

"인사 드리렴. 나석중 배종무관님이시다. 내게는 친오라비 같은 분이니 앞으로 잘 모셔야 한다."

"처음 뵙겠습니다, 나리. 소주방 생각시 성옥염이라 하옵니다."

머리를 꾸벅 숙이는 성옥염을 석중이 다시 찬찬히 살폈다. 곱지는 않았으나 입술이 두툼한 것이 신의는 있어 보였다. 석중이 짐짓 눈을 치떴다.

"마마를 잘 모셔야 한다."

"명심하겠습니다, 나리."

"이제 성정각으로 돌아가십니까?"

"예, 그래야죠."

"으음……."

무언가 할 말이 더 있는 것 같았던 석중이 입을 다물었다. 오늘 밤은 태자전하가 성정각으로 납시는지 묻고 싶었지만 차마 물을 수 없었던 것이다. 석중의 마음을 헤아린 증순이 부러 밝게 웃었다.

"내일부턴 굉장히 바빠질 것 같아요."

"무슨 말씀이십니까?"

"머지않아 비원에서 신년연회가 열리는데, 옥염이와 제가 폐하와 손님들이 드실 후식을 준비하게 됐어요."

"단둘이서 말입니까?"

놀라서 묻는 석중을 향해 증순이 태연히 고개를 끄덕였다.

"예, 단둘이서요."

"궁에서 열리는 연회라면 손님만도 수십이 넘을 텐데, 두 사람이 어찌 그 양을 감당합니까? 누가 그런 가당치 않은 일을 시켰습니까? 혹시 제조상궁이 또 마마를 골탕 먹이려고……."

분통을 티뜨리려는 석중을 증순이 손을 뻗어 막았다.

"너무 걱정하지 마세요. 이래 봬도 병약한 어머니를 대신해 여덟 살 때부터 부엌일을 도맡았던 몸이에요."

"아무리 그래도 태자비께서 어찌 나인들처럼 소주방에 출입하십니까?"

불만스런 표정을 감추지 못하는 석중을 보며 증순이 조용히 미소 지었다. 그녀의 머릿속은 이미 내일부터 소주방에서 만들 후식에 대한 생각으로 꽉 차 있었다. 빈말이 아니라 음식 솜씨만큼은 자신이 있었고, 이번 일을 잘 해내서 김 상궁과의 관계까지 회복하자는 욕심도 생겼다.

"마마, 이 호박은 장국에 쓰일 것이옵니다."

"마마, 이 쇠고기는 미역국에 넣을 것이옵니다."

"송구하오나 마마, 이 솥은 나물을 볶는 솥이옵니다."

다음 날 아침, 옥염을 앞세우고 소주방에 들른 증순은 자신이 생각했던 것처럼 일이 간단치 않음을 깨달았다. 열 명이 넘는 나인들과 대여섯 명의 상궁들이 신년연회에 쓰일 만찬 음식을 준비하느라 북적대는 소주방 안에서 증순과 옥염의 공간은 없었다. 나인들이 뱁새눈을 뜨고 파 한 대, 마늘 한 통을 건드리지 못하게 했다. 그녀가 아궁이에 다가가려고 하면 서슬 퍼런 상궁들이 달려와 물을 삶아야 한다, 전을 부쳐야 한다는 둥 목소리를 높였다. 증순이 맥없이 물러날 때마다 나인 몇이 무엇이 재미있는지 킥킥거렸다.

 소주방 안은 증순에 대한 적의로 가득 차 있었다. 이런 상태로는 도저히 후식을 만들 수 없었고, 그리 되면 옥염이 쫓겨나는 것은 물론 자신도 일본인 통감에게 머리를 조아려야 할 것이다. 두 가지 다 죽기보다 싫었다. 증순은 마음을 독하게 먹고 팔을 걷어붙였다.

 "잘 모르는 모양인데 나는 자네들의 웃전인 김 상궁과 의논한 일을 하려는 것이네. 그러니 모두 나를 도와야 할 것이야."

 나인들을 몰아내고 가까스로 아궁이 하나를 차지한 증순을 허리통이 굵직한 젊은 상궁이 밀어붙였다.

 "소녀들은 들은 바가 없사옵니다."

 "어허, 너희들이 태자비를 능멸하느냐?"

 "소녀들은 폐하께서 드실 만찬 음식을 준비 중이옵니다. 마마께서 이를 방해하시니 폐하를 능멸하시는 것이옵니까?"

 "너희들의 말이 참으로 고약하구나!"

 증순이 더 이상 참지 못하고 고함을 질렀지만 젊은 상궁은 꿈쩍도 하지 않았다. 구석 자리에서 나인 몇이 또 키득거렸다. 분을 이기지 못한 증순이 크게 꾸짖으려는데, 문이 열리며 김 상궁과 윤 상궁이 나타났다. 황급히 머리를 조아리는 상궁과 나인들 한복판에 서서 증순은 자신을 향해 다가오는 두 상궁을 쏘아보았다.

 "마마, 나와 계시옵니까?"

 태연히 머리를 조아리는 김 상궁을 향해 증순이 날선 목소리로 말했다.

"내가 신년연회에 쓰일 후식을 준비하기로 한 약속 기억하겠지?"

"기억하다마다요."

"후식을 만들려면 소주방의 식재료를 쓰고, 아궁이를 써야 할 텐데 이 아이들이 가로막고 비켜 주질 않으니 어쩌란 말인가? 이 아이들이 하나같이 나를 업신여기는데, 원래 버릇이 없어서인가 아니면 자네가 그리 시켜서인가?"

증순의 기세가 추상같았지만 김 상궁의 얼굴에는 여유가 넘쳤다. 허리를 낮추며 늙은 상궁이 대꾸했다.

"소신이 어찌 지엄하신 마마를 업신여기라 가르쳤겠사옵니까? 아랫것들은 아랫것들대로 용무가 급해서 그럴 것이옵니다. 전에도 말씀드렸다시피 이토 통감께서 황실의 부채를 줄이기 위해 많은 상궁과 나인들을 출궁시키셨습니다. 그로 인해 일손이 부족해서 한 사람이 서넛의 일을 감당해야 하니, 저 아이들도 여유가 없답니다."

"그럼 어쩌란 말인가? 후식을 만들지 말라는 것인가?"

"그럴 리가요. 연회에 쓰일 후식은 이미 마마께 맡기고 다른 나인들은 준비조차 하지 않고 있사옵니다."

"그럼 더더욱 나를 도와야 할 것이 아닌가?"

"아랫것들을 단단히 타이를 테니 노여움을 푸십시오."

김 상궁이 소주방 상궁과 나인들을 한데로 모았다. 그리고 증순의 일을 방해하지 말라며 엄히 꾸짖었다. 상궁들과 나인들이 허리를 낮추며 그러겠노라고 답했다. 증순은 이제야 일을 좀 할 수 있게 됐다며 안도했다. 하지만 짧은 안도는 김 상궁과 윤 상궁이 사라지자마자 암담한 절망으로 바뀌었다.

　나인들이 언제 그랬냐는 듯 다시 증순과 옥염을 밀어내기 시작했던 것이다. 증순의 경고와 꾸지람도 소용없었다. 비실비실 웃으며 악의적으로 방해하는 태도로 미루어 지시에 따라 움직이는 게 분명했다.

　눈치 빠른 옥염이 분통을 터뜨리며 눈물을 글썽였다.

　"제가 김 상궁님을 찾아뵙고 언 땅에 이마를 쪼개서라도 부당함을 아뢰겠습니다."

　"그냥 두어라."

　증순이 씁쓸히 웃으며 만류했다. 김 상궁은 기어이 자신을 이토 통감 앞에 끌고 가 머리를 숙이게 하려는 것이다. 옥염을 데리고 소주방을 나서며 증순이 스스로에게 다짐하듯 말했다.

　"아직 시간이 남았으니 최선을 다해 보자. 지성이면 하늘도 감동한다지 않니?"

　신년연회가 사흘 앞으로 다가왔지만 성과는 없었다. 증순과 옥염은 여전히 멸치 동가리 하나 얻을 수 없었다. 소주방에는 온갖 식재료가 쌓여 있었지만 저녁 수라 준비가 끝나고 물러가면서 담당 상궁들이 문을 꼭꼭 걸어 잠가 접근을 막았다. 옥염이 발을 동동 굴렀다.

　"어쩌면 좋아요, 마마? 이젠 꼼짝없이 왜놈 통감에게 머리를 숙이게 생겼습니다!"

　자기 출궁당할 걱정보다 웃전이 왜놈에게 머리 숙일 일을 더 염려하는 옥염이 기특해 밤늦게 굳게 닫힌 소주방 앞을 서성이던 증순이 물었다.

"궁중 만찬에는 주로 무엇 무엇이 나오느냐?"

"너비아니, 신선로, 탕평채 같은 고급 요리들이 나오는 줄로 아옵니다."

"모두 고기가 들어가는 기름진 음식들이로구나?"

"고기를 어찌나 뭉텅뭉텅 쓰는지 연회 한 번에 소 한 마리가 통째로 들어간답니다."

"으음……."

한동안 소주방 처마 끝에 주렁주렁 매달린 고드름을 응시하던 증순이 혼잣말처럼 중얼거렸다.

"후식은 기름기 때문에 더부룩해진 속을 시원하게 풀어 줄 음식이어야 할 텐데."

"정말 그렇겠네요."

옥염이 맞장구쳤지만 증순의 마음은 편치 않았다. 백 가지 계획을 세운들 소주방 문이 열리지 않으면 소용없었다. 옥염이 언 발가락을 꼼지락거리며 깊은 생각에 잠긴 증순의 얼굴을 바라보았다.

쨍그렁!

고드름 하나가 땅바닥에 떨어져 사기그릇처럼 깨졌다. 일순 증순의 머리로 한 가지 생각이 퍼뜩 스치고 지나갔다. 자리보전하고 누운 어머니는 세상을 뜨기 전 마지막 일 년 동안 곡기를 거의 입에 대지 못하셨다. 그래서 증순이 한 줌의 찹쌀을 절구에 곱게 갈아 쌀 양의 열 배에 해당하는 물을 부은 솥 안에 넣고 정성스럽게 저어가며 미음을 쑤었다. 하지만 어머니는 그마저 죄 토하고 말았다. 고민하던 증순은 손맛 좋기로 유명한 이웃의 도움을 받아 새로운 음식을 만들어 냈는데, 바로 두부냉채였다. 두부냉채에는 두부, 가지, 배추, 양념장 약간 그리고 매실청이 들어갔다.

 센 불에 달군 솥뚜껑에 먼저 얇게 썬 가지를 달달 볶는다. 그리고 배추의 노란 속을 역시 얇게 저며 가지와 함께 담고 그 위에 두부 몇 조각을 얹는 것이다. 마늘, 파, 고춧가루, 참기름 등으로 맛을 낸 양념장을 뿌리고, 마지막으로 매실청을 푼 맑은 물을 부어 마무리하면 완성이다. 이웃에 의하면 매실은 위장을 보하고, 온몸의 찌꺼기를 배출시킨다고 했다. 본인도 오랜 세월 시아버지를 간병했는데, 다른 음식은 다 뱉으셔도 두부냉채만은 마지막 날까지 넘기셨다고 했다. 증순이 직접 맛을 보니 입안과 뱃속이 청아해지는 것이 일품이었다.

 증순의 바람대로 어머니는 두부냉채만은 곧잘 넘기셨다. 그래서 증순은 늦봄 장에 나가 좋은 매실을 구해서 양지 바른 곳에서 잘 말린 다음, 작은 단지에 설탕을 부어가며 겹겹이 쌓은 후 입구를 단단히 봉하고 매실청을 만들었다. 이 청을 한 숟가락씩 떠서 어머니가 돌아가시기 하루 전까지 두부냉채를 대접했던 것이다. 아직도 반 넘게 남은 그 단지가 사가의 부엌 선반 위에 놓여 있었다.

 "그것만 가져올 수 있다면……."
 "예? 무엇을 가져오란 말씀이옵니까?"
 의아한 표정으로 묻는 옥염을 향해 증순이 다급히 말했다.
 "옥염아, 너는 지금 당장 시종무관부로 달려가서 나석중 무관께서 퇴청하셨는지 알아보거라."

"퇴청하지 않으셨으면요?"

"지금 곧 성정각으로 와 주십사 부탁을 드리거라. 바쁜 일이 있어도 오늘 꼭 만나야겠다고 전하거라. 꼭!"

"걱정하지 마십시오, 마마!"

옥엽이 날랜 토끼처럼 달려갔다.

석중은 밤늦도록 시종무관부에 남아 있었다. 요즘 수박치기에 푹 빠져 있는 석중은 단단한 차돌멩이 하나를 주워 해질 무렵부터 손바닥으로 내리치고 있었다. 수박은 몸 안의 기$_氣$를 손바닥을 통해 격발하는 무예다.

원래 남들보다 기력이 월등하고, 발과 주먹을 지를 때 힘을 실을 줄 아는 석중은 수박에서 말하는 격발의 의미를 누구보다 잘 이해했다. 사람이 적을 앞에 두고 긴장하면 몸이 덥혀지고 피가 빠르게 도는데, 이때 피에 실린 기운이 바로 기일 것이라고 짐작했다. 손뼉을 마주치는 것은 체내에 미미하게 흐르는 기를 밖으로 뽑아내는 수단이었다. 이런 식으로 기를 뽑아내기 시작하면 그 부위가 도검처럼 강해지는데, 그래서 수박 고수가 손바닥으로 벽을 때리면 서까래가 주저앉았다고들 하는 것이다.

석중이 숨을 깊이 들이마시며 온몸에 흐르는 기를 어깨 위로 들어 올린 손바닥에 집중했다. 그 상태로 잠시 정지했던 석중이 짧은 기합과 함께 차돌멩이를 노리고 손바닥을 내리쳤다.

쩌엉!

쇠가 부러지는 듯한 굉음과 함께 차돌멩이가 정확히 반으로 갈렸다. 자신이 한 일이 오히려 믿기지 않는 듯 석중이 잘린 돌을 멍하니 보았다. 그의 입가에 미소가 스쳤다. 이제 무력으로는 시종무관부의 누구에게도 뒤지지 않을 자신이 생겼다.

"나석중 무관님?"

부르는 소리에 석중이 재빨리 돌아섰다. 증순에게 소개받은 성옥염이란 아이가 숨을 헐떡이며 서 있었다.

"네가 시종무관부엔 어인 일이냐?"

"태자비마마의 명을 받고 모시러 왔습니다."

"마마께 무슨 변고가 생겼느냐?"

"그런 게 아니옵고, 긴한 부탁이 있다며 모셔 오라 하셨습니다."

"앞장서라."

영현문을 통해 성정각으로 들어서며 석중은 중들이 모두 떠난 폐찰을 떠올렸다. 옛날 자신이 살던 마을 야산에 그런 폐찰이 있었다. 저자의 싸움터에서 상처를 입거나 찾아갈 일가친척 하나 없는 명절날이면 석중은 일주문柱門이고, 대웅전大雄殿이고 터만 남은 절을 찾았다. 그리고 멸망한 왕조의 잔재 같은 그곳에서 외로움을 곱씹곤 했다. 자신은 혼자라는 아픈 자각이 오히려 외로움을 견디게 해 주는 힘이 되었다.

'증순도 이곳에서 외로움을 뼛속까지 자각하며 자신을 딸로 생각하지 않는 아비와 아내로 인정하지 않는 지아비를 견뎌내고 있는가.'

하지만 옥염의 안내로 방 안에서 마주 앉은 증순은 의외로 씩씩해 보였다. 증순이 차분한 목소리로 그간의 사정을 설명하는 것을 듣고 석중은 그녀가 씩씩한 이유를 알았다. 그의 예상대로 제조상궁은 증순에게 무서울 정도의 적의를 품고 있는 듯했다. 증순은 그 적의를 자신의 의지로 돌파할 결심이었다. 그 결심이 그녀에게서 외로움을 느낄 시간을 빼앗은 것이다.

안에서 힘들 때 밖에서 어려움이 닥치면 대부분의 사람은 둘 다 감당하지 못하고 쓰러진다. 그러나 드물게는 밖의 어려움에 집중하느라 안의 어려움을 잊는 사람도 있다. 대부분 의지가 차돌처럼 단단한 사람들인데, 스스로 알고 있는지 모르겠지만 증순에게서도 그런 강함이 엿보였다. 혼자만의 생각에 잠겨 있는 석중을 향해 증순이 조용히 말했다.

"그래서 부탁이 한 가지 있어요."

"말씀하십시오."

"저희 사가의 부엌에 가면 선반 위에 작은 단지가 있을 거예요. 그걸 가져다 주실 수 있으세요?"

"단지 안에 뭐가 들었습니까?"

"매실청이오."

"매실청?"

어리둥절해 하는 석중을 증순이 진지하게 보았다.

"매실청은 좋은 식재료예요. 그걸로 두부냉채를 만들려고 합니다."

"처음 들어 보는 음식입니다."

"여염집에서 흔히 즐기는 음식은 아니에요. 하지만 나는 이것이 좋은 후식거리가 될 거라고 믿고 있어요."

"마마께서 그렇다면 그런 거겠죠. 허면 두부도 있어야겠군요?"

"예. 연회에 참석하는 손님이 수십이라니 최소 두 판은 있어야 할 것 같아요."

"흐음……. 두부가 두 판이나 필요하다는 말씀이시죠?"

증순은 확신하고 있었지만 석중은 선뜻 이해가 되지 않았다. 그가 아는 후식이란 식혜나 수정과 정도였다. 두부는 콩으로 만들고 콩은 기름기 많은 식물이다. 기름진 만찬을 즐긴 사람들이 두부냉채 같은 걸 좋아할지 의문이었다. 열세 살짜리가 음식 솜씨가 좋으면 얼마나 좋을까 하는 생각도 들었다. 하지만 지금은 달리 뾰족한 수가 없었다.

"그 밖에 또 필요하신 재료는 없습니까?"

"겨울 배추와 말린 가지도 들여오세요. 양념은 소주방에서 구해 볼게요."

"알겠습니다. 그건 그렇고……."

석중은 "전하는 오늘도 안 오십니까?" 하고 물으려다가 그만두었다.

다음 날 이른 아침, 꽁꽁 얼어붙은 사다리꼴 지붕이 아침볕을 받아 유리처럼 반짝이는 창덕궁의 대문 돈화문敦化門에서부터 증순의 계획은 어그러지고 있었다. 총신에 고드름이 엉겨 붙은 소총을 지게작대기처럼 어깨에 걸치는 시늉만 한 시위대 병사 예닐곱 명과 함께 성문을 지키고 있던 하사가 석중의 앞을 막아섰던 것이다. 하사가 허리에 차고 있던 환도를 뽑아 석중이 지게에 짊어진 두부 판 등의 식재료를 툭툭 두드렸다.

"무엇인가?"

"두부와 겨울 배추 그리고 말린 가지 약간이오."

"두부와 배추 따위를 왜 궁으로 들이는가?"

"성정각 태자비마마께서 쓰실 식재료들이오."

"원칙적으로 궁에는 사가의 음식물을 반입할 수 없다는 것도 모르나?"

"그건 성정각에 직접 물어보시오. 태자비마마의 불호령이 두렵지 않다면 말이오."

얼마 전에 안면을 튼 하사가 괜스레 까탈을 부리자 석중이 신경질적으로 받아쳤다. 그런데 그게 실수였다. 엄동설한에 속을 덥힐 국밥 값이나 얻을 요량이었던 하사는 석중의 삐딱한 태도에 부화가 치밀었다. 그는 결국 내전의 살림을 총괄하는 김 상궁에게 이 일을 보고해 버렸다. 그에겐 아직 얼굴조차 본 적 없는 태자비보다 통감의 총애를 한 몸에 받으며 때때로 돈푼을 찔러주는 김 상궁이 관음보살이었다.

김 상궁이 윤 상궁까지 거느리고 득달같이 달려왔다. 그리고 석중의 지게에 실린 두부, 배추, 말린 가지 등을 꼼꼼히 살폈다. 뒤짐 질이 끝나자마자 김 상궁이 석중을 추궁했다.

"태자비께서 이 식재료들을 들여오라 시키셨단 말인가?"

석중이 떨떠름하게 대답했다.

"그렇소."

"어디에 쓰신다던가?"

"모르오."

석중의 거짓말쯤은 이미 다 파악하고 있다는 듯 김 상궁이 엷게 웃었다. 한동안 김 상궁의 기분 나쁜 웃음을 바라보던 석중이 어금니를 깨물며 말했다.

"확인이 끝났으면 길을 터 주시오."

"미안하지만 지게는 놓고 가시게."

"마마를 대놓고 능멸하기요?"

석중이 고함을 질렀지만 김 상궁은 손자의 재롱을 구경하는 할머니 같은 표정이었다.

"지게를 놓으면 입궁할 수 있으되, 지게를 지고서는 돈화문을 통과할 수 없을 거요."

하사가 눈짓하자 병사들이 달려들어 지게를 빼앗았다. 앞서 무관부의 동료에게 매실청 단지를 들려 보낸 것이 그나마 다행이라며 석중은 자위하고 있었다.

"김 상궁이 우리의 식재료마저 빼앗아 갔군요."

매실청 단지를 앞에 놓고 증순이 한숨 섞인 목소리로 말했다. 증순의 얼굴에 나이와 어울리지 않는 근심이 일렁이는 것을 보며 석중은 진심으로 면목이 없었다. 한동안 상심을 참고 있던 증순이 애써 표정을 밝게 했다.

"가장 중요한 매실청이 남았으니 그나마 다행이에요. 고생하셨습니다."

"송구하옵니다."

고개를 숙이는 석중 옆에서 옥염이 걱정을 늘어놓았다.

"두부냉채의 주재료가 두부이고, 부재료가 가지와 배추인데 그걸 다 빼앗겼습니다. 그런데 뭐가 다행이란 말씀이옵니까?"

"……."

증순이 아무 말도 못 하자 옥염은 장탄식을 했다.

"이제 저는 꼼짝없이 출궁을 당하고, 마마께옵선 이토에게 머리를 조아릴 일만 남았습니다."

증순이 설득 조로 말했다.

"어차피 일어난 일에 대해 후회하고 절망한들 무슨 소용이 있겠느냐? 우리끼리 힘을 합쳐 방법을 찾아보자꾸나."

"예에……."

"옥염아, 소주방 생각시 중에는 네 동무도 있겠지?"

"친하게 지낸 생각시가 두엇 있사옵니다."

"그 아이들에게 부탁해 식재료를 얻을 수는 없을까?"

"부탁이야 할 수 있겠지만 식재료의 관리는 상궁님이나 고참 나인들이 하기 때문에 쉽지 않을 것이옵니다."

"아주 작은 것이라도 상관없으니 최대한 끌어 모아 보렴."

"알겠사옵니다, 마마."

"저도 알아볼 수 있는 데까진 알아보겠습니다."

차례로 대답하는 옥염과 석중을 쳐다보며 증순은 목소리에 힘을 실었다.

"이제 연회까지 꼭 사흘 남았어요. 포기하지 말고 끝까지 최선을 다해 보아요."

오후 햇볕이 일찍 사위는가 싶더니, 눈발이 날리기 시작했다. 저녁 무렵 머리와 어깨에 눈이 뽀얗게 쌓인 석중이 콩 한 자루를 짊어지고 성정각에 나타났다.

"전선사 주사에게 녹봉 받는 날 크게 한턱내기로 약조하고 받아왔습니다."

"고생하셨어요."

곧이어 옥염이 마늘, 대파, 간장, 깨, 소금 등의 양념거리와 속이 꽉 찬 겨울 배추 세 통을 머리에 이고 나타났다. 증순이 반색하며 양손으로 받았다.

"얘, 이 귀한 걸 다 어디서 구했니?"

"소주방 생각시 중에 저랑 동향인 아이가 있거든요."

"그래, 고생이 많았구나."

증순의 칭찬에 화색이 돌던 옥염의 안색이 금방 흐려졌다.

"하지만 두부가 없는데 어찌 두부냉채를 만듭니까?"

"두부는 만들어 쓸 작정이다."

"우리가 두부를 어찌 만듭니까? 마마께옵선 만들어 보신 적이 있사옵니까?"

"아니. 하지만 어떻게 만드는지 들은 적은 있다."

"하지만 두부를 만들려면 간수가 있어야 하지 않습니까?"

"옥염이 네가 간수를 다 아는구나?"

"소금을 정제하고 남은 바닷물 찌꺼기 아니옵니까? 간수는 귀한 식재료요, 약재료로도 쓰인다고 해서 상궁들이 꼭꼭 숨겨 두고 있는데요."

"물론 두부를 제대로 만들려면 간수가 필요해. 하지만 네가 가져온 소금에 식초를 일 대 이의 비율로 섞어 써도 엇비슷하게 만들 수 있단다."

석중과 옥염이 잠시 말을 멈추고 증순의 얼굴을 유심히 보았다.

"왜 그렇게 쳐다보느냐?"

"마마께서는 어찌 그리 음식에 대해 잘 아시옵니까? 혹시 숙수가 되려고 따로 공부라도 하셨사옵니까?"

증순은 대답 없이 씁쓸히 미소를 지었다. 무언가 더 물으려는 옥염의 팔을 석중이 지그시 잡았다. 증순이 몸이 약한 어머니 때문에 음식에 관심을 갖게 됐다는 사실을 기억해낸 것이다.

성정각과 면해 있는 희우루喜雨樓에서 증순과 옥염은 그날 밤부터 작업을 개시했다. 방해하는 상궁과 나인들 천지인 소주방을 포기하는 대신 희우루에 놓인 기다란 서탁을 조리대 삼아 두부냉채를 만들 작정이었다. 정조대왕께서 즉위하신 정유년丁酉年에 조선 팔도가 몹시 가물었는데, 이 정자를 짓기 시작하자 비가 내렸다 하여 희우루란 이름이 붙었다는 누각은 원래 세자께서 서책을 읽으시던 장소였다. 그러나 오래전부터 사용하지 않아 아궁이에 불을 지피기 시작했음에도 방바닥이 언 땅보다 찼다.

말을 할 때마다 허연 입김이 뿜어지는 희우루 안에서 증순과 옥염은 밤새 두부를 만들었다. 석중은 야심한 시각까지 성정각에 남아 있을 수 없어 퇴청한 후였다. 먼저 미지근한 물에 석중이 가져온 메주콩 반 자루를 불렸다. 잘 불린 콩을 갈아 고운 천으로 싸서 널찍한 유기 대야에 콩물을 받았다. 양손에 잔뜩 힘을 주어 천을 짤 때마다 대야에 희고 맑은 콩물이 방울방울 떨어졌다. 콩 반 자루를 콩물로 만들자 시간은 이미 자정을 넘어서 있었다. 증순과 옥염 모두 손바닥이 발갛게 부어오르고 열 손가락이 떨어져 나갈 듯 저렸다.

아픔을 덜어낼 겨를조차 없이 두 여자아이가 콩물이 넘실거리는 대야를 받쳐 들고 누각 뒤편의 아궁이로 내려갔다. 행여 대야를 엎을까 봐 한 걸음 한 걸음 긴장하여 나무 계단을 내려갈 때는 등줄기를 타고 식은땀이 흘렀다. 이미 불을 피워놓은 아궁이에 대야를 올려놓은 증순과 옥염이 기진하여 땅바닥에 주저앉았다.

심장이라도 토할 듯 가쁜 숨을 몰아쉬며 증순과 옥염은 함박눈이 쏟아지는 밤하늘을 우러렀다. 눈에 덮인 세상은 춥고 고요했다. 가파르게 숨을 고르던 증순이 힘겹게 무릎을 세웠다. 중불에 콩물을 끓이면서 잘 저어주지 않으면 유기 바닥에 죄 들러붙고 마는지라 주걱을 젓기 위해서였다. 증순이 나무 주걱으로 막 거품이 일기 시작하는 콩물을 뒤적이자 옥염이 억지로 일어섰다.

"마마, 제가 하겠사옵니다."

"옥염이 너는 잠시 쉬고 있어라."

"비천한 일을 어찌 귀한 분께서 하시옵니까?"

옥염의 말을 들은 증순이 정색하고 말했다.

"어차피 너와 내 처지가 다 곤궁한데, 귀천이 어디 있겠니? 내가 너보다 한 살이라도 많으니 조금이라도 더 하는 게 당연하다."

옥염이 아랫입술을 씰룩거리며 증순을 빤히 쳐다보았다.
"왜 그러니?"
"맹세할게요, 마마."
"무엇을 말이니?"
"소녀는 죽는 날까지 오직 마마만을 위하여 살겠나이다."
"얘가 무슨 말을 그리하니? 너도 빨리 좋은 사람 만나서 혼례를 올려야지."
"저는 혼례 따윈 관심 없어요. 평생 마마를 모시며 살고 싶사옵니다."
"네가 철없는 소리를 다 하는구나."

답답하다는 듯 말하면서도 증순의 입가에는 미소가 걸렸다. 그치지 않는 눈발 너머로 새벽이 하얗게 밝을 때까지 두 사람은 번갈아 가며 콩물을 저었다. 때때로 식초와 소금을 섞은 염촛물을 부어 콩물이 영글도록 했다. 하지만 두부 만들기는 끝내 실패로 끝나고 말았다. 유기 대야 안에서 진득해진 콩물을 베보자기를 깐 직사각형의 틀에 붓고, 그 위를 평평한 돌로 눌러놓았는데 나중에 돌을 치워보니 물컹한 순두부만 남아 있었다. 순두부를 한 움큼 집어 땅바닥에 패대기치며 옥염이 울먹였다.

"밤새 만든 두부가 이 꼴이니 이젠 틀렸습니다!"
"미안하구나. 내가 염촛물을 너무 적게 부은 모양이다."
"마마의 잘못이 아닙니다. 하지만 더 이상은 손가락 까닥할 힘조차 없습니다."

증순이 아궁이 옆에 벌러덩 드러눕는 옥염을 달랬다.

"그래도 다시 만들어야지 어쩌겠니?"

"하고 싶어도 손가락이 곱아서 못 하옵니다."

증순도 옥엽 옆에 눕고 싶었지만 이제 와 포기할 수는 없는 노릇이다. 증순이 유기 대야를 들고 다시 희우루 계단을 밟고 올라가자 부뚜막의 고양이처럼 늘어졌던 옥엽이 벌떡 일어섰다.

"어딜 가시옵니까?"

"콩물부터 다시 짜야지."

"손가락에 힘이 남았단 말씀이시옵니까?"

증순이 발갛게 부어오른 손을 들고는 싱긋 웃었다.

"그것 말고는 지금 우리가 할 수 있는 일이 없잖니."

"예?"

"할 수 있는 일이 있다는 것만으로도 행복한 거야. 그렇게 할 수 있는 일들을 하나씩 해 나가다 보면 아무리 힘든 일도 조금씩 견뎌지게 되지 않을까?"

증순이 하는 말을 옥엽은 알아들을 수 없었다. 하지만 왠지 더 이상 만류할 수가 없었다. 고개를 절레절레 흔들며 옥엽도 증순을 따라갔다. 증순과 옥엽이 다시 희우루에서 물에 불려 놓은 나머지 반 자루의 메주콩으로 콩물을 내리기 시작했다. 손이 곱아 처음처럼 잘 짜지지 않았다. 시도 때도 없이 손이 풀려 대야에 콩 찌꺼기가 빠졌다. 그때마다 처음부터 다시 짜야 했다. 콩을 아직 반도 못 짰는데 점심때가 가까워지고 있었다. 곰 발바닥처럼 부은 손을 털며 옥엽이 툴툴거렸다.

"이럴 때 남자의 힘으로 콩물을 콱콱 짜 주면 좀 좋아. 나 무관님은 필요할 땐 꼭 안 보이시더라."

 석중은 시종무관부에 등청 신고를 마치자마자 성정각으로 달려갈 작정이었다. 약해졌다 다시 세졌다를 반복하는 눈발을 뚫고 막 무관부를 빠져나가려는 그의 앞을 얼마 전 자신과 대결했다가 패한 김상태와 임기홍이 막아섰다. 눈을 치뜨는 그를 향해 두 사람이 다급하게 무관장이 급히 찾는다고 전했다.
 무슨 일인가 하여 찾아가봤더니 금천교錦川橋 건너 진선문進善門 지붕이 지난밤 쌓인 눈 때문에 일부 허물어졌으니 김상태, 임기홍 등과 함께 보수하고 오라는 명이었다. 호랑이를 사냥하는 근사한 수렵도 병풍을 배경으로 무관장실 책상 앞에 비스듬히 앉아 있는 이병무를 보며 석중은 눈앞이 캄캄해지는 기분이었다. 옥염을 데리고 성정각에서 고군분투하고 있을 증순이 걱정됐던 것이다. 그렇다고 아무런 이유 없이 상관의 명을 거역할 순 없었다. 결국 석중은 김상태와 임기홍을 따라 나섰다. 숙장문을 지나는 석중의 시선이 자꾸 빈청 너머 눈발 날리는 성정각 하늘로 향했다.
 석중이 모르는 사실이 있었다. 이날 이병무의 명이 우연이 아니라는 것이었다. 오늘 아침 일찍 이병무를 찾은 김 상궁이 앞으로 이틀간 석중을 눈코 뜰 새 없이 만들어 달라고 당부했던 것이다. 같은 친일파로서 평소 가재와 게처럼 돕는 사이였으므로 안 들어줄 까닭이 없었다. 김 상궁은 증순이 후식을 성공시킬 가능성을 아예 차단하고 싶어 했다.

석중이 일꾼들을 독려해서 진선문 보수를 대충 마치고 성정각으로 달려갔을 때는 이미 짧은 겨울 저녁이 끝나고 밤이 시작되고 있었다. 증순과 옥염은 아직 두부를 만드는 중이었다. 마지막 마무리인 듯 베보자기를 깐 틀 안에 고정시킨 두부 위에 평평한 돌이 얹어져 있었다.

"아직도 두부를 만들고 계십니까?"

석중이 걱정스럽게 물었지만 증순과 옥염은 대답하지 못했다. 둘은 완전 기진한 상태였다. 양손은 벌겋게 부르터 진물이 흐를 지경이었다. 특히 옥염은 독감에라도 걸린 듯 양 볼이 열기로 달아오른 채 숨을 헐떡였다. 증순이 돌을 얹어놓은 두부 틀을 가리키며 부탁했다.

"미안하지만 저 돌을 치워 주시겠어요?"

천천히 돌을 들어 올리는 석중을 증순과 옥염이 긴장 어린 눈으로 지켜보았다.

"와아아……!"

증순과 옥염의 입에서 곧 탄성이 터져 나왔다. 널찍한 틀 안에서 두부는 먹음직스럽게 굳어 있었다. 뽀얀 김이 모락모락 피어오르는 두부를 보며 눈물이라도 흘릴 듯 감격하는 두 사람을 석중은 조금 이상하다는 듯이 쳐다보았다. 두 사람의 지난밤 고생을 모르는 석중으로선 당연한 반응이었다. 간신히 일어선 증순이 석중에게 말했다.

"가지 대신 두부냉채에 넣을 재료가 필요해요. 시원한 맛을 내는 무가 적당할 것 같은데, 궁 안에서 무를 구할 수 있을까요?"

"글쎄요……."

선뜻 대답하지 못하는 석중을 대신해 옥염이 콜록거리며 대답했다.

"무라면 궁 안에 지천이옵니다."

"궁 안에 무가 지천이라고?"

"늦가을에 소주방 뒤뜰에 구덩이를 파고 무를 묻거든요. 그렇게 보관하면 겨우내 싱싱한 무를 맛볼 수 있지요."

증순이 고개를 돌려 석중을 보았다. 석중이 긴장 어린 얼굴로 고개를 끄덕였다.

"지금쯤 소주방에 인적이 끊겼을 테니 저와 함께 가 보시죠."

밤늦도록 김 상궁은 눈발이 날리는 소주방 앞을 윤 상궁과 함께 서성이고 있었다. 젊은 나인 몇도 함께였다. 김 상궁이 날카로운 시선으로 소주방 앞마당과 뒤뜰을 샅샅이 살폈다. 가는 눈발을 술 취한 무희처럼 춤추게 만드는 바람결에 통감의 목소리가 실려 왔다.

"태자비가 곧 내게 머리를 조아릴 것이란 너의 말을 나는 믿는다. 너는 단 한 번도 나를 실망시킨 적이 없기 때문이다."

왜놈들에게 나라를 빼앗겼다며 다른 궁인들이 벽에 머리를 찧으며 통곡할 때 그녀는 내심 쾌재를 부르며 그 궁인들의 이름을 낱낱이 기록했다. 그리고 그 명단을 이토 통감에게 바쳤다. 며칠 지나지 않아 그녀가 고해바친 궁인들이 한 명도 남김없이 출궁을 당했다. 눈물을 뿌리며 궁을 떠나는 궁인들을 배웅하며 김 상궁은 입술을 비집고 나오려는 웃음을 억지로 참았다.

열다섯, 꽃다운 나이에 입궁할 적에는 그녀에게도 푸른 꿈이 있었다.

임금의 승은을 입어 첩지를 받은 후, 토끼 같은 왕손들을 품는 꿈. 하지만 임금은 처첩들에게 둘러싸여 강 건너 나무처럼 아른거렸고, 꿈은 그녀의 살가죽과 함께 메말라 갔다. 임금에게 바치리라 결심했던 젖가슴이 늘어지고, 엉덩이가 처지고, 죽은 나무 등걸처럼 피부가 갈라지면서 원망만 켜켜이 쌓였다. 일본인 통감이 현해탄을 건너 데리고 온 고문들이 궁을 빠르게 접수하기 시작하면서 그녀는 비로소 원망을 풀어낼 수단을 찾았다.

"암, 실망시키면 안 되지. 안 되고말고."

김 상궁이 어금니를 깨물며 입안에서 웅얼거렸다. 이토 통감을 실망시키는 순간, 그녀 역시 다른 궁인들처럼 내쳐질 것이다. 그건 그녀의 계획에 없는 일이었다. 언젠가 출궁하긴 하겠지만 그건 이 왕조가 마지막 한 줌의 생기마저 소진하고 말라죽는 꼴을 보고 난 연후라야 했다.

김 상궁이 안광을 은은히 뿜으며 주변을 둘러보았다.

"윤 상궁, 눈을 크게 뜨고 살펴봐야 한다. 내일 신년연회가 시작되니, 태자비가 무언가 수작을 부린다면 오늘 밤밖에는 없어."

"명심하겠나이다."

김 상궁에게 머리를 조아리는 윤 상궁을 증순과 석중이 소주방 뒤뜰의 나무 뒤에 엎드려 지켜보고 있었다. 증순이 곤혹스런 표정으로 속삭였다.

"김 상궁이 이 시간까지 남아 있을 줄은 몰랐어요."

"조금만 기다려 보시죠. 추위 때문에라도 곧 돌아갈 겁니다."

하지만 자정이 가까워져도 김 상궁은 돌아가지 않았다. 자정이 지나고 다시 한 시간쯤 흐른 후에야 김 상궁과 윤 상궁이 돌아갈 채비를 했다. 하지만 젊은 나인 둘을 남겨둔 채였다. 김 상궁이 소주방 앞을 떠나기 직전 나인들을 향해 당부했다.

"너희 둘은 날이 밝을 때까지 한시도 눈을 떼지 말고 소주방 주변을 지켜야 한다. 만약 내전의 귀한 곡식을 도둑맞는다면 단매에 죽을 것이다."

서릿발 같은 명령에 나인들이 절로 허리를 낮췄다.

"명심 또 명심하겠나이다."

그러나 김 상궁이 사라지고 한 시간쯤 지나자 나인들이 고개를 끄덕이기 시작했다. 결국 둘이 도란도란 의논하더니 문을 따고 소주방 안으로 기어 들어갔다. 그제야 증순과 석중은 움직일 수 있었.

옥염의 말에 의하면 뒤뜰에 무가 지천으로 묻혔다고 했다. 하지만 두 나인이 소주방에 있으므로 땅을 갈아엎으려고 가져온 곡괭이와 삽은 무용지물이었다. 두 사람은 혹시나 해서 가져온 호미로 소리 나지 않게 언 땅을 긁어내기 시작했다. 그런 식으로 얼음으로 변한 땅거죽을 한 꺼풀씩 벗겨 내리니 시간이 배로 들었다. 저 멀리 돈화문을 지나 금천교를 달음박질쳐 온 한풍이 두 사람의 등짝을 사정없이 할퀴었다. 땀이 솟았다가 그대로 얼면서 눈썹과 코끝이 하얗게 변했다. 한 시간 넘게 팠지만 두어 뼘밖에 걷어 내지 못했다. 더 파고 싶어도 손이 곱아서 할 수가 없었다. 이를 악물고 호미로 땅을 찍는 증순을 보며 석중이 말했다.

"포기하시죠. 도저히 안 되겠습니다."

"싫어요. 혼자라도 하겠어요."

"하지만 땅이 이렇게 얼었는데……."

"내일 낮부터 연회가 시작돼요. 더 이상 물러설 곳이 없어요."

"……."

할 말을 잃은 석중이 애꿎은 땅바닥만 노려보았다.

콱! 콱! 콱!

석중도 이를 악물고 다시 호미로 바닥을 찍기 시작했다. 그때마다 흙가루와 눈가루가 섞여서 날렸다. 증순은 힘을 더 싣지도, 덜 싣지도 않고 일정하게 땅을 두드리고 있었다. 석중의 눈에는 그것이 무슨 의식처럼 보이기도 했다.

"으허억!"

아직 이른 새벽에 김 상궁이 자신의 처소에서 헛바람을 내뱉으며 벌떡 상체를 일으켰다. 늙은 상궁은 적삼 내의가 흥건할 정도로 많은 땀을 흘렸다. 수십 년째 반복되는 악몽. 그녀의 나이 스물여섯 살 때 황제의 승은을 받을 마지막 기회가 찾아온 적이 있었다. 당시 운현궁雲峴宮에서 대궐에 막 들어온 황제를 그녀가 지밀나인으로서 모시고 있었다. 외로움이 유난했던 황제는 그녀를 친동생처럼 아꼈다. 오누이 간의 정이 남녀 간의 정으로 바뀌는 데는 그리 오랜 시간이 필요치 않았다. 아직 여자의 속살조차 구경하지 못한 젊은 임금께서 야심한 시간에 그녀를 침소로 불렀다. 그러나 꿈에도 그리던 승은을 입으려는 순간, 운명의 장난처럼 달거리가 시작되고 말았다. 계산대로라면 달의 움직임과 깊은 관련을 맺고 있는 하혈은 아직 열흘이나 남은 상태였다. 달이 갑자기 궤도를 이탈하지 않은 이상, 때 이른 혈흔은 일생의 목표를 눈앞에 두고 지나치게 긴장한 탓이었을 것이다.

결국 그녀 스스로 승은을 뿌리치고 되돌아 나올 수밖에 없었다. 불결한 몸으로 임금의 품에 안길 수는 없었다. 한 번 끓어오른 피를 식힐 수 없었던 황제는 결국 다른 궁인을 불러들였고, 김 상궁 대신 승은을 입은 그녀는 당당히 내명부의 한자리를 꿰찼다.

'박복도 유분수지……!'

피식 실소를 흘리며 김 상궁이 손바닥으로 이마의 땀을 훔쳤다. 불현듯 그녀의 생각이 궁의 널찍한 마당과 여러 개의 대문을 가로질러 창덕궁의 후미진 후원에 자리한 소주방에 닿았다. 오늘처럼 모진 악몽을 꾸고 난 후에는 상서롭지 못한 일이 생기곤 했다. 늙을수록 꿈자리가 밝아진다고 하지 않던가. 오랜만에 찾아온 악몽이 자신에게 무언가 경고해 주는 것은 아닌가 생각하며 그녀가 서둘러 일어섰다.

김 상궁이 윤 상궁을 비롯한 나인 십여 명을 거느리고 소주방으로 향하고 있을 때, 증순은 석중과 더불어 여전히 뒤뜰을 파헤치는 중이었다. 죽을 고생을 다해 무릎 깊이까지 구덩이를 팠지만 무는 발견되지 않았다.

"마마, 이제 그만하소서. 이러다 병이 나시겠습니다."

석중이 다시 증순을 만류하고 나섰다. 그러나 증순의 고집을 꺾을 순 없었다.

푸욱!

순간 호미 끝이 무언가 물컹한 것에 찍혔다. 흙을 긁어내니 무의 뽀얀 속살이 비쳤다.

"무예요!"

"정말 무를 파묻어 두었군요."

"우리 어서 캐요! 어서요!"

정신없이 땅을 파헤친 두 사람이 도합 무 세 개를 찾아냈다. 석중이 새삼스런 눈으로 환하게 웃는 증순의 얼굴을 보았다. 증순에게는 나이와 상관없이 한 번 세운 뜻은 반드시 이루고야 마는 집념 같은 것이 있었다. 그리고 그 뜨거운 의지는 주위 사람들에게까지 전염되곤 했다.

목적을 달성한 두 사람은 최대한 빨리 이곳을 빠져나가기로 했다. 증순이 무 하나를 들고 앞장섰고, 석중이 두 개를 움켜잡고 따랐다. 증순과 석중이 막 동쪽 문으로 빠져나가는 순간, 반대편에서 김 상궁이 윤 상궁과 나인들을 거느리고 나타났다. 김 상궁이 일 분만 빨리 출발했더라도 큰 사달이 벌어졌을 것이다. 증순과 석중은 아슬아슬하게 김 상궁의 직감을 피했고, 소주방에서 잠든 애꿎은 나인들만 엉덩짝에서 불이 났다.

성정각 옆 희우루로 돌아온 증순은 석중의 도움을 받아 커다란 찜통에 맑은 찬물을 채우고 그 안에 매실청을 단지째 부어 섞었다. 그리고 간장에 마늘, 파, 깨 등을 넣고 양념장을 한 통 가득 만들었다. 무엇보다 중요한 일은 배추와 무를 소금에 살짝 절이는 일이었다. 옥염이 아팠으므로 아침이 뿌옇게 밝아오는 성정각 우물가에서 증순과 석중이 대야 서너 개를 펼쳐놓고 배추와 무를 한 번에 절였다. 증순이 배추와 무를 가르면 석중이 그것을 소금물이 그득한 대야에 담갔다.

연회는 정오부터였다. 아무리 서둘러도 그때까지 수십 인분의 두부냉채를 만들 수 있을 것 같지 않아 증순은 마음이 급했다. 서두를수록 손놀림이 오히려 더뎌졌다.

"아얏!"

증순이 기어이 칼에 손가락이 베이고 말았다. 핏물이 뚝뚝 흐르는 손가락을 쳐들고 울상이 된 증순에게 석중이 달려왔다. 석중이 손가락을 입안에 넣고 쪽쪽 빨았다. 동상에 걸린 손가락에 쇠 독이 스며들면 크게 덧날 수도 있었다.

"조심하지 않으시고요."

혀를 차며 손가락에 붕대를 감아주는 석중을 증순이 가만히 보았다. 그런 두 사람을 다른 곳에서 지켜보는 눈이 있었다.

태자 이척은 신년연회에 참석하는 부왕을 모시기 위해 중희당에서 희정당熙政堂으로 향하는 길이었다. 그런 그의 눈에 평소엔 굳게 잠겨 있던 인현문이 반쯤 열려 있는 게 보였다. 혼례식을 치른 직후부터 철저히 무시하고 있는 어린 태자비가 무엇을 하고 있는지 궁금했던 척은 문틈으로 안을 엿보았다.

'저게 무슨 해괴한 짓거리인가?'

그의 시야 가득 증순의 손가락을 빠는 석중의 모습이 들어왔다. 옆에서 호종하던 지밀상궁이 당혹스런 눈으로 척의 얼굴을 돌아보았다. 단언컨대 그녀는 지금껏 이렇게 무서운 태자의 얼굴을 본 적이 없었다.

아침까지 내리던 눈도 그치고 차가워서 더욱 명정한 하늘 아래 조선 왕실의 정원인 비원이 아름답게 펼쳐졌다. 정원 한복판의 부용지에는 연꽃 대신 눈꽃이 만개했다. 부용지가 한눈에 내려다보이는 이 층짜리 단정한 전각 주합루에서 신년연회가 시작되고 있었다. 주합루 일 층은 규장각의 서고였고, 이 층은 일종의 열람실이었다. 규장각 선비들이 학문을 닦았던 이곳이 한때는 정조대왕 개혁정치의 산실이기도 했다.

이병무의 감독 하에 환도 한 자루씩을 찬 시종무관부 정위 삼십 명과 소총으로 무장한 일본 헌병 일개 소대가 주합루 주변을 삼엄하게 지켰다. 윤 상궁이 나인들을 통솔해서 주합루 이 층에 상 여러 개를 길게 늘어놓고 궁중 만찬을 차리는 사이, 김 상궁은 주합루 입구로 나가 귀빈들을 맞이했다. 제일 먼저 의정부와 궁내부의 칙임관들과 주임관들이 도착했다.

"어서 오십시오, 대감마님들."

김 상궁이 허리를 조아리며 그들을 대감이라고 호칭했다. 아직 조선의 관제에 익숙한 관리들은 대한제국의 직책보다 대감이란 칭호를 선호했다. 이어 통감부의 쓰루하라 사다키치鶴原定吉 총무장관과 고미야 사보마쓰小宮三保松 참여관이 나란히 도착했다.

김 상궁이 허리를 더욱 낮추었다.

"진심으로 환영합니다, 총무장관님과 참여관님."

한국의 대신이나 장관을 아랫사람처럼 부리는 그들이었지만 자신들의 직속상관인 이토 통감의 총애를 받는 김 상궁에게만은 신사모를 벗고 예를 표했다. 잠시 후, 아직 낯설지만 김 상궁이 눈여겨봐야만 할 인물이 도착했다. 바로 태자비의 친아비인 부원군 윤택영이었다.

"어이구, 이게 누구신가? 황제폐하와 이토 통감의 총애를 동시에 받고 계시는 김 상궁마마 아니시오?"

호들갑스럽게 손뼉을 치며 다가오는 윤택영을 보며 김 상궁은 미간을 찌푸렸다. 대한제국을 의정부와 궁내부로 나누어 권력을 양분하고 있는 이완용 공이나 윤덕영 공에 비해 그릇의 크기가 한참 모자란 인물이었다.

'윤덕영 공과의 한 배에서 어찌 저런 쭉정이가 태어났을꼬?'

바로 앞에 서서 무엇이 그리 좋은지 히쭉거리는 윤택영을 지그시 보며 김 상궁이 내심 혀를 찼다. 이때 윤택영 어깨 너머에서 다가오는 귀빈을 발견한 김 상궁이 그를 밀치고 구르듯 달려갔다.

"참정대신 대감."

"오, 김 상궁. 무정한 세월도 자네만은 비켜가는 듯싶구먼."

정중히 허리를 구부리는 김 상궁을 향해 기분 좋은 농을 던지며 다가오는 세련된 양복 정장 차림의 장년인은 바로 이완용이었다. 그는 아관파천俄館播遷 이후 의정부를 장악하고, 이토 통감의 신뢰를 한 몸에 받으며 내선합방을 향해 일로매진하는 대표적인 친일정객이었다. 김 상궁이 허리를 세우며 이완용을 곱게 흘겨봤다.

"대감처럼 고매한 어른이 늙은 상궁을 희롱하십니까?"

"내가 이 나이에 거짓을 말할까?"

"그만하세요. 대감의 말씀을 믿고 연회에 나가 춤이라도 덩실덩실 추게 될까 걱정입니다."

"내 기꺼이 어울려 추어 줌세."

한창 농을 주고받는 노정객老政客과 늙은 상궁 뒤쪽에서 카랑카랑한 목소리가 들렸다.

"김 상궁의 눈에는 참정대신 대감만 보이는 모양이로군?"

"오, 윤 대감님!"

반색하는 김 상궁을 향해 흐릿한 미소를 머금고 다가오는 사람은 바로 윤덕영이었다.

"이제야 내가 보이는 모양이지?"

"대감님이 보이지 않는다면 이 늙은이의 눈이 이미 옹이구멍이 돼 버린 것이겠죠."

아첨을 떨어대는 김 상궁을 무시하고, 윤덕영이 이완용을 향해 고개를 까닥했다.

"오랜만에 뵙습니다, 대감."

"허헛! 정말 오랜만이구려."

짧은 인사만 나누고 서로의 얼굴을 뚫어져라 응시하는 이완용과 윤덕영을 김 상궁이 눈을 가늘게 뜨고 지켜보았다. 큰 권력을 움켜쥐었다는 공통점 외에 두 사람에게서 비슷한 점을 찾기란 힘들었다. 이완용이 명문대가의 자손답게 귀족적이고 단정한 느낌인 데 반해, 윤덕영은 치밀하지만 음침한 분위기를 풍겼다. 나이는 이완용이 윤덕영보다 열 살 이상 위였지만 심계心界만큼은 윤덕영도 만만치가 않은 것이다.

'둘 중 과연 누가 이 나라의 전권을 틀어쥘지 지켜보는 것도 재미있겠군.'

김 상궁이 소리 없이 웃을 때 주변을 지키던 무관부의 정위들과 일본 헌병들이 발을 모으고 부동자세를 취했다. 재빨리 돌아서는 김 상궁의 정면에서 지밀상궁들과 황태자의 부축을 받으며 걸어오는 황제와 바로 옆에서 따라오는 이토 통감의 모습이 보였다. 김 상궁이 이완용, 윤덕영과 함께 황제를 향해 달려갔다. 세 사람이 나란히 황제를 향해 머리를 숙였다.

"폐하, 새해 복 많이 받으소서."

"폐하의 만수무강을 기원하옵니다."

황제는 고개만 살짝 끄덕여 하례를 받았다. 자신들을 바라보는 황제의 눈가에 어린 적의를 김 상궁은 놓치지 않았다. 예전 같으면 임금이 슬쩍 노기만 비쳐도 오금이 저렸을 것이다. 하지만 이제는 달라졌다. 예전에는 손가락 하나로 자신의 목을 칠 수 있었던 임금이 지금은 일본인 통감의 허락 없이는 자신을 궁 밖으로 내칠 권한조차 없었다.

김 상궁이 고개를 돌려 든든한 후원자인 이토 통감을 보았다. 김 상궁과 의미심장한 눈빛을 교환하던 통감이 말했다.

"폐하, 오늘은 참으로 뜻깊은 신년연회가 될 듯합니다."

"본래 모든 신년연회는 뜻깊은 법이오."

가래 끓는 소리로 대꾸하는 황제를 향해 이토가 고개를 저었다.

"이번 연회에 참석하는 모든 황족들과 고관들의 후식을 태자비마마께서 친히 준비하셨다는 소식을 들었기에 드리는 말씀입니다."

"태자비가 후식을 준비한다고……?"

황제와 태자의 얼굴이 동시에 일그러졌다. 황제가 태자에게 물었다.

"척아, 너는 들은 바가 있느냐?"

"소자, 금시초문이옵니다."

황제는 불쾌한 기색을 숨기지 않고 이토에게 말했다.

"입궁한 지 며칠 되지도 않은 태자비가 어찌 그 많은 귀빈들의 후식을 준비한다는 것인지 모르겠군."

"제조상궁에게 물어보소서. 저도 제조상궁에게 들었습니다."

황제가 추궁하듯 자신을 보았지만 김 상궁은 여유 있는 미소를 잃지 않고 눈만 살짝 내리깔았다.

"태자비마마께옵서 신년연회에 대한 소식을 들으시고, 내전에서도 무언가 해야 하지 않겠느냐고 말씀하셨습니다. 그래서 소인이 후식을 준비하시면 어떻겠냐고 말씀을 올렸고, 마마께서는 그러겠노라 하셨습니다."

"쓸데없는 짓을 했구나."

황제는 떫은 감을 한 입 깨문 표정으로 내뱉었다. 김 상궁이 고개를 들고 빙그레 웃었다.

"심려치 마옵소서, 폐하. 경험 많은 상궁과 나인들을 붙였고, 재료 또한 특상품으로 넉넉히 보냈으니 무탈하게 해내실 것이옵니다."

"으음……."

여전히 불편한 기색을 비치는 황제를 싹 무시하고, 김 상궁이 다시 이토를 보았다. 두 사람이 은밀한 눈빛을 교환했다.

'태자비는 걱정하지 않아도 되겠지?'

'오늘 모든 황족과 고관들이 지켜보는 앞에서 통감께 머리를 조아릴

테니 두고 보십시오.'

 연회는 성공적이었다. 너비아니, 신선로, 탕평채 등의 기름진 전통 궁중음식은 담백한 일본 정종과 썩 잘 어울려서 조선 측 대신들과 일본 측 고문들 모두 흡족해 했다. 양국 고관들이 삼삼오오 모여 웃음꽃을 피웠고, 이토 통감과 상석에 나란히 앉은 황제도 입가에 웃음이 떠나지 않았다. 다만 태자만은 언짢은 일이라도 있는 사람처럼 표정이 내내 어두웠다.
 '원래 저런 분이시지.'
 태자의 안색을 살피던 김 상궁이 눈을 돌려 입구 쪽을 보았다. 만찬도 막바지라 곧 후식을 올릴 시간이었다. 삼십 분 전쯤 태자비를 부르러 간 윤 상궁은 감감무소식이었다. 김 상궁은 태자비가 오지 못할 것이라고 생각했다. 후식을 만들 수 있는 배추 한 포기, 일을 도와줄 나인 하나 보내주지 않았다. 마술을 부리지 않는 한, 후식을 만든다는 건 불가능했다.
 '그래도 오긴 와야 할 것이야.'
 김 상궁의 눈에 광채가 어렸다. 그녀는 이미 윤 상궁에게 무슨 수를 써서라도 태자비를 데려오라는 명을 내려둔 상태였다. 마치 패망한 왕가의 포로처럼 태자비는 이곳으로 끌려와 폐하와 이토 통감 그리고 태자를 비롯한 모든 고관들 앞에서 씻을 수 없는 치욕을 당해야만 한다. 그것이 바로 자신이 이토 통감에게 바치는 새해 선물인 것이다.

김 상궁이 혼자 미소 짓고 있을 때 입구 쪽이 소란스러워졌다. 애타게 기다리던 태자비가 나타난 것이다. 윤 상궁이 태자비를 안내하고 있었고, 그 뒤를 나석중이라는 배종무관과 성옥염이 따르고 있었다. 나석중은 양손에 찜통 두 개를 들었고, 성옥염도 하나를 들었다. 태자비의 표정이 자신감에 차 있는 것을 보고 김 상궁이 고개를 갸웃했다.

'설마 후식을 만들어 낸 것은……?'

잠시 불안해 하던 김 상궁은 고개를 흔들어 쓸데없는 걱정을 털어냈다. 적어도 이 궁의 모든 살림은 자신이 장악하고 있었다. 어린 태자비가 그 내밀한 통제를 뚫고 목적을 이룬다는 건 불가능한 일이었다. 김 상궁은 태자비의 얼굴에 서린 자신감을 치기 정도로 치부해 버렸다.

증순은 고개를 똑바로 들고 대화를 멈춘 채 자신을 주시하는 고관들과 황족들 사이를 걸어가고 있었다. 몇몇 고관들이 가볍게 목례했지만 증순은 돌아보지 않았다. 마침내 증순이 김 상궁 앞에 섰다.

김 상궁이 비릿하게 웃으며 물었다.

"마마, 후식은 어찌 되었는지요?"

증순이 대꾸 없이 찜통을 든 석중과 옥염을 힐끗 돌아보았다. 하지만 김 상궁은 여전히 믿지 못하겠다는 표정이었다. 김 상궁이 증순의 귀에 대고 나직이 속삭였다.

"마마, 제대로 된 후식을 준비하지 못했다면 지금이라도 말씀하소서. 마침 소주방 궁인들을 시켜 따로 준비한 게 있으니……."

"되었네."

증순이 그런 김 상궁을 가볍게 밀치고 앞으로 나섰다. 김 상궁이 황당한 눈으로 황제와 이토 통감을 향해 걸어가는 증순의 뒷등을 보았다. 증순이 황제와 이토 통감 그리고 태자 앞에 섰다. 증순의 시선이 먼저 태자에게로 향했다. 혼례식 이후 처음 보는 태자의 얼굴은 석고를 깎아 놓은 듯 하얗고 반듯했다. 그녀의 시선을 받은 태자가 불편한 기색으로 고개를 돌렸다.

"왜 나를 미워하세요? 내가 무엇을 잘못했다고 그러세요?"

소리쳐 따지고 싶은 마음을 증순은 어금니를 깨물며 참았다. 이 나라에선 아직 여인이 참는 게 미덕이었고, 함부로 감정을 드러냈다간 오히려 전하와 더 멀어질 수도 있었다. 태자에게서 시선을 거둔 증순이 황제를 향해 머리를 조아렸다.

"문안 드리옵니다, 폐하. 그간 강녕하셨는지요?"

황제가 만면에 미소를 지으며 화답했다.

"오오, 우리 태자비를 오랜만에 보는구나. 그동안 왜 이리 적조했는고?"

"송구하옵니다. 혼례식을 올린 이후 여러 가지로 경황이 없었습니다."

"그랬겠지."

고개를 끄덕이는 황제 옆에서 이토가 의미심장하게 웃고 있었다. 더 이상 참지 못하고 그가 물었다.

"신년연회의 후식을 준비하셨다지요?"

"예, 준비했습니다."

"!"

증순의 자신만만한 대답에 이토의 얼굴이 살짝 굳어졌다. 통감이 다시 한 번 확인했다.

"오늘 연회에 참석한 손님은 오십 명이 넘습니다. 그들 모두를 먹일 만큼의 후식을 준비하셨다는 겁니까?"

"이렇게 준비해 오지 않았습니까?"

증순이 뒤쪽에 나란히 선 석중과 옥염을 가리켰다. 이토가 비로소 두 사람의 손에 들린 찜통을 발견했다. 무언가 준비하긴 해 온 모양이었다. 이토가 불안한 눈으로 김 상궁을 보았다. 늙은 제조상궁의 얼굴에는 여유가 넘쳤다. 덕분에 이토는 다시 안심할 수 있었다.

"고관들과 황족들이 오랫동안 후식을 기다렸습니다. 마침 준비하셨다니 나누어 주시죠."

"알겠습니다."

김 상궁이 눈짓하자, 몇몇 상궁과 나인들이 찜통을 내려놓는 석중과 옥염을 향해 다가왔다. 증순이 첫 번째 찜통을 열자 마치 국수 가락처럼 썬 두부가 겹겹이 쌓여 있었다. 두 번째 찜통을 열자 소금에 살짝 절인 얇게 썬 배추와 무가 쌓여 있었다. 마지막으로 세 번째 찜통을 열자 푸른빛이 감도는 액체가 찰랑거리는 게 보였다. 찜통 속의 내용물들을 확인한 김 상궁의 안색이 살짝 굳어졌다.

'그토록 막았건만 저런 재료들을 어디서 구했을꼬?'

하지만 김 상궁은 크게 걱정하지 않았다. 어찌어찌 재료들을 긁어모았지만 두부, 배추, 무 따위로 귀빈들의 입맛을 사로잡을 후식이 만들어질 리 만무했다.

"냉채 접시를 가져오게."

증순이 나인들에게 명하여 가운데가 오목한 접시를 가져오게 했다.

냉채 접시에 증순이 직접 절인 배추와 무를 깔고 두부를 가지런히 얹었다. 옥염이 그 위에 미리 준비해 둔 양념간장 반 숟가락을 끼얹었다. 마지막으로 석중이 매실청 국물을 한 국자 떠서 접시에 담아 주면 끝이었다. 그렇게 완성된 두부냉채를 증순은 먼저 폐하와 이토 통감에게 바쳤다. 다음 순서는 태자와 황족들이었다. 양국의 고관들도 두부냉채를 맛보기 시작했다. 냉채를 먹는 황족들이나 고관들은 가타부타 반응이 없었다. 증순의 표정이 조금씩 굳어졌다. 반면 김 상궁의 얼굴에는 화색이 돌았다.

제일 먼저 반응을 보인 것은 황제였다.

"오오, 참으로 시원한지고. 막힌 가슴이 뚫리는 것 같구나."

황제는 체면도 잊은 채 "맛있다"를 연발하며 부지런히 젓가락을 놀렸다. 그러자 연회장 곳곳에서 기다렸다는 듯 감탄사가 터져 나왔다.

"폐하의 말씀대로 정말 시원하군요."

"기름진 음식을 먹어 속이 더부룩했는데, 냉채를 먹으니 시원하게 씻기는 기분입니다."

"국물에서 매실 향이 나는데요."

"매실이 원래 소화를 돕는다지요?"

"옥체 미령하신 마마께서 이처럼 솜씨가 탁월하실 줄이야!"

이토 통감이 입술을 지그시 깨물고 냉채 접시를 허겁지겁 비우는 고관들을 노려보았다. 일본국의 최고 대신으로서 온갖 산해진미를 맛본 그는 김 상궁의 예측이 틀렸음을 진즉 간파했다. 어린 태자비가 만든 후식은 포만감을 느끼는 사람들에게 제격이었다. 이 싸움은 태자비의 완벽한 승리였다.

증순이 뿌듯한 눈으로 태자를 보았다. 하지만 태자는 이미 접시를 내려놓고 예의 그 무심한 표정을 짓고 있었다. 기쁨으로 부풀었던 증순의 가슴이 바람 빠진 풍선처럼 가라앉았다. 누구보다 태자의 칭찬을 받고 싶었던 것이다. 이때 태자가 조용히 일어나 입구를 향해 걸어갔다. 증순이 재빨리 태자를 쫓았다.

"전하! 태자전하!"

부용지를 빙 돌아 홀로 비원을 걸어 나가던 태자가 자신을 부르는 소리에 걸음을 멈췄다. 천천히 돌아서는 태자를 향해 증순이 헐레벌떡 달려갔다.

"헉헉……!"

태자 앞에 서서 그녀는 한동안 가쁜 숨만 몰아쉬었다. 그녀를 지켜보던 태자가 눈을 치켜떴다.

"사람을 불러 세웠으면 말을 해야지!"

태자가 윽박지르자 증순은 더욱 말문이 막혔다.

"할 말이 없으면 나는 가겠다."

돌아서려는 태자를 향해 증순이 다급히 말했다.

"저는 두부냉채를 잘 만들면 전하께 칭찬을 받을 줄 알았습니다."

"나는 그런 천한 음식 좋아하지 않는다."

순간 증순의 얼굴이 돌처럼 굳어졌다. 입술을 깨물고 가늘게 떨던 그녀가 마침내 가슴 깊숙한 곳에 묻어두었던 말을 끄집어냈다.

"왜 저를 미워하십니까? 제가 대체 무엇을 잘못했습니까?"

증순을 쏘아보던 태자도 참았던 말들을 쏟아냈다.

"너는 친일파의 딸이다! 네 아비와 백부가 날 감시하라고 입궁시키지 않았느냐?"

"그게 대체 무슨……?"

충격 때문에 얼굴에서 핏기가 가시는 증순을 경멸 가득한 눈으로 보며 태자가 내뱉듯이 말했다.

"내가 이 따위 거짓 혼례를 받아들이리라고 생각했느냐? 하늘이 무너져도 너와 내가 부부가 되는 일은 없을 테니 그런 줄 알아라."

독한 저주를 끝으로 태자는 돌아섰다. 오후의 햇볕을 받아 꽁꽁 언 수면이 은가루를 뿌려놓은 듯 반짝이는 부용지를 돌아 멀어지는 태자의 뒷모습을 멍하니 바라보던 증순이 절규하듯 외쳤다.

"나도 이런 식의 혼례는 원하지 않았다고요!"

증순을 찾아 나온 석중이 멀리서 이 광경을 안타깝게 지켜보고 있었다.

"으흑!"

증순은 허물어지듯 주저앉아 참고 참았던 눈물을 쏟았.

이런 혼례는 원치 않았다, 는 말은 사실이었다. 하지만 그럼에도 어떻게든 잘 꾸려나가고 싶었다. 미처 다하지 못한 말들이 목에 걸려 그녀는 컥컥대며 가슴을 두드렸다.

제5장 국모가 되다

그날 저녁, 황제의 지밀상궁이 증순을 데리러 왔다. 몸살 기운 때문에 성정각 아랫목에 누워 있던 증순은 대충 몸단장을 하고 따라나섰다.

광무황제께서 주로 거처하시는 희정당은 창덕궁의 침전인 대조전大造殿 남쪽에 위치해 있었다. 소총을 든 시위대 병사들을 스쳐 지밀상궁을 따라 희정당 안으로 들어가니, 먼저 굉장히 넓은 응접실이 눈에 들어왔다. 호롱불 대신 난생 처음 구경하는 전구로 인해 대낮처럼 밝은 응접실은 완전히 서구식으로 꾸며져 있었다. 응접실 한복판에 푹신한 소파가 놓여 있었고, 대리석으로 만든 소파 테이블 위에는 역시 난생 처음 구경하는 전화기가 있었다.

입궁한 지 얼마 되지 않은 증순이 보기에도 궁은 빠르게 변모하는 중이었다. 대부분 일본인들의 입맛에 맞춘 것들이다. 저들은 황실을 위한다고 떠들지만 왠지 어수선하고 부자연스러워 견고한 성채가 조금씩 허물어지는 느낌을 지울 수 없었다.
 소파 상석에 앉아 있던 황제가 반갑게 손짓을 했다.
 "이쪽으로 앉거라."
 "태자비 증순이 문후 여쭙니다."
 양손을 모으고 공손히 인사한 증순이 황제의 맞은편 자리에 앉았다. 상궁이 다과를 내왔다. 찻잔을 사이에 두고 증순은 조용히 분부를 기다렸다. 한동안 애정 어린 눈으로 증순을 보던 황제가 말했다.
 "오늘 네 노고가 컸다. 덕분에 우리 황실을 업신여기는 이토 통감과 그에 빌붙은 제조상궁 일파의 기를 꺾어 놓았으니 말이다."
 '아, 폐하께서는 모두 알고 계셨구나……!'
 놀란 증순은 눈을 크게 떴다. 폐하는 그저 묵묵히 웃으시며 증순을 인자하게 바라보셨다. 일본인들이 왜 아직도 폐하 앞에서 경거망동하지 못하는지 알 것 같았다. 폐하는 아직 이 나라의 주상으로서 국권을 통째로 삼키려는 일본인들과 그들에게 빌붙은 친일파에 맞서 고군분투하고 계셨던 것이다.
 증순의 귀에 다시 황제의 다정한 목소리가 들려왔다.
 "태자가 너에게 섭섭하게 대하는 것을 나는 알고 있다."
 "폐하……."
 "태자가 저리된 것은 모두 나의 부덕 탓이다. 내가 만약 나라를 굳건히 지켰던들 태자가 저리 불안하고 의심 많은 성정이 되었겠느냐? 힘들더라도 이해하고 화목하게 지내길 바란다."
 잠시 말을 끊었던 황제가 증순에게만 들릴 듯한 작은 소리로 말했다.

"오백 년 사직이 설마 이대로 무너지기야 하겠느냐? 살다 보면 좋은 날도 있을 것이다."

증순이 무슨 뜻인지 몰라 용안을 우러렀을 때, 황제는 이미 찻잔을 들어 표정을 숨기고 있었다. 뜻은 깨닫지 못했으나 왠지 폐하 주변에서 머지 않아 큰일이 일어나리란 느낌이 들었다. 이후 폐하와 십 분 정도 담소를 나눈 증순은 다시 지밀상궁의 안내를 받으며 희정당을 나섰다.

"아가, 이제부턴 자주 보도록 하자꾸나."

폐하의 배웅을 받으며 응접실을 나서던 증순이 오버코트를 단정하게 입은 어떤 신사와 마주쳤다. 한 오십쯤 되었을까? 가는 눈매와 굳게 다문 입술이 비장해 보였다. 응접실 안으로 들어가는 신사의 뒷등을 보며 증순이 물었다.

"저 분은 누구신가?"

지밀상궁이 짧게 답했다.

"독립협회의 이준李儁 선생이십니다."

"이준?"

"폐하의 밀명을 수행하시는 분입니다. 너무 깊이 알려 하지 마소서."

고개를 끄덕이며 증순은 이준이란 신사의 뒷모습을 다시 한 번 쳐다 보았다.

황제와 독대한 이준은 한동안 말이 없었다. 다만 눈가에 푸른 안광만 일렁일 뿐이었다. 결기 어린 이준의 얼굴을 뚫어져라 응시하던 고종이 무겁게 입을 열었다.

"……대업을 완수할 수 있겠는가?"

"신명을 바치겠나이다."

"왜인들에게 발각되면 죽임을 당할 텐데?"

이준이 울음 섞인 음성으로 고했다.

"사람이 산다 함은 무엇을 말함이며 죽는다 함은 무엇을 의미하겠나이까? 살아도 살지 아니함이 있고 죽어도 죽지 아니함이 있으니 살아도 그릇 살면 죽음만 같지 않고 잘 죽으면 오히려 영생할 것입니다. 저의 결심이 이러하니 폐하께옵선 아무 염려 마옵소서."

"이 땅에 아직 의인이 있었구나……."

황제의 음성에도 물기가 묻어났다.

성정각으로 돌아온 증순은 늦도록 잠들지 못했다. 찬바람이 문풍지를 할퀴고 지나가는 소리에 섞여 건넛방에서 옥염의 코 고는 소리가 어렴풋이 들렸다. 삭막한 소리와 친근한 소리를 번갈아 들으며 증순은 혹 태자의 발자국 소리가 들리지나 않을까 귀를 기울였다. 달이 기울고 빙판 같은 하늘에서 별들만 꽁꽁 얼어붙는 새벽까지 기다렸지만 발자국 소리는 들리지 않았다.

'그런 식으로 소리쳤으니 오실 리가 없지.'

태자전하에게 악다구니를 쓴 일이 두고두고 마음에 걸렸다. 무엇보다 두려운 것은 이 지루한 기다림이 언제까지 계속될지 알 수 없다는 것이다. 다시 어머니의 얼굴을 떠올렸다. 기다림에 지쳐 고목처럼 말라버린 가련한 여인. 불행은 모녀 간에 유전된다는 말도 다시 떠올랐다. 증순은 조용히 눈을 감고 이 기다림이 너무 길어지지 않기만을 기원할 뿐이었다.

보답 없는 기원 속에 세월은 거짓말처럼 흘렀다. 한낮에 희우루 처마 끝에 매달린 고드름이 쩡쩡 떨어지고, 밤에는 영현문 옆 커다란 느티나무에 쌓였던 눈이 와르르 무너지는 소리가 들리더니 어느샌가 봄이 와 있었다.

부용지의 얼음이 녹아 올챙이가 헤엄쳤다. 그 올챙이들이 다 자라 밤마다 와자하게 울어댔다. 상심 속에서도 시간은 흘렀다. 밤이면 개구리 울음소리에 섞여 전하의 발자국 소리가 들리지 않을까 또 귀를 기울였지만 부질없는 짓이었다. 매일 얼굴을 맞대고 재잘거리는 옥염과 가끔 찾아와 오라비처럼 살펴주는 석중이 아니었다면 증순도 어쩌면 어머니처럼 가슴에 멍울이 생겼을지 모른다.

개구리 울음이 들려오기 시작한 지 며칠 지나지 않아 궁에 큰 사건이 터졌다. 이른바 '헤이그 밀사사건'이었다. 옥염이 소주방 나인들로부터 물어온 소식에 의하면 폐하께서 세계열강들의 만국회의가 열리는 헤이그에 이준 열사를 비롯한 특사를 파견해 일본의 침탈을 알리고 독립을 도와 달라고 탄원하셨다는 것이다. 하지만 특사들은 회의장에 입장조차 하지 못하고 이준 열사는 의분을 이기지 못해 현장에서 자결하셨다고 한다.

"이준 그분이 그 일을 맡으셨던 거구나."

이준이란 이름을 전해들은 증순은 지난 겨울 희정당을 나서며 마주쳤던 인상 깊은 장년인의 얼굴을 떠올리곤 고개를 끄덕였다.

며칠쯤 지나면 가라앉을 줄 알았던 그 사건은 그러나 그리 간단히 끝날 문제가 아니었다. 석중이 다급한 얼굴로 찾아와 한동안 성정각 바깥 출입을 삼가라고 귀띔한 날, 완전무장한 일본 헌병 수백이 폐하께서 거처하시는 희정당 주변을 포위했다. 증순은 오직 폐하의 안위가 걱정이었다. 하지만 이번 사건은 폐하뿐 아니라 태자와 증순 자신까지도 엄청난 소용돌이 속으로 끌고 들어가려 하고 있었다.

"폐하, 속히 결단을 내리시어 사직을 지키소서!"

"폐하, 황위에 집착하면 일본의 분노를 잠재울 수 없나이다!"

일본 헌병들에 의해 완전히 고립된 희정당 응접실에서 황제는 이완용, 송병준宋秉畯, 이병무 등의 친일파로부터 태자에게로의 양위를 압박받았다. 직접적인 이유는 헤이그 밀사사건이었지만 오직 한일합병을 위해 일로매진하는 이토의 입장에서는 아직 독립 의지가 시퍼런 황제보다는 매사 소극적인 태자가 더 편하다고 판단했기 때문이다.

"경들의 뜻이 정 그러하다면 짐은 따르겠노라."

며칠을 끈질기게 버티던 황제는 굴복하고 말았다. 결국 칠월 열아흐레 날 경운궁慶運宮 앞 광장에서 양위식을 거행하기로 했다.

청천벽력 같은 소식을 듣자마자 증순은 한여름 땡볕에 불판처럼 달궈진 후원을 달려 중희당으로 갔다. 그녀가 방문을 열어젖히고 들어갔을 때, 태자 척은 아랫목에 비스듬히 앉아 얼음을 띄운 수정과를 마시며 신소설을 읽고 있었다. 한글로 흘려 쓴 '혈의 누'라는 제목이 언뜻 비쳤다. 여유가 넘쳐흐르는 폼이 유람 나온 서생이 따로 없었다.

증순이 태자 앞에 허물어지듯 주저앉았다.

"전하, 큰일이 났습니다! 폐하께서 전하께 양위를 하신답니다!"

태자는 별로 놀라는 기색도 없이 책장을 넘기며 말했다.

"누구 허락을 받고 내 침소에 뛰어든 것이오?"

"전하, 폐하께옵서!"

"알고 있으니 호들갑 떨지 마라."

"!"

짜증스럽게 책장을 덮는 태자를 보고 증순은 그만 말문이 막혔다. 증순은 한동안 멍하니 태자의 얼굴을 보다가 간신히 물었다.

"……허면 황위를 받으시겠다는 말씀이옵니까?"

"나 말고 다른 황태자가 있다면 모를까, 부황께서 황위를 물려주신다면 받을 수밖에 없지 않겠소?"

철없이 웃는 태자를 향해 증순은 답답하다는 듯이 말했다.

"폐하께서 원해서 양위를 하시는 것이옵니까? 일본인들의 총검에 눌리고, 친일 각료들의 혓바닥에 치여 강제로 저러시는 것이옵니다. 이럴 때일수록 전하께서 황위를 받을 수 없다는 뜻을 천명하셔야……."

쾅!

태자가 서탁을 내리쳤다. 서탁이 힘없이 주저앉으며 먹다 남은 수정과가 사방으로 튀었다. 한동안 증순을 무섭게 쏘아보던 태자가 이를 악물고 내뱉었다.

"제발 나서지 마시오. 그나마 궁에 빌붙어 살고 싶으면 아무 생각도 하지 말고 죽은 듯이 엎드려 지내란 말이오."

태자가 내뿜는 적의가 너무 흉흉해 목을 옥죄는 것 같았다. 그 치열을 적의로 떨쳐내며 증순은 또박또박 말했다.

"폐하에 비하면 전하는 아직 어린아이 같으십니다. 전하는 아직 임금이 되실 자격이 없습니다."

"내 방에서 당장 나가!"

이른 아침부터 열사의 태양이 천지를 녹여버릴 듯한 칠월 하순, 경운궁 앞 광장에서 양위식이 거행되었다. 이른 새벽부터 드넓은 광장이 군중으로 가득 찼다. 양위식을 위해 광장 한복판에 쌓아 올린 단 위에서 황실 종친들과 의정부 및 궁내부의 대신들 그리고 이토 통감과 데라우치 마사타케寺內正毅 육군장관 등 일본 관료들이 지켜보고 있었다. 대례복을 입고 태자와 단 아래 나란히 서서 숨소리 한번 크게 내지 않는 수많은 백성들을 보며 증순은 참으로 서글픈 양위식이라고 생각하고 있었다.

고개를 돌려 단 위를 보는 증순의 눈에 일본인들과 친일파들에게 포위당한 채 어좌에 힘없이 앉아 있는 광무황제의 모습이 보였다. 양위를 결심하기까지 얼마나 시달림을 당했는지 핼쑥해진 모습이었다. 폐하께 향했던 시선을 거둬 이번에는 바로 옆에 선 태자의 옆얼굴을 보았다. 태자의 얼굴에는 일체의 감정도 담겨 있지 않아서 꼭 밀랍인형을 보는 것 같았다. 예전 같으면 전하도 슬퍼하시겠지, 하고 생각했을 테지만 지난번의 만남 이후 그녀는 더 이상 태자를 믿지 않게 되었다. 어쩌면 태자가 이 상황을 즐기고 있는지도 모른다는 생각까지 들었다. 저 단 위에서 친일파들과 희희낙락하는 백부와 아버지는 물론 태자에 대한 적개심이 들불처럼 일었다.

총리대신으로 승차한 이완용이 황제폐하 앞으로 걸어 나왔다. 폐하께 고개를 까닥여 건성으로 인사한 이완용이 자신들의 손으로 작성한 양위조서를 낭독하기 시작했다.

"짐이 늙고 병들어 더 이상 조정과 사직을 지고 나갈 힘이 없으므로 총명하고 헌양한 태자에게 양위하여 제국을 세세토록 보존하려 함이니……."

머리를 풀고 뛰쳐나가 모두 새빨간 거짓말이라고 소리치고 싶은 것을 참느라 증순은 주먹을 부르르 떨었다.

낭독이 끝나자 일본 군악대의 연주가 시작되었다. 욱일승천기旭日昇天旗를 앞세우고 적진을 향해 돌격하라는, 어울리지도 않는 군악이 울려 퍼지는 가운데 폐하는 대례복을 벗고 대원수의 군복으로 갈아입으셨다.

백성들이 지켜보는 앞에서 왕의 옷을 벗고 군복을 입는 치욕적인 순간이었다. 대원수복으로 갈아입은 폐하께서 앉아 계시던 어좌에서 물러나 뒤쪽 종친들 사이에 자릴 잡으셨다. 그런 다음 이토 통감이 의자에서 일어섰다. 단 앞으로 나온 이토가 쩡쩡 울리는 소리로 하례사를 낭독하기 시작했다. 황제의 덕이 다했다는 둥, 사십 년을 용상에 있었으니 천복을 누렸다는 둥 차마 입에 담기 힘든 모욕적인 언사였다. 경건한 양위의식이 아니라 황제를 백성들 앞에서 조리돌리는 것이나 마찬가지였다.

드디어 긴 낭독이 끝나고 이토가 단 아래 태자와 증순을 가리키며 외쳤다.

"대한제국의 새 황제와 황후를 모시겠습니다!"

다시 군악이 울리기 시작했다. 태자가 첫발을 내딛었지만 증순은 이를 앙다물고 움직이려 하지 않았다. 망부석이 될지언정 이 자리에서 한 발자국도 움직이지 않을 작정이었다. 태자의 손이 그런 증순의 팔을 강하게 움켜잡았다. 호리호리한 체구에서 나왔다고는 믿기지 않을 정도의 완력으로 태자가 증순을 억지로 끌어당겼다. 힘을 이기지 못하고 그녀가 단 쪽으로 끌려갔다. 연단으로 향하는 계단을 끌려 올라가며 다시 태자의 옆얼굴을 보았다. 태자의 얼굴은 험악하게 일그러져 있었다. 사납게 치뜬 눈과 눈 사이의 주름이 고랑처럼 깊었다.

마침내 두 사람이 단 위에서 군중을 향해 돌아섰다. 그때까지도 백성들은 바람 한 점 없는 날의 풍경처럼 고요했다. 순한 소처럼 눈알을 뒤룩거리는 백성들을 보며 증순은 설움이 복받쳤다. 증순은 팔을 뿌리치려 했지만 태자의 완력을 당할 수 없었다. 버둥거리는 증순 앞으로 이토 통감이 다가왔다. 야비하게 웃으며 이토가 한동안 증순의 얼굴을 들여다보았다. 증순도 눈을 치뜨고 그의 시선을 받았다. 순간 이토의 동공에서 섬광처럼 스쳐가는 살기를 증순은 똑똑히 보았다. 떠올렸을 때처럼 순식간에 살기를 거둬들인 이토가 태자와 증순을 향해 고개를 숙였다.

"경하 드립니다, 황제폐하. 경하 드립니다, 황후마마."

입을 굳게 다문 증순을 대신해 태자가 조용히 답례했다.

"고맙소, 이토 통감."

이토가 광무황제의 양위 조칙을 공손히 들어 태자에게 바쳤다. 한동안 그것을 물끄러미 바라보던 태자가 말없이 받았다. 순간 군악대가 애국가를 연주하기 시작했다.

무궁화 삼천리 화려 강산 죠션 사람 죠션으로 길이 보죤 답세.

애국가가 울리는 동안 증순은 얼굴에서 경련이 일어날 정도로 어금니를 세게 악물고 있었다. 애국가가 끝나자 이완용이 앞으로 나섰다. 구름처럼 몰려든 백성들을 둘러보던 그가 양팔을 번쩍 쳐들었다.

"대한제국 만세! 황제폐하 만만세!"

풀잎처럼 엎드려 있던 백성들이 강풍을 맞은 듯 일제히 사지를 비틀며 일어섰다.

"와아아아!"

"대한제국 만세!"

"황제폐하 만만세!"

흰색 도포에 대갓을 눌러쓴 유생들도 보였지만 선황제의 억울한 퇴위에 이의를 제기하는 사람은 없었다. 도대체 왜 아무도 목청 높여 부당함을 알리지 않는지, 왜 일본인들과 친일파들을 질타하는 소리가 들리지 않는지 증순은 묻고 싶었다. 군악대의 연주가 다시 시작되었다. 군악이 슬프게 들릴 수도 있다는 사실을 증순은 처음 알았다.

제국의 연호는 광무光武에서 융희隆熙로 바뀌었다. 융희황제가 조선제 이십칠 대 임금이자 대한제국 이 대 황제로 등극한 것이다. 전대 황제께선 덕수궁德壽宮으로 처소를 옮기셨고, 증순은 순정효황후에 봉해졌다. 황후가 되었건만 하나도 기쁘지 않았다. 태자에서 황제로 신분이 바뀐 남편이 여전히 찾지 않는 성정각에 머물며 증순은 몇 개의 담장 너머 부용지 쪽에서 들려오는 왁자한 개구리 떼의 울음소리에 귀를 기울였다. 왠지 무서운 일이 벌어질 것만 같았다.

증순의 불길한 예감은 며칠 후 개구리들의 수다를 잠재운 요란한 총성과 함께 실현되었다.

탕! 탕탕!

팔월 초하루 밤에 궁의 사방에서 총성이 울렸다. 옥염이 구르듯 달려 들어와 침소에 그린 듯이 앉아 있는 증순 앞에 엎드렸다.

"난리가 났습니다, 황후마마!"

"일본놈들이 기어이 폐하와 나를 죽이겠다며 궁을 범했느냐?"

"그게 아니라 우리 군대가 난을 일으켰답니다."

증순은 눈을 크게 떴다.

"우리 군대가 무엇 때문에 궁을 공격해?"

"어제 한일신협약이란 게 맺어지지 않았사옵니까? 협약에 따라 우리 군대를 무조건 해산하기로 한 모양입니다. 소식을 듣고 격분한 군인들이 일본군과 총격전을 벌이며 창덕궁을 향해 몰려오고 있답니다."

"이 나라가 기어이 결딴날 모양이구나."

멍하니 중얼거리는 증순의 팔을 옥염이 잡아당겼다.

"피하셔야 합니다, 마마! 난적들이 들이닥치면 어떤 일을 당하실지 모릅니다!"

"글쎄다……. 그들이 난적인지 그들을 막겠다는 일본군이 난적인지 알 수가 없구나."

넋두리처럼 중얼거리며 증순은 움직이려 하지 않았다.

"마마, 빨리요! 빨리!"

옥염만 숨을 헐떡이며 발을 굴렀다. 다행히 이때 석중이 달려 들어왔다. 그가 증순 앞에 한쪽 무릎을 꿇고 고했다.

"옥염의 말이 맞습니다. 정세가 심상치 않으니 잠시 사가로 피신하십시오."

한동안 방바닥을 멍하니 바라보던 증순이 조용히 물었다.

"폐하는 어쩌신답니까?"

"폐하께서는……."

차마 말을 잇지 못하는 석중을 증순은 스윽 쳐다보았다.

"괜찮으니 말해 보세요."

"폐하께서는 이미 궁을 빠져나가셨습니다."

순간 증순은 저도 모르게 치맛단을 꽉 움켜쥐었다. 증순의 눈을 차마 똑바로 볼 수가 없어 석중은 고개를 숙였다. 석중의 눈에 치맛단을 잡은 증순의 주먹이 바르르 떨리는 게 보였다.

'마마, 심지를 굳건히 하소서.'

석중으로선 이 말만 속으로 되뇔 수밖에 없었다.

마침내 증순이 천천히 일어섰다.

"가요. 폐하가 떠나신 궁에 홀로 남았다가 변을 당하면 폐하께 누를 끼치게 될 겁니다."

탕탕! 탕탕탕!

궁 밖으로 나오자 총성은 더욱 빈번해졌다. 불이 완전히 꺼져 칠흑처럼 어두운 운종로에 일본군과 조선군의 시체가 즐비했다. 핏물에 젖은 거리를 증순은 석중과 옥염의 호위를 받으며 달렸다.

"꼼짝 마라!"

사가를 지척에 두고 온몸에 피를 칠한 조선군 다섯 명이 소총을 겨눈 채 증순의 앞을 가로막았다. 석중이 앞으로 나섰다.

"고생들이 많구려. 나는 시종무관부 소속의 무관으로서 황후마마를 호종하는 중이오."

군인들이 놀란 눈으로 서로의 얼굴을 보았다.

"황후마마?"

"황후라고?"

"황후가 왜 밤거리를 헤매고 다니지?"

저희들끼리 숙덕이는 군인들을 향해 석중이 한 걸음 다가섰다.

"빨리 마마를 모셔야 하오."

하지만 군인들은 다시 총을 겨누었다.

"왜들 이러오?"

"황제가 우릴 버렸다. 부부는 일심동체이니 황후에게 책임이 있지."

"황후를 잡아 황실에서 몸값을 뜯어내야겠다."

검은 얼굴에 흰 이빨을 드러내고 웃는 군인들의 눈빛은 이미 정상이 아니었다. 뭐가 그리 좋은지 키득키득 웃는 군인들을 향해 석중이 한 걸음 더 다가섰다. 찰나의 순간, 석중의 몸이 땅을 차고 날았다.

석중이 무릎으로 선두에서 웃던 군인의 얼굴을 찍자 이빨 몇 대가 흩날렸다. 화들짝 놀라 석중을 향해 총구를 돌리는 군인들을 향해 석중은 정신없이 쌍장을 날렸다. 총을 쏘기에는 간격이 너무 짧았던 군인들은 수박으로 단련된 석중의 손바닥에 속절없이 쓰러졌다. 폭도로 돌변한 군인 다섯 명을 순식간에 해치운 석중은 활짝 펼친 양손 손바닥을 천천히 땅으로 향해 그 안에 고인 살기를 흘려보냈다.

"나 무관님은 점점 강해지는구나."

"예, 정말 든든해요."

증순이 감탄스런 표정으로 말하자 옥염이 맞장구를 쳤다. 깨진 이에서 핏물을 줄줄 흘리며 널브러진 군인들은 막 무저갱에서 튀어나온 악귀처럼 보이기도 했다.

'이 나라가 오래는 못 가겠구나.'

미친 세상이 저들을 악귀로 만들었고, 이 땅이 악귀들로 넘쳐나는 날, 조선은 망할 것이라며 증순은 진저리를 쳤다.

 이번만은 증순의 예감이 들어맞지 않았다. 한성 거리가 온통 피로 얼룩진 그날로부터 이 년이 흐르도록 대한제국은 명맥을 유지하고 있었다. 그러나 사람의 힘으론 거스를 수 없는 운명의 시계추는 한 치의 오차도 없이 제국을 멸망의 골짜기로 몰아가는 중이었다.
 기유년己酉年 가을에 양복을 반듯하게 차려 입은 삼십대 중반쯤의 신사가 머나먼 미국을 출항하여 인천항에 입항한 여객선에서 내렸다. 신사의 미간에는 신지식으로 인한 자신감과 그를 무기로 조국을 독립시키겠노라는 결의가 선명했다. 큼직한 보따리를 이고 진 채 대궐처럼 거대한 여객선에서 쏟아져 나오는 승객들 틈바구니에 서서 신사는 가을 볕이 따가운 듯 눈살을 살짝 찌푸린 채 두리번거렸다.
 "스승님!"
 낯익은 목소리에 신사가 천천히 돌아섰다. 신식 군복을 말쑥하게 차려입은 제자가 반갑게 웃으며 다가오고 있었다. 이제 갓 이십대 초반, 원래 완력이 대단했던 친구가 시종무관이 되더니, 온몸에서 발산되는 기세가 한층 엄중해져 있었다.
 "오랜만이다, 석중!"
 "건강하신 모습을 뵈니 감격스럽습니다, 스승님!"
 제자 나석중을 와락 부둥켜안는 신사는 바로 미국에서 사 년간의 유학 생활을 마치고 귀국한 이승만이었다.

"어디 얼굴 한번 다시 보자."

마치 다정한 연인처럼 승만은 석중의 얼굴을 가만히 들여다보았다. 석중의 깊고 흔들림 없는 눈동자를 보던 승만이 흡족한 듯 웃었다.

"그새 사나이가 되었구나."

"스승님의 가르침 덕분입니다. 그런데 미국은 어땠습니까?"

"미국? 미국이야말로 모든 공화국의 종주국이지. 그러잖아도 자네에게 해 줄 말이 아주 많아."

"저도 드릴 말씀이 산더미 같습니다."

"그럼 우리 어디 가서 밤새 술잔이라도 기울이며 얘기할까?"

"가시죠. 제가 모시겠습니다."

가을이 깊어가는 밤에 석중과 승만은 청계천 유곽의 방 하나를 빌려 통음했다. 기생도 들이고, 술과 안주도 넉넉히 시켰다. 증순이 황후가 된 이후, 석중도 자연스럽게 배종무관에서 시종무관으로 승차했다. 황제와 황후의 안전을 책임지는 시종무관은 황실로부터 적지 않은 녹봉을 받았다. 또한 이용 가치가 높았기 때문에 통감부에서도 따로 용돈을 챙겨 주었다. 그렇게 석중은 한 달에 한 번 적지 않은 녹봉을 받았지만 딱히 쓸 곳도 없는지라 차곡차곡 쌓아두고 있었다. 그 돈을 스승을 위해 다 쓰기로 작정한 것이다.

술잔이 몇 순배 돌자, 기생들이 거문고를 뜯으며 창가를 부르기 시작했다. 흥이 오른 두 사람은 어깨동무를 하고 덩실덩실 춤을 추었다. 그렇게 술상과 기생을 몇 번 갈고 나자 둘은 완전히 나가떨어져 버렸다. 방바닥에 나란히 누운 석중에게 승만은 미국이 얼마나 거대하고, 얼마나 자유로우며, 얼마나 막강한지를 들려주었다. 호기심 많은 아이처럼 눈을 빛내며 석중은 때론 고개를 끄덕이고, 때론 한숨을 내쉬었다. 스승의 말대로 미국만 우리 편으로 끌어들이면 왜놈들을 몰아내는 것은 일도 아닌 듯했다.

"자, 이제 자네 얘길 해 보게. 특히 자네와 오누이처럼 지낸다는 그 윤황후 얘기를 듣고 싶군."

"황후와 제가 만난 건 지금 생각해도 기막힌 우연이었습니다."

석중이 차분한 목소리로 황후와 어떻게 엮여 궁에 들어갔고, 황후와 함께 궁에서 어떤 일들을 겪었는지 설명하기 시작했다. 그리고 마지막에는 증순이 어떤 사람인지, 자신에게 증순이 어떤 의미인지 부연했다. 술이란 사람을 거짓말쟁이로 만들거나 혹은 진실하게 만든다. 석중의 경우는 후자에 속했다. 그는 살짝 들뜬 얼굴로 황후의 성격이 어떠하고, 용모가 어떠하고, 버릇이 어떠하며, 무엇을 좋아하고 싫어하는지 상세히 얘기했다. 조용히 경청하고 있던 승만이 빙긋 웃었다.

"황후를 만나게 해 줄 수 있겠는가?"

"예?"

술이 확 깨는 듯한 석중에게 승만은 은밀히 속삭였다.

"황후를 이용하면 조선의 독립을 앞당길 수도 있을걸세."

영현문 옆 커다란 느티나무 잎들이 불이라도 붙은 듯 벌겋게 타오르던 가을 아침에 승만은 석중의 안내를 받으며 성정각으로 왔다. 성정각 섬돌을 밟고 올라가기 전 승만은 잠시 성정각의 단청색 처마와 ㄱ자 형태로 붙어 있는 이 층 누마루 보춘정報春亭과 희우루를 둘러보았다. 왕세자가 제왕학을 교육받고 서책을 읽는 공간이었다는 성정각은 승만에게 조금 특별한 의미로 다가왔다. 조상들이 조금 더 현명하게 처신하고 천운이 닿았다면 자신도 이곳에서 왕재 수업을 받았을지 모른다.

"스승님?"

혼자만의 상념에 잠겨 있던 승만을 석중이 조심스럽게 불렀다. 승만은 고개를 흔들어 쓸모없는 상념들을 떨쳐냈다. 섬돌에 신발을 벗고 대청으로 올라서니 어린 나인 하나가 앞을 막았다. 가자미처럼 눈이 쭉 찢어진 나인은 승만을 위아래로 훑었다.

"누구십니까?"

석중이 대신 답했다.

"선황제의 밀사로 멀리 미국에 다녀오신 이승만 공이시다. 마마께서 이미 접견을 허락하셨으니 문을 열어라."

"그러니까 왜 제겐 말도 하지 않고 마마께 접견 허락을 받느냔 말입니다. 이래 봬도 제가 황후마마의 지밀나인이라고 몇 번을 말해야 아십니까?"

입이 댓 발이나 나온 옥염을 강제로 밀쳐놓으며 석중은 방문을 향해 공손하게 말했다.

"황후마마, 이승만 공 드셨습니다."

"안으로 모시도록 하세요."

승만은 석중을 따라 방 안으로 들어갔다. 한 나라의 국모가 거처하기엔 지나치게 검박한 방이었다. 그 방의 아랫목에 앉아 나인보다 고작 두세 살 많아 보이는 황후가 조용히 뜨개질을 하고 있었다. 파란색 실을 사용해 두툼하게 짓는 것이 아마도 남자가 두를 목도리를 만들고 있는 듯했다. 석중과 승만이 방 한복판에 나란히 서 있다는 사실을 까맣게 잊은 듯 뜨개질에 열중이었다. 덕분에 승만은 황후의 모습을 찬찬히 살펴볼 수 있었다. 황후는 첩지머리에 옅은 분홍색 저고리 그리고 남색 주름치마를 입은 단아한 모습이었다. 올해 열여섯이라는 황후는 아직 피어나지 않은 꽃 봉오리 같아서 여인이라기보단 아이라는 느낌이 강했다. 다만, 모진 바람을 견뎌낸 봉오리처럼 애잔함이 짙은 향기처럼 풍겼다. 그 향기에 황후라는 이름이 갖는 존귀함이 더해져 묘한 매력으로 어른거렸다.

승만은 방금 전 마당에서 성정각의 단청을 올려다봤을 때처럼 다시 가슴이 두방망이질했다. 미국을 새로운 조국으로 품으면서 깨끗이 잊었다고 생각했던 왕족의 찌꺼기라는 열등감과 왕족의 일원이고 싶다는 갈망이 한꺼번에 살아나 선뜻한 현기증을 일으켰다.

바로 그때 윤황후가 천천히 고개를 들어 승만을 보았다. 자신을 빤히 쳐다보는 황후의 눈빛에 심한 부끄러움을 느낀 승만이 재빨리 머리를 숙였다.

"처음 인사 올립니다, 황후마마. 이승만이라고 합니다."

"어서 오세요. 제가 하찮은 취미에 팔려 귀한 분들을 세워두었습니다. 다과라도 드시며 천천히 얘기 나누시죠."

석중과 승만은 황후의 후의에 고마움을 표시하며 자리에 앉았다. 황후의 시선이 승만에게 쏠렸다.

"미국에서 공부를 하셨다고요?"

"예."

"주로 무슨 공부를 하셨나요?"

"미국의 역사, 종교, 철학 등에 대해 배웠습니다."

"미국이란 어떤 나라인가요?"

"큰 나라입니다. 또한 자유로운 나라입니다."

"크고 자유로운 나라……."

나직이 되뇌는 증순의 눈에서 일렁이는 강렬한 호기심을 승만은 똑똑히 보았다. 승만의 목소리가 약간 높아졌다.

"그에 반해 우리나라는 어떻다고 생각하십니까? 우리가 큰 나라입니까? 자유로운 나라입니까?"

승만의 목소리에 점차 힘이 실렸다.

"나라가 약하면 백성들이 고초를 겪습니다. 우리가 약한 건 아직도 봉건 왕조가 남아 있기 때문이죠. 그래서 저는 이 땅에서 왜놈들을 몰아내고 강한 공화국을 세우려고 합니다."

황후는 잠시 가타부타 말이 없었다. 황후의 입술이 겨울 석류처럼 붉다고 생각하며 승만이 나직이 물었다.

"마마께서는 제가 하려는 일에 관심이 있으십니까?"

"……."

"관심이 없으십니까?"

황후는 잠시 더 침묵했다. 침묵의 무게가 석중과 승만을 짓눌렀다. 한참만에야 증순이 엷게 웃으며 물었다.

"이 공께선 이 나라의 황후에게 황실을 없애자고 설득하는 건가요?"

"마마, 그런 뜻이 아니오라……."

당황하여 변명하려는 석중을 승만이 손을 뻗어 막았다. 그리고 증순의 눈을 똑바로 보며 말했다.

"마마, 백성들이 신음하며 죽어갑니다. 사사로운 이익보다는 대의를 따라 주실 수는 없겠나이까?"

증순은 잠시 입을 굳게 다물고 승만의 굳은 얼굴을 직시했다. 한동안 말없이 승만을 바라보던 그녀의 시선이 석중에게로 옮겨졌다.

"이 공은 상당히 흥미로운 분이군요. 여기 나 무관님을 통해 종종 만나 뵙고 싶어요. 넓은 세상을 보고 오신 분이니 배울 점도 많을 것 같네요."

승만의 입가에 만족스런 미소가 떠올랐다.

"극렬 공화주의자를 내치지 않으신 것만으로도 황공합니다, 마마. 앞으로 자주 뵙겠습니다."

승만이 두툼한 책 한 권을 내밀었다. 증순은 책을 들어 표지를 들여다보았다.

"독립정신……?"

"수 년 전 한성감옥에 갇혀 있을 때부터 저술한 책입니다. 이 나라가 독립된 공화국이 되어야 하는 이유와 나아갈 길이 적혀 있습니다. 틈틈이 보시면 도움이 되실 겁니다."

책장 몇 장을 넘기며 증순은 고개를 끄덕였다.

"고마워요. 반드시 새겨 읽도록 하겠어요."

그런 황후를 보며 승만은 뿌듯한 충만감을 느꼈다. 칼바람이 부는 벌판을 헤매다가 뜨거운 온천물에 목 밑까지 몸을 담갔을 때의 느낌 같은 것이었다.

'대한제국의 황후를 추종자로 삼았으니, 내가 황제보다 못한 게 무엇인가?'

가을이 깊어가는 창덕궁 숙장문肅章門을 지나 석중과 승만은 돈화문을 향해 걷고 있었다. 증순을 만나고 나온 이후 입가에 웃음이 떠나지 않는 승만을 석중이 돌아보았다.

"마마와의 회담이 만족스러우셨던 모양입니다."

"자네도 보지 않았나? 상당히 유익한 만남이었네."

"성과가 있으셨다니 다행입니다."

승만이 눈을 빛내며 말했다.

"일단 황후께 이토 통감의 행적을 추격해 주십사 전해 주게. 이토 통감이 만주를 시찰하고, 러시아와 비밀협약을 맺기 위해 출발한다는 정보가 입수됐네."

"황후께서 그런 일까지 하시겠습니까?"

정색하는 석중을 향해 승만이 자신 있게 웃었다.

"황후께서는 반드시 해 주실걸세. 말씀은 안 하셨지만 나의 생각에 동조하는 눈치셨어."

"이토 통감이 오래전부터 황후를 노려왔습니다. 발각되는 날에는 무슨 봉변을 당하실지 모릅니다."

승만은 걸음을 멈추고 석중의 얼굴을 똑바로 쳐다봤다.

"어찌 그리 보십니까?"

"자네, 황후를 마음에 두고 있는가?"

"무, 무슨 말씀을……?"

석중은 백주대낮에 벼락을 맞은 사람처럼 눈을 부릅떴다. 그에게 있어 황후는 아직 증순일 뿐이었다. 증순의 나이 고작 열여섯. 자신이 돌봐야 할 연약한 아이로 생각했을 뿐, 맹세컨대 다른 마음을 품은 적은 없었다. 얼굴 전체가 시뻘겋게 달아올라 손사래를 치는 석중을 향해 승만이 조용히 웃었다.

"자네가 황후를 마음에 두었어도 상관없고, 두지 않았어도 상관없네. 중요한 건 우리에게 황후가 꼭 필요한 존재라는 사실이야."

승만의 목소리가 조금 더 낮아졌다.

"지금 북간도北間島와 만주滿洲의 평원은 일본의 핍박을 피해 망명한 독립운동가들로 들끓고 있네. 이들은 독자적인 무장 병력까지 거느리고 압록강을 건너와 일본군과 전투를 벌이고 있어. 이들에게 뒤처지지 않으려면 우리도 확실한 전공을 세워야만 하네. 그러자면 황후의 도움이 절실해."

"왜놈들을 몰아내고 나라를 구하자는 동지들 간에 공이 많고 적음이 중요합니까?"

순진한 표정으로 반문하는 석중을 보며 승만은 의미를 알 수 없는 미소를 지었다.

"독립도 중요하지만 어떻게 독립을 이루냐가 더 중요하네."

"어떻게 독립을 이루느냐……?"

"나는 미국에서 참으로 많은 것을 보고 배웠어. 그리고 우리 조국이 어떤 모습으로 독립을 이뤄야 할지 나름 계획을 수립했지. 자네가 무조건 나를 믿고 따라와 주면 고맙겠군."

미간을 찌푸리고 잠시 생각하던 석중은 표정을 풀고 웃었다.

"저야 언제나 스승님과 한길에 서 있을 것입니다."

"고마우이. 자네가 있어 얼마나 든든한지 몰라."

스승은 원래 사람을 위해 일을 도모했지, 일을 위해 사람을 도모하는 사람이 아니었다. 스승의 그런 점을 석중은 마음 깊이 존경하고 있었다. 그런데 미국이란 나라에서 돌아온 스승은 어딘지 변한 것 같았다. 그것이 석중의 마음을 무겁게 했다. 스승의 변화로 인해 증순에게 피해가 가지 않기만을 바랄 뿐이었다.

'만약 스승과 증순 두 사람 중 한 사람을 선택해야 할 상황에 놓인다면 어찌할 것인가?'

갑자기 불길한 예감이 엄습해 석중의 가슴을 옥죄었다. 한동안 숨소리조차 낮춘 채 생각에 잠겨 있던 석중이 한숨이 섞인 음성으로 중얼거렸다.

"스승은 그럴 분이 아니시다."

석중이 알고 있는 이승만이라는 남자는 적어도 그런 비인간적인 선

택을 강요할 위인이 아니었다. 그에겐 아직 스승에 대한 믿음이 파랗게 살아 있었다.

제6장 합병

늦은 밤, 창덕궁 낙선재의 깊숙한 내실 바닥에 김 상궁은 엎드려 있었다. 전등이 있었지만 호롱불만 켠 방 안은 어둑했다. 침침한 어둠 너머 아랫목 보료 위에 이토 통감이 어둠의 일부인 듯 비스듬히 앉아 있었다. 그가 낙선재에 있을 때는 전등 대신 호롱불을 켠다는 사실을 늙은 상궁은 이미 알고 있었다. 삼 년 전 신년연회에서 지금의 황후인 태자비에게 보기 좋게 당한 이후 처음으로 통감과 마주한 자리였다.

통감은 오래도록 말이 없었고, 방바닥에 이마를 댄 상궁은 실없이 낙선재의 유래를 더듬고 있었다. 낙선재는 헌종대왕이 후궁인 경빈김씨를 위해 만들었다. 낙선재의 대문 이름을 장락문長樂門이라 지을 만큼 왕은 사랑하는 여인과 오래도록 행복하길 바랐으나, 스물둘의 나이에 후사도 없이 죽고 말았다. 인생사 참으로 부질없다고 생각하고 있을 때 통감의 예의 그 기복 없는 음성이 들렸다.

"황후는 어찌하고 있는가?"

김 상궁이 공손히 답했다.

"아무것도 하지 않고 있나이다."

"하핫!"

통감의 비틀린 입술 사이로 실소가 흘러나오자 김 상궁이 절로 목을 움츠렸다.

"너는 삼 년 전에도 태자비가 아무것도 하지 않고 있다고 전했다. 그리고 나는 그 말을 철석같이 믿었지. 그런데 결과가 어떠했느냐? 태자비의 기를 꺾으려는 계획은 실패하고, 명성만 높여 주는 꼴이 되지 않았는가?"

김 상궁이 방바닥에 이마를 찧었다.

"그때는 죽을죄를 지었습니다. 한 번만 더 기회를 주신다면 견마지로 하겠나이다."

시퍼런 노기를 일렁이던 이토가 한참만에야 입을 열었다.

"이번만큼은 황후의 기를 꺾을 확실한 묘책이 있다고?"

"그렇습니다."

"말해 봐라."

"윤택영을 아실 겁니다."

"황후의 아비 말이냐?"

"그렇습니다."

"그 작자가 어쨌기에?"

"택영은 한성에서 알아주는 난봉꾼입니다. 제 형과는 달리 주색에 몰두하는 바람에 딸이 입궁하기 전부터 빚이 이미 백만 환이 넘었습니다. 딸이 황후가 된 연후에는 돈을 아예 물 쓰듯 써서 이젠 무려 삼백만 환에 육박했답니다."

"삼백만 환씩이나……?"

웬만한 일로는 눈도 깜빡하지 않는 이토조차 적잖이 놀란 눈치였다.

"여식이 국모가 되었으니 국고를 열어 탕감해 주리라 믿었던 게지요."

"어리석구나. 이 나라 국고는 이미 내 수중에 있어 황제라 해도 동전 한 닢 전용할 수가 없거늘."

"윤택영에겐 불행한 일이었습죠."

"그래서 그 빚과 황후가 무슨 관계란 말이냐?"

"윤택영이 빚쟁이들에게 쫓겨 곧 압록강을 건너야 할 처지랍니다. 황후가 이 소식을 듣는다면 어찌 나오겠습니까?"

그제야 알아들은 듯 통감의 입꼬리가 슬쩍 올라갔다.

"나를 찾아와 도움을 간청하겠군."

"돈 앞에선 지위도 체통도 없는 법입니다. 황후전 나인을 통해 은근히 소식을 전했으니 곧 반응이 있을 겁니다."

"이번만은 황후의 무릎을 확실히 꿇릴 수 있겠군그래!"

손바닥으로 무릎을 치며 웃어젖히는 통감을 보며 김 상궁이 긴 안도의 한숨을 쉬었다.

다음 날 아침, 이토 통감은 낙선재에서 증순의 갑작스런 방문을 받았다. 당시 그는 데라우치 육군대장, 아카시 중장, 야마카타 차관, 고미야 서기관 등과 회의를 진행하고 있었다. 고미야 서기관이 벽에 걸린 지도 앞에 서서 조선, 만주, 러시아를 잇는 통감의 방문 경로를 한창 설명하던 중이었다. 문 밖을 지키던 헌병장교가 들어와 황후의 방문 소식을 전했을 때 이토는 잠시 망설였다.

'이대로 돌려보낼 것인가, 안으로 들일 것인가?'

벽에 걸린 대형지도에 표시된 자신의 방문 경로가 마음에 걸렸지만 통감은 일단 황후를 맞이하기로 했다. 이번만은 황후를 굴복시킬 수 있을 것이라던 늙은 상궁의 장담이 귓가에 맴돌았기 때문이다.

"정중히 뫼시어라."

증순이 홀로 방 안으로 들어서자 이토 통감은 물론 테이블에 함께 앉아 있던 데라우치, 아카시, 야마카타, 고미야가 일제히 일어서서 부동자세를 취했다.

당황스런 눈으로 좌중을 둘러보던 증순이 말했다.

"제가 때를 잘못 맞춘 것 같군요. 다음에 다시 들르도록 하겠어요."

돌아서려는 증순을 이토가 만류했다.

"막 회의를 끝내려던 참이었습니다. 잠시만 기다려 주시지요."

증순은 다시 통감을 향해 돌아섰다. 통감이 데라우치에게 명령했다.

"자네들은 잠시 옆방에서 회의를 진행하고 있게."

"알겠습니다, 각하."

데라우치 등이 방을 나가고, 증순과 이토만 테이블에 마주 앉았다.

부관이 들어와 차를 놓고 나갈 때까지 두 사람은 말이 없었다.
 '설마 눈치챈 건 아니겠지……?'
 지도가 계속 마음에 걸렸던 이토가 차를 홀짝이는 척하며 증순의 안색을 살폈다. 이번 만주행은 본국에서도 천황폐하와 몇몇 대신들만 알고 있는 극비 중의 극비였다. 대일본제국은 조선을 합병시킨 이후 만주까지 병탄하려는 원대한 계획을 세우고 있었고, 자신이 그 첨병이 되어 만주의 상황을 면밀히 살핌은 물론 후방을 칠 수 있는 러시아와도 우호조약을 체결해야 했다. 이런 사실을 조선의 황후가 안다면 큰일이 아닐 수 없었다. 다행히 황후는 표정이 들어올 때 그대로였다. 김 상궁의 말대로 황후는 아비의 일을 부탁하러 온 게 분명했다.
 찻잔을 내려놓으며 이토가 먼저 운을 떼었다.
 "오늘 웬일로 소신을 방문해 주셨는지요?"
 "……"
 "마마, 어찌 방문하셨는지 여쭈었습니다만."
 "실은 제 아버님의 일로 상의 드릴 일이 있어서요."
 황후의 대답을 들은 이토의 표정이 한결 여유로워졌다. 이제 이쪽이 확실히 칼자루를 쥔 셈이 되었다.
 "부원군께 무슨 일이 있으십니까?"
 "빚에 허덕이고 계신다는군요. 그 문제를 상의하기 위해 왔습니다."
 "참 곤란하게 됐군요. 아시다시피 국고는 오랜 세월 묵혀둔 황실의 빚을 정리하느라 이미 바닥을……"
 "국고를 헐어서 도와달라는 게 아닙니다. 돈녕원敦寧院의 자금을 변통해 주십사 요청을 드리는 겁니다."

"!"

순간 이토의 말문이 막히고 말았다. 돈녕원은 황제의 친인척에 대한 지원을 담당하는 관청으로 얼마 전 보고 받기론 그곳 금고에 아직도 상당한 자금이 쌓여 있다고 했다. 황제의 장인 돈녕부영사는 돈녕원이 제일 먼저 보필해야 할 외척이었다.

'괘씸한……!'

이토가 어금니에 힘을 주며 황후를 쏘아보았다. 결국 그녀는 국고를 열어 달라 애원하러 온 것이 아니라 법도에 맞게 돈녕원의 자금을 풀어 아비를 구원하라고 압박하러 온 것이었다.

"이곳으로 오기 전 돈녕원에 들러 책임자인 동지사를 만났어요. 그가 말하길, 돈녕원 금고에 천만 환에 육박하는 거금이 있으니 부원군을 돕는 데 문제가 없을 것이라 하더군요."

이토가 말없이 황후를 노려보고 있었다. 어느새 처녀의 느낌을 물씬 풍기는 윤황후의 얼굴이 자꾸만 명성황후의 얼굴과 겹쳐 보였다.

통감이 분노에 치를 떠는 사이 증순은 재빨리 눈알만 굴려 벽에 걸린 지도를 훑었다. 지도에는 조선의 수도 한성에서부터 평양, 의주, 선양瀋陽, 지린吉林, 하얼빈哈爾濱, 하바로프스크Khabarovsk에 이르는 기차역을 따라 붉은색의 작은 깃발이 꽂혀 있었다. 이토가 여행할 경로일 것이라 판단한 증순은 깃발이 꽂힌 지점들을 재빨리 기억했다.

이 골치 아픈 황후를 어찌 다룰까 고민하던 이토의 눈이 일순 번뜩했다. 짧은 순간 지도를 보다가 자신 쪽으로 재빨리 시선을 거두는 황후를 목격했던 것이다. 황후의 얼굴은 여전히 차분했다. 하지만 이토는 저 영악한 아이가 극비 중의 극비인 자신의 경로를 훔쳐봤을지도 모른다는 의심을 지울 수가 없었다. 만약 그렇다면 퇴물 상궁의 말만 믿고 큰 낭패를 당한 꼴이었다. 이토가 타는 듯한 눈으로 황후를 노려보았지만 그녀의 표정에선 여전히 아무것도 읽을 수가 없었다.

그로부터 열흘 후에 이토 히로부미는 노량진역에서 특별열차를 타고 만주를 향해 출발했다. 성대한 환송연 따위는 없었다. 비밀스런 일정이었으므로 군부에서 아카시 중장, 통감부에선 야마카타 차관, 고미야 서기관 등 십여 명이 배웅했을 뿐이다. 이토는 고급스런 거실처럼 꾸며진 귀빈 칸의 푹신한 좌석에 앉아 창밖에서 손을 흔드는 아카시 등을 향해 고개를 끄덕였다.

"원로에 건강을 해치실까 걱정입니다."

맞은편에 앉은 데라우치가 미간을 잔뜩 찌푸리며 말했다. 평소 표정 변화가 거의 없는 전형적인 야전 군인인 데라우치가 미간씩이나 찌푸리는 것으로 보아 진심으로 걱정하는 것인지도 몰랐.

오늘따라 데라우치의 딱딱한 얼굴이 친근하게 느껴진다고 생각하며 이토가 말했다.

"본국 육군성에 있어야 할 자넬 조선으로 부른 것도 모자라 만주까지 동행시켜서 미안하군."

"오히려 총리대신께 세계정세를 배울 절호의 기회라 생각하고 있습니다."

 허리를 꼿꼿이 세우고 대답하는 데라우치를 보며 이토가 고개를 끄덕였다.

 "바야흐로 세계정세가 요동치고 있네. 이 기회를 잘 살려야 우리 열도가 초강대국으로 부상할 수 있을 거야."

 "많은 가르침 부탁드립니다."

 흡족한 듯 고개를 끄덕이는 이토의 얼굴이 급격히 어두워졌다. 운황후를 떠올린 것이다. 바위처럼 점점 굳어지는 이토의 얼굴을 보며 데라우치가 물었다.

 "무슨 걱정이라도 있으십니까?"

 "한 가지 걸리는 일이 있긴 있는데……."

 "처리할 테니 하명만 내리십시오."

 "……."

 이토는 한동안 침묵했다. 그는 눈을 들어 차창을 빠르게 스쳐가는 조선의 가을을 응시했다. 청계천에서 아이를 업은 아낙들이 모질게 빨래방망이를 두드리는 게 보였다. 저들은 내년 봄이나 여름쯤 자신들의 조국이 일본에 강제 합병되리란 사실을 알고나 있을까? 한때는 학문과 종교를 전해주고 조공을 받았던 미개한 섬나라에게 철저히 굴종하게 되리란 사실을 말이다. 만약 안다면 저들은 과연 총검을 들고 분연히 일어날 것인가? 아마도 불가능하리라 생각하며 이토는 고개를 저었다. 저들은 너무 오랫동안 빗장을 걸어 잠그고 자신들의 세계에 갇혀 살았다. 태어난 고향에선 이미 폐기된 지 오래인 공맹을 치국의 본으로 삼아 행동 대신 말의 유희만 즐기다가 오늘날 빈껍데기만 남은 꼬치처럼 말라서 비틀어져 버렸다. 누군가 손가락으로 살짝 건드리기만 해도 꼬치는 바스러져 먼지로 날릴 것이다. 대륙과 열도 사이에서 수천 년간 고유한 문화를 꽃피웠던 한 국가가 그렇게 역사에서 사라지려 하고 있었다.

몽롱한 시선으로 먼 역사를 더듬던 이토가 낮은 목소리로 입을 열었다.

"어쩌면 나는 이번 만주행에서 영영 돌아오지 못할지도 모르네."

데라우치가 눈을 크게 떴다.

"각하, 그게 무슨 말씀이십니까? 누가 감히 각하를 노리기라도 한단 말입니까?"

"아직 확증이 있는 건 아니야. 하지만 사람에겐 예감이란 게 있지 않나?"

이토가 의미심장하게 웃으며 말을 이었다.

"미물들조차 제가 죽을 날짜를 안다는데 내 어찌 스스로 쓰러질 날을 모를 수 있겠는가?"

"즉시 신의주 주둔 국경수비대와 선양과 지린의 특무대를 총동원해 경비를 강화하라고……."

"호들갑 떨지 말게."

이토가 평소의 착 가라앉은 목소리로 말하자 데라우치가 찔끔했다. 당시 대부분의 일본 군인들이 그랬듯이, 데라우치 역시 향후 문관보다는 무관이 나라를 이끌어가야 한다고 믿고 있었다. 군인정치의 심장부인 육군성의 수장인 그였지만 지금 자신의 눈앞에 추호의 흔들림도 없이 앉아 있는 저 문관 노정객만은 당해낼 도리가 없다고 생각했다. 저 남자야말로 조국의 근대화를 이루고, 천황 이하 문무백관과 모든 신민의 시선을 세계로 돌린 장본인이었다. 그는 감히 근대화의 아버지라 불려도 좋을 것이다.

"만약 내가 조선인의 흉탄에 죽는다면 그 책임을 물어 윤황후를 제거하시게."

"황제가 아니라 황후입니까……?"

신음처럼 중얼거리는 데라우치를 이토가 똑바로 응시했다.

"만일 내가 저격당한다면 그 배후에는 윤황후가 깊은 관련을 맺고 있을걸세. 또한 윤황후가 그토록 급진적으로 변했다면 후일 우리 대일본제국의 행보에 큰 장애가 될 수도 있겠지. 복수가 아니라 대의를 위해 그녀를 없애라는 말이야."

"명성황후 때와 똑같군요."

"그래, 그때와 비슷한 상황이지."

이른 새벽의 하얼빈 역은 짙은 안개에 잠겨 있었다. 안개 사이로 언뜻언뜻 러시아 병사들의 총검이 번뜩였다. 안중근安重根은 역과 면한 찻집의 이 층 창가에 앉아 플랫폼으로 들어서는 남만주철도 소속의 특별열차를 내려다보고 있었다.

"원수놈이 드디어 도착하는군."

혼잣말을 웅얼거리며 안중근이 뜨거운 녹차를 단숨에 비웠다. 중국인 주인이 내온 녹차에서는 흙냄새가 풍겼다. 대륙의 흙냄새를 맡으며 그는 고향인 황해도 해주의 산야를 떠올렸다. 고향에서도 가을이면 안개가 기승이었다. 축축한 안개 사이로 문득문득 흙 비린내가 풍기곤 했다. 고향의 흙 비린내를 음미하며 그는 기어이 아내와 아이들의 얼굴까지 떠올렸다. 오늘 거사에 성공하면 십중팔구 목숨을 부지하기 힘들 것이다. 젊어서 청상이 될 아내와 아비 없이 험한 세상을 견뎌낼 아이들을 떠올리자 눈앞이 흐려졌다. 군데군데 거미줄이 쳐진 찻집 천장을 멍하니 올려다보던 안중근이 잡념을 떨치듯 고개를 세차게 흔들며 일어섰다. 찻집을 빠져나가며 오른손으로 왼쪽 가슴을 짚었다. 심장 부근에 M1900형 브라우닝 권총의 묵직한 총신이 느껴졌다. 그것은 그의 자신감의 무게였고, 한민족의 자긍심의 무게였다.

'오늘 저 원수를 죽여 삼천리 방방곡곡에 독립의 의기가 들불처럼 타오르게 하리라!'

"러시아에서 누가 왔다고?"
플랫폼에 들어선 특별열차 귀빈 칸에 앉아 이토가 데라우치에게 물었다. 오랜 열차 여행 때문인 듯 그의 얼굴은 약간 피곤해 보였다.
"러시아 재무대신 코코프초프Kokovsev V.N.가 와 있습니다."
데라우치의 보고를 받은 이토의 얼굴에 피곤을 밀어내고 한 줄기 미소가 걸렸다.
"권력 서열 삼인자인 재무대신을 이 동토凍土 끝자락까지 급파하다니, 러시아가 급하긴 급했군."

"이게 다 천황폐하의 황군이 러일전쟁에서 분전한 결과 아니겠습니까?"

천황이란 말이 나오자 이토도 데라우치도 허리를 꼿꼿이 세웠다. 늙은 침략자의 시야에 천황의 인자한 미소가 어른거렸다.

'오오, 나의 주군이며 신이신 천황이시여……'

천황을 떠올리자 피곤은 순식간에 사라졌다. 대동아공영권을 이룩해 천황께 열도, 반도, 대륙을 잇는 대제국을 들어 바치기 전에는 노구를 누일 수 없는 것이다.

"가세, 데라우치."

"예, 각하!"

귀빈 칸을 내려가는 이토를 데라우치가 부축했다. 열차를 나서자, 러시아 군악대가 힘차게 군악을 연주했다. 전방에서 콧수염을 멋들어지게 기른 러시아 재무대신이 성큼성큼 걸어오고 있었다.

"환영합니다, 통감 각하."

코코프초프가 이토를 힘껏 끌어안았다. 재무대신의 가슴을 통해 동구東歐의 최강자인 러시아가 일본에게서 느끼는 두려움이 느껴져 이토는 흡족했다. 코코프초프가 가슴을 한껏 부풀린 의장대 쪽으로 이토를 안내했다.

이토가 다가오자 의장대가 절도 있게 받들어 총 자세를 취했다. 그 앞을 지나며 이토가 고개를 까닥였다. 이토와 코코프초프가 회담을 위해 다시 특별열차로 향했다. 이때 환영하는 군중들 틈에 섞여 있던 안중근이 브라우닝 권총을 뽑으며 달려 나왔다.

탕! 탕! 탕!

이토를 향해 똑바로 달리며 안중근이 연달아 세 발을 발포했다. 세 발의 총알이 이토의 가슴과 복부에 박혔다.

"크흐흑!"

이토가 피를 토하며 거꾸러지자 수행하던 일본인들이 몸을 던져 막았다. 안중근이 그들을 향해 다시 세 발을 쏘았다. 하얼빈 총영사와 만주철도 이사 등 일본인 관리들이 쓰러졌다. 땅바닥에 주저앉는 코코프초프가 손가락으로 안중근을 가리키며 고래고래 고함쳤다. 러시아 병사들에게 붙잡히는 순간 안중근이 피를 토하듯 절규했다.

"코레아 우라!!!"

'대한 만세' 라는 뜻이었다.

"헉헉……."

이토 히로부미는 데라우치의 품에 안겨 마지막 숨을 몰아쉬고 있었다. 이토가 힘겹게 입을 달싹였지만 데라우치는 알아들을 수 없었다. 그가 통감의 입에 귀를 바싹 갖다 댔다.

"윤황후에 대한 우리의 처결 약속을…… 약속을……."

말을 맺지 못한 채 통감이 덜컥, 고개를 떨어뜨렸다. 일본을 대표하는 노정객의 얼굴을 물끄러미 들여다보던 데라우치가 힘주어 말했다.

"약속은 지켜질 테니 편안히 가소서, 각하."

이토 히로부미의 죽음은 대한제국을 들끓게 만들었다. 일진회는 복수라도 하듯 당장 일본과 합병해야 한다고 황제를 압박했다. 일본군 군복을 입고, 총검으로 무장한 일진회 자경단이 독립운동가들을 잡는다며 운종로와 남대문통을 휘젓고 다녔다. 융희황제는 죽은 이토에게 문충공文忠公이란 시호를 내리고, 중추원의 김윤식金允植 의장, 궁내부 대신 민병석関內奭 자작 등을 국장國葬이 열리는 도쿄東京로 급파했다.

하지만 소동은 가라앉지 않았다. 이완용, 송병준, 윤덕영 등 친일파들이 날마다 희정당 바닥에 엎드려 이토 통감을 살해한 흉수가 조선인이니, 이로 인한 천황의 진노를 피하는 길은 스스로 국권을 들어 바치는 것뿐이라고 울부짖었다.

"경들의 뜻은 잘 알았소. 내 참작하리다."

황제는 가부 결정 없이 그렇게만 대답했다.

"폐하, 참작할 것이 아니오라 이 자리에서 결단을 내려주소서! 정세가 급박하옵니다!"

"으윽! 아랫배에 또 통증이?"

그럴 때마다 황제는 배를 부여잡았다. 지밀상궁들의 부축을 받으며 희정당을 빠져나가는 황제를 친일 각료들은 망연히 지켜볼 수밖에 없었다. 하지만 황제도 각료들도 알고 있었다. 이제 곧 대한제국이 대단원의 막을 내리려 한다는 사실을.

산 너머 산이란 말이 있다. 침략의 원흉이었던 이토 히로부미를 응징하자, 이번엔 육군대장 데라우치가 신임 통감으로 부임했다. 데라우치는 야마가타 이사부로山縣伊三郞를 부통감에, 아카시 모토지로明石元二郞 중장을 경무총감에 임명했다.

이 와중에도 송병준과 이용구李容九의 일진회는 끊임없이 황제에게 한일병합의 필요성을 상주하고, 자경단을 동원해 대대적인 집회로 군중들을 선동하기에 바빴다.

혼란은 경술년庚戌年에 이르러서도 잦아들지 않았다. 그해 여름은 유난히 덥고 가물었다. 햇볕 무서운 줄 모르고 길을 나섰던 노인들이 허수아비처럼 쓰러졌고, 농부들은 마른 땅을 뒤적이다가 흙먼지가 노랗게 피어오르는 하늘을 원망스럽게 쳐다보았다. 고통스러울수록 시간은 느리게 흘렀다.

팔월도 다 저물어가는 늦여름의 아침에 아버지와 백부가 성정각으로 증순을 찾아왔다.

'저 아이가 어느새 저렇게 성장했던가?'

동생 택영과 나란히 앉아 첩지머리를 하고 단아하게 앉아 있는 증순을 바라보며 윤덕영은 세월의 흐름을 실감했다. 세월이란 보통 사람의 얼굴에 흔적을 남기는 법이다. 질녀가 궁에 들어와 어떤 삶을 살았는지 알 수는 없으나, 올해 열일곱의 그녀에게선 감히 범접하기 힘든 존귀함이 배어 나왔다. 그래서일까? 황제가 바뀐 후, 비서실장 격인 시종원경 侍從院卿에 올라 궁내부를 쥐락펴락하는 그였지만 마치 심중을 꿰뚫어보는 듯한 질녀의 그윽한 눈빛을 마주하자 저도 모르게 옷깃을 여미게 되는 것이었다.

"불과 일 년이 흘렀을 뿐인데……."

한동안 백부를 쳐다보던 증순의 시선이 옆에 앉은 아버지에게로 옮아갔다. 아버지는 많이 망가져 있었다. 그래도 옛날에는 윤택한 난봉꾼으로 보였는데, 지금은 그저 술과 가난에 찌든 부랑자였다. 돈녕부에서 찔끔찔끔 수령받는 보조금이나 증순이 모았다가 가끔씩 보내는 용돈으론 아버지가 짊어진 엄청난 빚의 이자로도 부족했다. 사가마저 끝내 빚쟁이들에게 넘어가 아버지가 거리로 나앉았다는 소문을 얼마 전에 들었다. 돕고 싶은 마음이야 굴뚝같았지만 방법이 없었다. 아버지를 도우려면 그녀 역시 친일파가 되는 수밖에 없었다. 시선을 한곳에 고정시키지 못하는 아버지를 보며 그녀는 어쩌면 저 사람도 피해자일지 모른다고 생각했다.

백부 덕영이 혓바닥으로 입술을 한번 적시고는 입을 열었다.

"황후마마. 마마의 아비가 빚에 쫓겨 주린 개처럼 거리를 떠도는 것을 알고 계시나이까?"

증순은 고개를 끄덕였다.

"예……."

"그런데 어찌 아무 조치도 취하지 않으십니까?"

"……."

"아비에게 돈을 빌려준 자들은 대부분 일본인 사채업자들입니다. 일본 경찰에 선을 대고, 사람 목숨을 파리 목숨쯤으로 여기는 낭인들을 부리는 자들이지요. 아비는 돈에 쫓기고 두려움에 쫓겨 정신 줄을 놓기 직전에 이르렀습니다. 당장 조치를 취하지 않으신다면……."

백부의 말을 듣던 증순이 갑자기 말허리를 잘랐다.

"그러는 백부께선 왜 돕지 않으세요?"

"예?"

"제 아버지이기 전에 백부님의 친동생 아닙니까? 동생의 목숨이 경각에 달했다면 돕는 게 인지상정 아닌가요?"

"으음……."

미간을 좁히고 증순을 보던 백부가 말했다.

"물론 저도 나름 도와왔습니다. 하지만 새고 나면 알을 까는 암탉처럼 이자가 이자를 낳고, 본인 또한 정신을 못 차리고 계속 돈을 빌리니 당해낼 도리가 있겠나이까?"

증순이 백부의 얼굴을 가만히 보았다. 아버지는 오히려 이해가 되었다. 이 미친 세상에서 온전한 정신으로 산다는 게 오히려 이상한 일일 것이다. 이해할 수 없는 건 백부 쪽이었다. 백부는 대체 무엇을 바라고 저렇게 친일 매국의 한길을 줄기차게 달리는 것일까? 돈이나 명예? 혹은 공포심 때문에? 참으로 알 수 없는 일이라고 생각하며 증순은 천천히 입을 열었다.

"……그래서 저보고 뭘 어쩌라는 말씀입니까?"

백부가 무언가 승부수를 띄울 때의 눈빛을 하고 말했다.

"내일 대조전 흥복헌興福軒에서 이완용 총리대신 주재로 각 부의 대신들이 모여 어전회의를 엽니다. 회의의 주제는 데라우치 통감과 이완용 대신 사이에 맺어진 병합협약을 의결하는 것이죠."

"……!"

증순은 갑자기 목이 졸린 사람처럼 입을 크게 벌렸다. 극심한 충격이 뇌를 흔들었다. 정신이 나가버린 사람처럼 멍하니 앉아 있는 증순을 향해 백부가 말을 이었다.

"우리 각료들이 마마께 부탁드리고 싶은 건 오직 한 가지, 내일 어전회의에 참석하시어 황제폐하를 설득해 주십사 하는 겁니다."

증순은 간신히 입술을 달싹였다. 입 밖으로 나오는 소리가 꼭 남의 목소리 같았다.

"우리 부부는 지난 몇 년간 말을 섞은 적조차 없어요. 내가 설득한다고 무슨 도움이 되겠어요?"

백부가 걱정 말라는 듯이 웃었다.

"물론 최종적인 설득은 저희 대신들의 몫입니다. 다만 폐하 주변에 자기편이 단 한 사람도 없다는 사실을 알려 드리려는 것뿐입니다."

윤덕영은 바로 옆에서 멍하니 천장을 올려다보는 동생 택영을 힐끗 보았다.

"그리만 해 주신다면 마마 아비의 빚은 저희가 해결해 보겠습니다."

주먹을 강하게 움켜쥔 증순은 오랫동안 침묵했다. 손안에 땀이 흥건히 고였다.

"저희라 함은 백부와 데라우치 통감을 말하는 건가요?"

"마마, 그것이 중요합니까? 지금 중요한 것은……."

"물론 중요해요. 전임 이토 통감도 아버지의 빚을 빌미로 저를 옥죄려고 했지요. 이번 데라우치 통감 역시 전임자의 전철을 밟는군요. 아버지의 빚 전체가 일본인 사채업자에게 넘어간 것이 우연만은 아니라는 생각이 드네요."

퀭한 눈으로 천장을 보는 아버지를 보며 그녀가 말을 이었다.

"그럼에도 전 아버지를 도울 수가 없어요. 제가 이 궁에서 견딜 수 있는 이유가 백부나 다른 대신들처럼 일본인들에게 굴종하지 않았다는 자긍심이기 때문에 그래요. 그마저 잃는다면 아마 단 하루도 견디지 못할 거예요."

증순을 지그시 보던 백부의 입가에 비웃음이 걸렸다.

"굴종한 것과 굴종하지 않은 것에 차이가 있습니까? 원하든 원하지 않든 우리 모두는 어차피 굴종적인 삶을 살게 될 겁니다. 굴종하여 삶을 얻을 수 있다면 그 또한 보람 있는 일 아닙니까?"

"모든 걸 다 내주고 얻은 삶이 진짜 삶이겠어요? 마지막 단 한 가지라도 가슴에 품고 살아야 진정 산다고 할 수 있을 거예요."

백부의 비웃음이 조금 더 짙어졌다.

"마마에겐 궁이 우물이 되었군요. 마마의 삶은 우물 밑바닥에서 올려다본 손바닥만 한 하늘이 전부군요."

"그 정도라도 지키며 살 수 있었으면 합니다."

대화는 단절되었고, 백부의 비웃음은 증오로 바뀌었다. 자신을 노려보는 백부의 눈동자에 어린 살기에 질려 그녀는 몸서리쳤다.

"그만 가세, 아우. 자네 딸은 자존심만 중하고 아비의 목숨 따윈 모르겠다는군."

백부가 아버지의 팔을 붙잡고 일어섰다. 백부에게 끌려가며 아버지가 자꾸 뒤를 돌아보았다. 샘솟는 눈물을 억지로 누르며 증순은 혼잣말처럼 중얼거렸다.

"아버지는 차라리 난봉꾼으로 사실 때가 보기 좋았어요."

오후가 될 때까지 증순은 극심한 갈등에 시달렸다. 폐하를 만나러 갈지 말지를 놓고 스스로 벌이는 갈등이었다. 몇 번이고 읽어서 이제는 눈을 감고도 외울 정도인 이승만의 《독립정신》을 다시 펼쳐 읽으며 그녀는 결심을 굳혔다.

"옥염아! 옥염이 밖에 있니?"

"예! 부르셨습니까, 황후마마?"

"희정당으로 가자. 폐하를 뵈어야겠다."

"하하하!"

"깔깔깔!"

무덤 같을 줄 알았던 희정당은 웃음소리로 넘실거렸다. 몇 년 전 증순이 선황폐하를 알현했던 그 서양식 응접실에 황제는 편안한 양복바지에 단추를 두어 개 풀어헤친 흰색 와이셔츠 차림으로 앉아 있었다. 술상이 차려진 소파 테이블 주변엔 취한 젊은 궁녀 둘이 있었다.

증순이 들어서자 웃음소리가 뚝 그쳤다. 궁녀 둘이 황급히 머리를 조아리며 도망치듯 나갔다.

"내 저것들을 그냥!"

옥염은 팔을 걷어붙이며 궁녀들을 쫓아갔다.

궁녀들이 사라지고 묵묵히 술잔을 기울이는 황제를 증순은 가만히 쳐다보았다. 혼례를 올린 지 어언 사 년. 정이 쌓일 자리엔 원망만 들어찼지만 무정한 남편은 세월도 비껴간 듯 여전히 흰 얼굴에 훤칠한 모습 그대로였다.

증순이 아무 말이 없자 황제는 술잔을 소리 나게 내려놓으며 물었다.

"희정당까지 어인 행차시오?"

"내일의 어전회의가 열린다는 사실을 알고 계십니까?"

"알고 있소."

황제는 태연히 대답했다. 그 태연함 속에 깔린 적의가 선명했지만 증순은 무시하고 다시 물었다.

"어전회의의 안건에 대해서도 아십니까?"

"물론이오."

"저들이 폐하의 재가를 얻어 한일병합을 체결한다는데 대체 어쩌시렵니까?"

황제의 입가가 묘하게 비틀렸다.

"모든 각료들이 하나같이 입을 모아 한일병합의 정당성을 부르짖고 있소. 국고는 바닥나서 굶주린 백성들이 내가 아닌 천황의 성총을 갈구하고 있다 하니, 무슨 면목으로 버티겠소?"

"폐하……!"

증순의 목소리가 절로 떨려 나왔다.

"폐하는 적어도 이 나라의 이 천만 신민들의 황제십니다. 아무리 국운이 기울었다고 하나, 그런 폐하께서 스스로 나라를 들어 원수에게 바치다는 게 말이 되옵니까?"

황제의 눈빛이 변했다.

"그래서 나보고 어쩌란 말이오?"

"저항하소서! 목숨을 던질 각오로 병탄만은 막으소서! 그것이 황제다운 모습일 것이옵니다."

"닥치라!"

황제가 울분을 참지 못하고 고함쳤다. 거친 숨을 헉헉 몰아쉬며 증순을 쏘아보던 황제는 어금니를 사려 물며 중얼거렸다.

"당신도 다른 사람들과 똑같군?"

"예?"

"아무것도 책임져 주지 않으면서 입바른 소리만 지껄이지 않나? 데라우치 앞에서 그렇게 소리쳐도 당신은 살겠지만 나는 죽임을 당할 것이다. 그게 나와 당신의 차이다."

증순은 피가 배어 나오도록 입술을 깨물었다.

"죽고자 하면 산다고 했습니다. 살기 위해서 미리 죽음을 두려워하니 저들이 폐하를 얕잡아 보는 것입니다."

황제의 표정이 험악하게 일그러졌다. 사지를 떨며 증순을 노려보던 그가 주먹으로 테이블을 내리쳤다.

"나가! 내 앞에서 당장 사라져라!"

증순은 인사도 하지 않고 희정당을 나왔다. 분노 어린 얼굴로 희정당 뜰을 걸어가는 증순에게 옥염이 재빨리 따라붙었다.

"노여워 마소서, 마마. 제가 간교한 궁녀들을 반쯤 죽여놓았습니다."
 증순이 대꾸가 없자 옥염이 황혼에 물든 늦여름 하늘을 보았다.
 "아하, 그놈의 노을 곱기도 하다!"
 증순의 머릿속은 내일 일에 대한 생각으로 가득 차 있었다. 내일 대조전 흥복헌으로 나갈 것인가, 말 것인가? 나라의 주인이 스스로 나라를 들어 바치겠다니 말릴 필요가 없다는 생각과 그래도 어떻게든 막아야 한다는 생각이 시시각각 교차했다. 증순도 옥염을 따라 하늘을 보았다. 아닌 게 아니라 노을빛이 유난한 저녁이었다.

 마침내 경술년 팔월 스무아흐레째 날이 밝았다. 하늘도 상서롭지 않은 기운을 감지한 듯 새벽부터 회색구름이 대조전 지붕에 닿을 듯 깔리더니 마른벼락이 굶주린 맹수처럼 으르렁거렸다.
 원래 조선조 왕비의 침전이었던 대조전 동쪽의 작은 전각 흥복헌 안에서 황제는 눈을 지그시 감은 채 어좌에 앉아 천둥소리를 들었다. 그는 천둥소리가 꼭 선조들의 꾸짖음 같다고 생각했다. 하지만 운명이 그리 결정된 것을 어찌하랴. 모든 것이 다 운명의 장난이라고 생각하며 황제는 천천히 눈을 떴다. 순간 방바닥에 이마를 박고 엎드린 대신들의 모습이 보였다. 그는 새삼스레 대신들의 면면을 하나씩 살폈다. 선두에 엎드린 자는 역시 총리대신 이완용이었다. 그 바로 뒤쪽에 꿇어 엎드린 시종원경 윤덕영이 보였다. 그 외에도 내부대신 박제순朴齊純, 농상공부대신 조중응趙重應, 탁지부대신 고영희高永喜, 법부대신 이재곤李載崑, 궁내대신 민병석関丙奭, 시종무관장 이병무도 보였다. 데라우치 통감의 명령을 받은 아카시 경무국장이 완전무장한 헌병 중대를 끌고 와서 대조전 주변을 철통같이 에워싼 상태였다.

복이 들불처럼 일어난다는 뜻을 지닌 흥복헌 안은 심해처럼 고요했다. 대신들의 면면을 살피며 황제는 저들의 마음이 궁금했다. 망국의 때를 맞아 홀가분할 것인가, 서글플 것인가, 그도 아니면 두려울 것인가? 아마 세 가지 다일 것이라고 그는 생각했다. 자신의 감정도 그와 별반 다르지 않기 때문이었다. 황제는 문득 노곤함을 느꼈다. 아직 팔월이었다. 시간이 흐르면서 사방 창과 문을 꼭꼭 걸어 잠근 좁은 공간은 점점 더워지고 있었다. 이대로 몇 분만 더 지나면 꾸벅꾸벅 졸다가 어좌 아래로 굴러떨어질 판이었다.

나라가 망하는 줄도 모르고 곯아떨어진 왕이라는 오명만은 뒤집어쓰고 싶지 않은 그가 대신들을 향해 말했다.

"어쩌자는 것인지 말들을 해 보시오."

대신들이 차마 말을 꺼내지 못하고 서로의 눈치만 살폈다. 이완용이 역시 일본제국의 일등공신답게 제일 먼저 머리를 찧었다.

"폐하, 이미 내외의 형세가 더 이상 국권을 지킬 수 없는 지경에 이르렀사옵니다! 이에 우리 대신들은 왕가의 백 년 안위를 위해 한일병합조약을 체결해 주실 것을 피를 토하는 심정으로 간언을 드리옵니다! 통촉하여 주시옵소서!"

나라를 팔아넘기라고 강요하면서 왕가의 백 년 안위를 운운하는 저 뻔뻔함이야말로 오늘의 이완용을 만든 밑거름이라고 생각하며 황제는 나직이 명령했다.

"희정당에 보관 중인 옥새를 모셔오라."

황제의 지밀상궁 둘이 옥새가 담긴 옥함을 공손히 받쳐 들고 희정당에서 대조전으로 이어지는 실내복도 행각을 조심조심 걷고 있었다. 두 지밀상궁의 앞뒤로 착검한 소총으로 무장한 일본 헌병 네 명이 호위했다.

"멈추어라."

증순이 갑자기 앞을 가로막자 상궁들이 놀라 멈춰 섰다. 증순의 좌우편에는 석중과 옥염이 눈을 치뜨고 서 있었다. 연배가 높은 지밀상궁이 증순을 향해 머리를 조아렸다.

"길을 열어 주소서, 황후마마. 소인들은 지엄하신 옥새를 뫼시는 중이옵니다."

"옥새를 넘겨라. 내가 직접 뫼실 것이다."

단호히 명령하는 증순을 상궁들이 당혹스런 눈으로 쳐다보았다. 연배 높은 지밀상궁이 다시 말했다.

"폐하의 명을 받은 소인들이 끝까지 뫼셔야 합니다."

"폐하께서 내게 뫼셔 오라고 다시 명을 내리셨다."

"그럴 리가 없사옵니다."

양측이 옥신각신할 때에 헌병들이 앞으로 나섰다. 선두의 헌병이 총신 끝에 달린 대검으로 증순을 겨누며 협박했다.

"당장 비키지 않으면……."

채 말도 맺지 못한 헌병의 눈앞으로 석중이 순식간에 거리를 좁혀 왔다. 석중의 정권에 헌병의 콧잔등이 부서졌다. 착검된 대검을 마구잡이로 휘두르는 헌병들 사이로 석중이 물결처럼 흘러들었다. 석중의 장과 수도가 꽂힐 때마다 헌병들이 피를 뿌리며 고꾸라졌다. 한 번 쓰러진 자들은 눈을 허옇게 까뒤집은 채 움직이지 못했다. 겁에 질린 상궁들 앞으로 증순이 다가섰다.

"옥새를 다오."

실내 공기는 점점 후덥지근해지고 있었다. 오전에 옥새를 모시러 간 상궁들은 정오가 지나도록 오지 않았다. 이완용은 황제를 향해 다시 머리를 조아렸다.

"폐하, 옥새가 오지 않사옵니다."

황제가 피식 웃으며 답했다.

"옥새를 가지러 간 사람은 내가 아닌데, 내게 따진들 무슨 소용이오?"

"그래도 마냥 기다릴 수는……."

"급하시면 총리께서 가 보면 되겠구려."

방바닥에 엎드린 채 눈알을 굴리던 이완용이 일어섰다.

"폐하, 허면 신이 가서 옥새를 뫼셔 오겠나이다."

이완용이 흥복헌 미닫이를 향해 돌아선 것과 여인의 날카로운 고함 소리가 들려온 것은 거의 동시였다.

"경들은 대체 어느 나라의 신하들이오?"

"황후마마께옵서 어찌……?"

놀라 눈을 부릅뜨는 이완용의 시야에 미닫이를 열고 들어와 옥함을 받쳐 들고 서 있는 증순과 좌우편에 시립한 석중과 옥염의 모습이 닥쳐들었다. 윤덕영을 비롯한 나머지 대신들의 시선도 일제히 증순에게로 쏠렸다.

질녀를 발견한 윤덕영이 이를 갈아붙였다.

"천지 분간도 못 하는 어리석은 것 같으니……!"

황제도 고개를 절레절레 흔들었다.

"대체 혼자 힘으로 뭘 할 수 있다고 저러는가?"

그러거나 말거나 증순의 기세는 추상같았다.

"그대들은 나라가 곤궁하여 더 이상 국권을 지킬 수 없다고 했는데, 나라를 곤궁하게 만든 것은 바로 그대들과 그대들이 신봉하는 일본이 아니오? 또한 그대들은 나라를 바침으로써 왕가의 백 년 안위를 지킬 수 있다고 말했는데, 세상 어느 왕가가 국권을 잃고 무사했단 말이오? 그대들이 눈곱만큼이라도 폐하와 나라를 염려한다면 당장 한일병합 문서를 불사르고, 노구를 던져 폐하를 지켜드려야 할 거외다. 그러지 않으면 후일 역사는 그대들을 도적이라 부를 것이오."

증순의 열변이 끝나자 대신들이 하나둘 자리에서 일어섰다. 이완용을 필두로 대신들이 증순을 향해 천천히 다가갔다. 증순 앞에 선 이완용이 손을 내밀며 웃었다.

"옥새를 주십시오, 마마."

"병합 문서를 불태우기 전에는 어림도 없소."

"이는 대전의 일이옵니다. 내전에서 관여하실 일이 아닙니다."

"대전이 일을 잘 처결하면 내전에서 왜 나서겠소? 과거에도 내전이 나서서 신하들을 꾸짖고 종사를 바로잡은 선례가 있소."

"마마, 이러시면 신들이 강제로 빼앗을 수밖에 없습니다."

"감히 황후를 능멸하겠다는 것이오?"

이완용이 차마 덤벼들지 못하고 증순을 째려보았다. 그가 재빨리 눈짓하자 시종무관장 이병무와 내부대신 박제순, 농상공부대신 조중응 등이 황후를 에워쌌다. 앞으로 나서려는 석중을 증순이 손을 들어 제지했다.

"이들은 제가 맡을 테니, 무관님은 문 밖의 일본군을 막아 주세요."

"아, 알겠습니다."

석중이 물러섬과 동시에 이병무, 박제순, 조중응이 증순에게 덤벼들었다.

"폐하의 명으로 옥새를 거두겠나이다!"

"어림없소!"

증순이 옥함을 치마 밑으로 감추며 재빨리 주저앉자 대신들도 멈출 수밖에 없었다. 박제순, 조중응, 이병무가 곤란한 눈으로 이완용을 보았다. 이완용이 이를 갈아붙이며 알을 품은 거위처럼 앉은 증순을 노려보았다.

"빠가야로……!"

흥복헌 앞마당에 버티고 서서 데라우치가 욕설을 내뱉었다. 바로 앞에 부동자세로 선 아카시 경무국장은 오금이 저렸다. 육군성의 폭군으로 불리는 데라우치 통감의 불같은 성정을 고려하면 이 자리서 즉결 처분도 가능했다. 착검한 소총 한 자루씩을 들고 흥복헌을 에워싼 헌병 백여 명도 숨을 죽인 채 씩씩대는 데라우치와 바로 앞 딱딱하게 굳어 있는 아카시를 보고 있었다. 통감이 천천히 손을 들어 굳게 닫힌 흥복헌의 미닫이를 가리켰다.

"당장 쳐들어가 옥새를 빼앗아라."

아카시가 간신히 보고했다.

"하, 하지만 옥새는 황후의 수중에 있습니다."

통감이 더 이상 참지 못하고 고함을 질렀다.

"망국의 황후 따위가 두려운가? 머리채를 휘어잡아서라도 당장 옥새를 빼앗아!"

"하잇!"

아카시 국장이 헌병들을 향해 외쳤다.

"흥복헌으로 진입해서 옥새를 빼앗아라!"

우지끈!

미닫이가 박살나며 헌병 둘이 뛰어 들어왔다. 치마를 펼치고 앉은 증순 배후에 서 있던 석중이 달려갔다. 헌병들이 소총에 착검한 단검을 찌르려 했지만 그가 조금 빨랐다. 석중이 동시에 지른 양 손바닥이 안면에 꽂히며 헌병들이 튕겨 나갔다. 얼굴이 피범벅이 되어 섬돌 아래로 구르는 헌병들을 보며 데라우치가 고함쳤다.

"들어가라! 들어가! 들어가서 황후를 끌어내라!"

"와아아!"

헌병들이 섬돌을 밟고 홍복헌 안쪽으로 진입했다. 하지만 출입구가 좁아서 두 사람밖에는 통과할 수 없었다. 결국 안쪽에 있는 석중은 헌병 둘씩만 상대하면 되는 구조였다.

"으악!"

석중이 번갈아 손바닥을 지를 때마다 헌병들이 이빨과 핏물을 뿌리며 동그라졌다. 데라우치의 눈에 핏발이 서렸다. 박살난 문을 통해 부하들을 추풍낙엽처럼 날려버리는 석중과 그 너머에 앉아 있는 황후의 뒷등이 보였다. 황후의 뒤통수에서는 물러서지 않겠다는 단호한 결의가 엿보였다.

'내가 변을 당하면 조선의 황후를 제거해 주게.'

새삼 하얼빈에서 안중근의 저격으로 숨진 이토 히로부미의 얼굴이 떠올랐다. 그의 예감은 아무래도 적중하는 것 같았다. 완전한 내선합일을 이루기 위해서라도 윤황후는 사라지는 게 좋을 것이다. 온몸으로 살기를 발산하며 데라우치가 다시 일갈했다.

"옥새를 빼앗아! 당장!"

옥염이 눈을 치뜬 채 증순의 앞을 지키고 있었다. 그녀의 정면에서는 대신들이 주린 승냥이들처럼 황후마마를 노리고 있었다.

'드디어 은혜를 갚을 때가 왔구나.'

옥염은 절로 아랫배에 힘이 들어갔다. 사 년 전 겨울, 김 상궁에 의해 내쳐질 위기에 처한 자신을 구해 주고 동무처럼 대해 준 마마를 위해서라면 목숨까지 내놓을 준비가 돼 있었다. 기세등등한 옥염의 얼굴을 쳐다보며 이완용은 입술을 잘근잘근 씹었다.

"망할, 이러다 날이 저물겠군."

"그래서야 되겠습니까?"

여유 있게 웃으며 나서는 윤덕영을 이완용이 흠칫 보았다.

"제가 처리하겠습니다."

"하지만 옥새가 치마 밑에 있으니……."

"제가 누굽니까?"

무슨 뜻인지 몰라 어리둥절한 이완용을 향해 윤덕영이 웃었다.

"제가 바로 황후의 백부 아닙니까? 치마 밑을 더듬는다고 음행을 저질렀다고는 못 할 겁니다."

"그렇겠구려."

이완용이 흡족한 듯 웃으며 눈짓하자 박제순과 조중응이 먼저 옥염에게 달려들었다. 옥염이 두 대신의 얼굴을 할퀴고, 수염을 잡아당기며 저항했지만 남자의 힘을 당할 순 없었다.

"옥염아, 조심해라!"

옥염에게 정신이 팔려 있는 증순의 옆쪽에서 윤덕영이 살금살금 다가왔다. 심상치 않은 낌새를 알아차린 증순이 흠칫 돌아보았을 때, 윤덕영은 이미 양팔을 벌린 채 덤벼들고 있었다.

"안, 안 돼!"

당황한 증순은 양손으로 재빨리 치마를 누르려고 했지만 이미 때는 늦어 남색 주름치마가 깃발처럼 펄럭였다. 방바닥과 치마 사이 빈 공간을 비집고 백부의 손이 쑤욱 들어왔다. 그 손이 전광석화처럼 옥함을 낚아챘다.

"돌려줘요!"

"비켜라!"

"꺄악!"

옥함을 되찾으려던 증순은 백부의 손에 떠밀려 쓰러졌다. 입구를 지키고 있던 석중이 증순을 도우려고 황급히 돌아섰다. 그 바람에 일본 헌병 둘이 흥복헌 안으로 뛰어들었다.

퍼억!

"크흡!"

헌병이 휘두른 개머리판에 뒤통수를 가격 당한 석중이 힘없이 고꾸라졌다. 순식간에 열 명으로 불어난 일본 헌병들이 머리에서 피를 흘리며 엎드린 석중을 겨누었다.

"놔요! 이거 놔요!"

옥염도 박제순과 조중응 등에게 붙잡혀 헛된 몸부림을 치는 중이었다. 모든 저항 수단을 잃은 증순이 방바닥에 멍하니 주저앉아 옥함을 받쳐 들고 황제에게 걸어가는 이완용과 윤덕영을 바라보았다.

윤덕영이 받쳐 든 옥함의 뚜껑을 이완용이 열었다. 그리고 옥새를 꺼내 황제에게 공손히 내밀었다. 황제는 잠시 옥새를 물끄러미 내려다보았다. 오백 년 동안 조선 임금들의 권위를 상징했던 도장이 눈앞에 있었다. 이제 자신의 바로 앞 탁자에 놓인 한일병합 협정서에 도장을 찍으면 옥새는 오백 년간이나 꺼지지 않았던 신성한 빛을 잃고 역사의 뒤안길로 사라질 것이다. 자신이 마지막이라는 생각에 황제는 어쩔 수 없이 망설였다. 그 짧은 공백조차 허락할 수 없다는 듯 시종원경 윤덕영이 재촉했다.

"폐하, 망설이지 마소서. 되돌리기엔 이미 늦었나이다."

황제는 마른 먼지 같은 미소를 지었다.

"되돌리려는 것이 아니오. 다만 기억해 두려는 것뿐이오."

총리대신 이완용이 다시 재촉했다.

"신들이 기억할 것이옵니다. 그러니 어서 찍으소서."

'너희들이 이제 나의 기억마저 대신하겠다고 하는구나.'

속으로 자조하며 황제는 옥새를 잡았다. 옥새를 든 채 그가 고개를 들어 미닫이 앞에 멍하니 주저앉아 있는 황후를 보았다. 그녀의 얼굴에는 저에 대한 실망과 원망이 가득했다. 그 얼굴을 더 이상 보기 힘들어 황제는 옥새를 천천히 쳐들었다.

'대한제국 황제는 통치권을 일본 천황에게 영구히 양도한다' 라는 협정서 제 일 조항이 눈이 시리도록 닥쳐들었다.

쾅!

옥새를 눌러 찍는 황제를 보며 증순은 무언가 무너지는 소리를 들은 것 같았다. 정확히 무엇인지는 모르겠으나 아마도 영영 다시 세우지는 못하리라고 그녀는 생각했다.

제7장 일본으로의 연행

한일합병과 동시에 궁의 생활도 많이 바뀌었다. 대한제국의 황실이 사라졌으므로 융희황제는 이왕李王으로 격하되었고, 증순은 이왕비가 되었다. 이태왕이 된 선황은 여전히 덕수궁에, 이왕이 된 황제는 종전대로 창덕궁에 거처하게 되었다. 증순은 계속 성정각에서 지냈고, 왕은 희정당에서 지냈기 때문에 부부 간의 별거 아닌 별거도 계속되었다. 대신들도 직책을 잃었으나 일본으로부터 무슨 백작이니, 자작이니, 공작이니 하는 작위와 함께 막대한 은전을 하사받고 조선 귀족원 회원이나 총독부 자문기관인 중추원의 의원이 되어 희희낙락했다.

관청 중에는 종전 궁내부만 이왕직李王職으로 개명되어 남았는데, 덕수궁의 태왕과 창덕궁의 왕 및 이씨 왕족들을 관리하는 역할을 맡았다. 흥복헌 방바닥에 이마를 찧으며 한일병합을 부르짖던 민병석이 이왕직 장관이 됐고, 증순의 백부 윤덕영이 비서실장 격인 찬시장贊侍長이 되었다.

　일본은 조선을 직할 통치하기 위해 조선 왕조의 상징인 경복궁 근정전 바로 앞에 조선총독부朝鮮總督府를 세웠다. 신임 총독으론 통감이었던 데라우치가 임명되었다. 그는 사법, 행정, 군사권을 독점하여 왕보다 더한 권력을 누렸다. 이완용, 송병준 등의 친일파는 중추원을 들락거리며 총독의 환심을 사기 위해 분주했다.

　궁에서는 매일이다시피 공사가 진행되었다. 공사는 쌓인 눈이 내를 이뤄 흐르고, 희우루 아래 대리석 바닥을 뚫고 어린 풀이 돋을 때 시작됐다가 다시 눈이 쌓이기 시작할 무렵 끝이 났다. 하지만 그 눈이 다시 녹을 때쯤 창덕궁 어디에선가 또 다른 공사가 시작되었다. 명목상 천황의 충성스런 신하인 이왕과 왕비를 위해 낡은 전각들을 수리한다는 것이었지만 일본인 기술자들은 의도적으로 궁을 축소시키고, 왕의 권위를 상징하는 건축물들을 통째로 뜯어냈다. 창경궁昌慶宮 같은 경우는 아예 동물원으로 전락시켜 왕실의 권위에 짐승의 똥칠을 했다.

　증순은 그 모든 것을 지켜보며 또 견뎠다. 어차피 왕이 왕이길 포기했으므로 당연히 겪어야 할 시련이었다.

　겨울이면 승만이 석중 편에 보낸 서양 철학과 역사책을 읽고, 여름이면 옥염과 시원한 물냉면을 만들어 먹는 게 유일한 낙이라고 할 수 있었다. 부용지 근처를 산책하다가 가끔 왕과 마주쳤지만 인사도 하지 않고 발길을 돌렸다. 그도 자신을 미워할 테지만 이젠 그녀도 그가 싫었다.

　미움과 원망만 켜켜이 쌓이는 가운데 세월만 제 갈 길을 알고 흘렀다. 세월은 오랜 시간 파도에 쓸린 돌멩이에 새겨진 물결무늬 같았다. 왔다가 가고, 갔다가 오는 파도에 몸을 맡기고 숨을 죽인 채 오직 생존만을 위해 연명하는 비루한 세월이 그렇게 흘렀다.

증순의 나이 어느덧 스물넷이 되었다. 귀밑 턱 선이 가늘어지고, 주름치마와 저고리가 만나는 허리 부분이 잘록해졌다. 외로움을 견디고 홀로 피어난 수국처럼 왕비는 명정하게 고왔다. 아름다운 왕비는 성정각에서 홀로 밤을 견디고 또 새벽을 맞았다. 늘 채워질 길 없는 아쉬움과 안타까움이 성정각 앞뜰에 꽃가루처럼 날렸다.

낙선재 앞 정원에 앵두꽃이 만발한 오월 초순에 고즈넉하던 창덕궁이 다시 소란스러워졌다. 소란을 일으킨 장본인은 다름 아닌 백부 윤덕영이었다. 윤덕영이 일찍부터 성정각에 찾아와 증순 앞에 가부좌를 틀고 앉았다.

"총독이 데라우치에서 하세가와 요시미치長谷川好道로 바뀐 것은 알고 계십니까?"

"……"

증순도 알았지만 대꾸하지 않았다.

"신임 총독이 천명한 첫 번째 소임이 바로 이왕의 천황 알현입니다."

"!"

웬만한 일로는 놀라지 말자던 증순조차 눈을 부릅떴다.

"그런데 전하는 건강을 핑계로 차일피일이시니 마마께옵서 설득해 주시옵소서."

"내가 왜 그래야 합니까?"

노기를 억누르며 묻는 증순 앞에서 윤덕영이 빚을 받으러 온 사람처럼 당당했다.

"이게 다 마마를 위하는 길입니다."

"나를 위한 일이다……?"

증순의 입가에 고소가 걸렸지만 백부는 개의치 않았다.

"몇 년 전 한일병합 때 옥새를 감춘 일도 그렇고, 전임 데라우치는 마마께서 사사건건 내선합일에 방해가 된다고 생각했습니다. 총독에서 물러났지만 그는 본국에서 일인지상 만인지하의 총리대신에 올랐습니다. 마음만 먹는다면 하세가와를 움직여 마마를 출궁시킬 수도 있습니다."

증순의 비웃음이 짙어졌다.

"나를 폐한다면 그건 오히려 나를 돕는 일입니다. 그러니 언제든지 폐해 달라고 하십시오."

"마마, 그건……."

당황하는 백부를 똑바로 보며 증순은 빠르게 말을 이었다.

"백부께선 전하에게 여행 삼아 도쿄에 다녀오라고 말씀하시는데, 이는 명백한 거짓이지요. 패한 나라의 왕이 승전국 왕에게 알현하는 것은 포로로서 그리하는 것입니다. 결국 전하를 포로로 끌고 가서 천황 앞에 꿇리겠다는 속셈 아닙니까? 죽으면 죽었지 그런 일을 강요할 수는 없습니다."

잠시 후, 윤덕영이 성과 없이 성정각을 나섰다. 영현문을 지나며 힐끗 고개를 돌려 봄기운이 만연한 전각을 보던 윤덕영이 실없이 웃었다.
 "꼭 명성황후가 살아 돌아온 것 같지 않은가? 식은땀이 흘러서 혼이 났어."

 윤덕영은 포기하지 않고 곧장 덕수궁으로 향했다. 덕수궁 태왕전에 엎드려 왕의 일본행을 도와달라고 청했다. 선황제, 태왕은 완곡하게 거부의 의사를 표했다.
 "나는 이미 창덕궁에 모든 일을 맡겼소. 이번 일도 창덕궁에서 결정해야 할 것이오."
 윤덕영의 눈이 교활하게 빛났다.
 "창덕궁 전하께선 와병을 핑계로 가지 않겠다고 하시고, 덕수궁 전하께선 창덕궁 전하께 여쭈라고 하시니 참담한 일이옵니다. 천황께옵서 성은을 베풀어 이씨 왕조를 보살피시고 계시온데 입조조차 거부하니, 어찌 망극하지 않겠습니까?"
 "조선은 수백 년간 명과 청을 섬겼으나 국왕이 직접 입조한 경우는 없었소."
 "그때는 국권이나마 지키던 시절이 아니옵니까? 지금은 합병조약에 의해 나라의 주권이 천황께 넘어갔으니 경우가 다릅니다."
 윤덕영의 목소리가 은근히 협박 조로 바뀌었다.
 "정 그러시다면 전하, 이왕전하를 대신하여 태왕전하께서 천황을 알현하심이 어떨는지요?"

"내, 내가?"

태왕의 얼굴이 근정전 바닥에 깔린 대리석처럼 희어지는 것을 지켜보며 윤덕영이 회심의 미소를 머금었다.

"가부를 결정해 주소서, 전하. 전하께서 가시겠습니까, 아니면 창덕궁 전하를 보내시겠습니까?"

태왕이 눈물을 훌쩍이며 애원 조로 말했다.

"내가 창덕궁을 설득해 보겠노라. 경은 늙은 나를 너무 닦달하지 마라."

오후에 증순은 옥염과 화전을 만들었다. 찹쌀가루를 곱게 갈아 한입에 들어갈 정도로 둥글납작하게 빚은 다음, 소금을 살짝 뿌려 기름을 두른 솥뚜껑에 부쳤다. 노릇노릇하게 익을 무렵, 연보라색 진달래 꽃잎 몇 장을 올려서 다시 한 번 뒤집었다. 이렇게 부쳐낸 화전을 담아내니 꼭 접시 위에 꽃이 핀 것 같았다. 옥염과 먹으려고 대청에 마주 앉았다가 둘만 먹기 아까워 석중도 불렀다. 셋이 화전을 간장에 살짝 찍어 먹었다. 입안 가득 고소한 맛과 알싸한 향이 퍼졌다. 셋이서 입안에 꽃 한 송이씩을 물고 웃었다. 증순에겐 참 오랜만의 웃음이었다.

이때 왕이 젊은 찬시 둘을 대동하고 불쑥 나타났다. 석중과 옥염이 구르듯 내려가 머리를 조아렸다. 뒤이어 증순이 왕 앞에 서서 의례적으로 고개를 숙였다.

"어인 행차십니까?"

왕은 아무 말 없이 석중을 지그시 보았다. 그 시선에 어린 것이 적의임을 깨달은 증순은 조금 황당한 기분이 들었다.

"들어갑시다."

왕은 찬시 둘을 마당에 세워 두고 앞장서 성정각 섬돌을 밟고 올라갔다. 증순은 말없이 따랐다.

널찍한 방 안에 마주 앉은 두 사람은 한동안 말이 없었다. 세월이 비껴간 듯 여전히 미청년 같은 왕을 보며 증순은 이제 자신들은 말을 하고 싶어도 할 수 없는 사이가 돼 버렸구나, 하고 생각했다.

왕이 한참만에야 입을 열었다.

"나석중이라고 했나?"

몇 년 만에 나눈 대화의 주제가 다른 사람인지라 그녀는 살짝 당황했다.

"예?"

"밖에 있는 저 무관의 이름 말이오?"

"맞긴 맞습니다만……."

"저치는 왜 매일 성정각에 붙박여 있는 거요. 원래 직책이 시종무관이 아니오?"

"……."

이 양반이 갑자기 왜 이러나 싶어 잠시 멍한 표정을 짓던 증순이 덤덤히 대답했다.

"사가의 아버님 부탁을 받고 함께 입궁한 사람입니다. 지척에 지아비가 있으되, 청상처럼 지내온 저를 지켜 준 고마운 사람이지요."

은근히 자신의 잘못을 들추는 증순의 말이 목에 걸렸는지 왕이 헛기침을 했다.

"흠흠……. 여자들만 거처하는 곳에 사내가 들락거리면 소문이 퍼지는 법이오. 백성들이 우리를 지켜보고 있음을 잊지 마시오."

일순 증순의 미간에 노여움이 서렸다. 증순은 이를 악물며 말했다.

"여자들만 거처하는 곳에 남자들이 들락거리는 것은 당연한 일입니다. 여자들의 거처에도 남자들의 힘이 필요하기 때문이지요. 또한 백성들은 더 이상 우리를 지켜보지 않습니다. 전하께서 합병조약에 옥새를 찍으신 이후, 백성들은 더 이상 전하의 백성이 아니게 되었기 때문입니다. 요즘 산하에 독립을 말하는 자는 들끓어도 복벽을 외치는 자는 찾기 힘든 이유 또한 그것입니다."

"……."

왕이 참담하게 일그러진 얼굴로 증순을 노려보았다. 증순도 시선을 피하지 않았다.

"나는 곧 일본으로 가서 천황을 만나게 될 것이오."

"결국은……!"

신음처럼 내뱉던 증순이 말을 맺지 못했다. 백부가 나설 때부터 일이 이렇게 되리란 걸 알고 있었다. 지금 이 땅에선 허울만 남은 왕보다 그 왕을 조종할 수 있는 친일파 찬시장의 힘이 더 강했다.

"미안하지만 이번 일본행에는 당신도 동행해야 할 듯하오. 데라우치 수상이 특별히 요청을 했다는구려."

"……!"

놀란 증순은 눈을 크게 떴다. 하지만 곧 평정을 되찾았다. 일본으로 간들 미국으로 간들, 겨울 정원 같은 마음은 그대로일 것이다.

"덕분에 일본 구경도 하고 좋지 않소?"

철없이 웃는 왕을 증순은 기가 막힌 듯이 쳐다보았다. 원래 생각이 없는 건지, 부러 저러는 건지 종잡을 수가 없었다. 증순의 눈초리가 뻐근해진 왕은 버릇처럼 아랫배를 움켜쥐고 일어섰다.

"아이구, 배야! 왜 이리 배가 아픈지 모르겠군."

정사년丁巳年 유월 여드레 날, 드디어 왕과 증순 일행이 경성역에서 일본을 향해 출발했다. 수천 명의 인파가 역으로 몰려나와 포로처럼 끌려가는 왕과 왕비를 환송했다. 특별열차에 오르며 불안한 표정으로 배웅하는 백성들을 보니 증순의 마음이 저렸다. 자신들에게 아무것도 해줄 것이 없는 허울뿐인 왕과 왕비를 염려하는 백성들의 순박함이 오히려 가슴을 짓누르는 돌처럼 무거웠다.

하세가와 총독을 필두로 이왕직 장관 민병석, 찬시장 윤덕영, 시종무관장 이병무, 이왕직 차관 고쿠부 쇼타로國分象太郎 등 백여 명의 한일 수행원들이 열차에 탑승했다. 증순을 수행하는 것은 옥염과 석중뿐이었다. 아직도 제조상궁을 맡고 있는 김 상궁이 궁녀들을 더 붙여 주겠노라고 했지만 그녀 쪽에서 귀찮다며 거절했다. 하세가와 총독은 물론 총독부 전체가 왕의 일본행에 목숨을 거는 눈치였다. 당시 일본은 산업이 크게 부흥하고 과학이 눈부시게 발전해 강성대국의 면모를 다지고 있었다. 이미 만주를 넘어 전 중국을 노리던 일본은 국민들의 승전 의식을 높이고, 천황의 업적을 홍보하기 위해 가장 완벽한 전리품인 조선의 왕을 도쿄로 불러들이고 싶어 했던 것이다.

이날 밤 늦게 부산에 도착한 증순과 왕은 호텔에서 하룻밤을 묵고, 다음 날 일찍 군함 히젠肥前에 올라 일본으로 향했다. 무사히 돌아올 수 있을지 기약할 수 없는 여정이었다.

오후에 배가 나고야名古屋 항에 도착했다. 석중과 옥염의 도움을 받아 증순은 하선을 준비하고 있었다. 이때 선실 문을 두드리는 소리가 들렸다. 석중이 문을 열어 주자 놀랍게도 김 상궁과 윤 상궁이 들어왔다. 두 상궁이 나란히 서서 증순에게 정중히 머리를 조아렸다.

"왕비마마, 먼 뱃길에 무탈하셨는지요?"

"……."

증순은 입술을 꽉 다문 채 상궁들을 지그시 보았다. 그녀가 성장하는 동안 상궁들은 늙었다. 은발이던 김 상궁의 머리는 백발로 변했고, 흑발이었던 윤 상궁은 은발이 되었다. 지난 십여 년 동안 김 상궁과 증순은 거의 마주칠 일이 없었다. 증순이 성정각을 제외한 내전의 일에는 일체 관여하지 않은 탓이었다. 새삼 세월의 무상함을 느끼며 증순은 입을 열었다.

"그대들도 전하의 일본행에 동행했는가?"

김 상궁이 고개를 끄덕였다.

"명색이 제조상궁 아닙니까? 당연히 따라야죠."

"그렇겠군."

건성으로 대답하는 증순을 보며 김 상궁이 말했다.

"곧 하선하셔야 합니다. 항구에는 이미 나고야의 마쓰이松井 지사를 비롯한 일본 정부의 고관들이 영접하기 위해 나와 있습니다. 품위를 잃지 않도록 각별히 예를 갖추고 하선장으로 나오시라는 전하의 분부십니다."

"알았으니 나가들 보게."

윤 상궁이 증순의 눈치를 살피며 끼어들었다.

"저희들이 도와 드릴 수도 있습니다만……."

"옥염이만 있으면 충분하네. 호의는 고맙지만 사양하겠네."

증순이 단호히 거부하자 두 상궁이 계면쩍은 표정으로 머리를 숙였다.

"그럼 소인들은 전하를 도우러 가겠습니다."

문을 열고 나가는 상궁들의 뒷등을 보며 증순은 이 불안한 여로에 저들이 동행한 것은 또 무슨 징조일까 생각해 보았다.

무슨 옷을 입을까 고민하다가 한복 대신 양장을 택했다. 포로로 끌려가는 처지에 굳이 한복을 입어 구경거리로 전락하고 싶진 않았다. 옥염의 도움을 받아 증순은 가슴이 살짝 패이고, 허리가 잘록한 회색 원피스를 입었다. 그리고 굽이 약간 있는 숏 부츠를 신고, 머리에는 꽃 장식이 달린 둥근 모자를 썼다.

"괜찮아요?"

마지막으로 어깨 위에 숄을 걸치며 증순이 묻자 석중은 그만 멍한 표정이 되었다. 그는 아직도 증순이 열세 살짜리 소녀인 줄만 알았다. 궁에 들어온 지 어언 십여 년이 흘렀지만 매일 얼굴을 마주하는 증순이 나이를 먹어가는 것을 깨닫지 못했다. 그의 눈앞에서 증순은 마치 요술을 부린 듯 한 사람의 완벽한 여인으로 변신해 있었다. 석중은 증순이 아름답다고 생각했다. 그냥 아름다운 게 아니라 보통 미인들이라 불리는 여성들과는 조금 다른 느낌을 풍겼다. 그녀의 아름다움은 훨씬 선명한 것이었다. 어느 장마철엔가 장독대에 홀로 앉아 한곳을 뚫어져라 응시하는 청개구리를 본 적이 있는데, 빗줄기 때문에 주변 풍경이 온통 뭉그러져 보이는데도 녀석의 파란 빛깔은 오히려 선명했다. 그녀에겐 바로 그런 선명함이 있었다.

"이상해요?"

"예?"

증순이 고갤 갸웃하며 묻자 석중은 흠칫 정신을 차렸다. 그가 정신없이 손사래를 쳤다.

"아, 아닙니다! 진짜 잘 어울리십니다! 예쁘십니다!"

"예쁘다고요?"

"그, 그게 그러니까 그런 뜻은 아니옵고······."

"그럼 예쁘지 않다는 뜻인가요?"

"아닙니다! 굉장히 예쁘십니다! 아니, 제 말은 그러니까······."

횡설수설하는 석중을 한심하다는 듯 쳐다보며 옥염은 혀를 찼다.

"쯔쯧······. 우리 무관님 고생하시네."

증순이 석중과 옥염을 거느리고 하선장으로 나가니, 왕이 이미 기다리고 있었다. 왕은 훈장이 줄줄이 달린 일본 대원수 군복에 허리에는 기다란 일본도를 비껴 찬 모습이었다. 늘 그렇듯 고운 얼굴에 훤칠한 모습이었지만 증순은 예전처럼 가슴이 뛰거나 하지는 않았다. 오히려 자신을 향해 다가오는 증순을 발견한 왕이 더 놀라는 눈치였다. 그는 방금 전 석중과 비슷한 눈빛으로 그녀를 멍하니 쳐다보았다.

"안 내려가시나요?"

"응? 내, 내려가야지."

증순의 물음에 간신히 답하며 왕은 흰 장갑을 낀 손을 내밀었다. 증순은 그의 손을 가볍게 잡았다. 손을 잡고 하선 트랩을 밟고 내려가는 증순과 왕의 뒤를 찬시장 윤덕영과 이왕직 장관 민병석, 시종무관장 이병무, 하세가와 총독, 이왕직 차관 고쿠부 쇼타로 등 수행원들이 줄줄이 따랐다. 군악대의 연주가 울리는 가운데 방파제로 내려서는 왕과 증순을 향해 마쓰이 지사와 일본 지방 관리들 그리고 장교들 몇이 달려왔다.

마쓰이 지사가 왕과 증순을 향해 허리를 낮췄다.

"이왕전하와 왕비마마, 나고야 입성을 충심으로 환영합니다."

고쿠부가 귀엣말로 마쓰이를 소개하자 왕이 밝게 미소 지었다.

"환대에 감사하오, 지사."

"당치 않으십니다. 전하께선 우리 황실의 귀한 손님이십니다."

만면에 웃음을 머금으며 마쓰이 지사가 환영 인파가 운집한 쪽을 가리켰다.

"마침 전하께서 만나고 싶어 하는 분이 와 계십니다."

왕과 증순은 지사가 가리키는 쪽을 쳐다보았다. 순간 사람들이 양옆으로 갈라지며 일본군 장교 복장의 낯익은 청년 하나가 천천히 걸어 나왔다. 증순이 고개를 갸웃거릴 때, 왕이 먼저 청년을 알아보고 외쳤다.

"은아!"

왕이 반갑게 끌어안는 청년은 바로 그의 이복동생이자 왕세자인 이은李垠이었던 것이다. 왕세자는 증순이 입궁한 지 꼭 일 년 만에 이토 히로부미의 손에 끌려 일본으로 건너갔다. 왕세자의 교육을 위해서라고 했지만 인질임을 모르는 사람이 없었다. 사 년 후인 신해년辛亥年에 생모 엄비께서 서거하셨을 때에 잠시 귀국한 이후 근 육 년 만인 형제 상봉이었다. 주변에 일본 관리들이 지켜보고 있음에도 왕세자 은이 형의 가슴에 얼굴을 묻고 눈물을 흘렸다. 왕은 그런 왕세자의 어깨를 두드리며 유쾌하게 웃었다.

"핫하하! 우리 아우는 아직 어린애로군그래! 오늘처럼 기쁜 날에 사나이가 눈물을 흘려서야 쓰겠는가?"

"죄송합니다, 형님."

"아닐세, 아니야. 반가워서 우는 걸 어찌 탓하겠나? 다만, 나를 따라온 사람들이 아우의 일본 생활이 곤궁하다고 생각할까 봐 두렵군."

"조심하겠습니다, 전하."

형 앞에서 마음의 상처를 솔직하게 내비쳤던 왕세자는 형이란 사람이 이렇게 나오자 당황하는 기색이 역력했다. 왕은 누구보다 먼저 일본인들의 눈치를 살폈고, 일본인들의 심기를 건드릴 만한 일은 눈곱만큼도 하기 싫어했다. 증순의 눈에는 왕의 손을 잡고 나란히 걷는 왕세자가 오히려 듬직해 보였다.

그날 하루는 지사의 관사에서 노독을 풀었다. 밤에 지사가 주최하는 연회가 있었지만 증순은 몸이 안 좋다는 핑계로 참석하지 않았다. 일본 지방 관리들과 어울려 희희낙락할 기분이 아니었다.

다음 날 일찍 나고야 역에서 특별열차를 타고 도쿄로 향하게 되었다. 전날 과음한 왕과 세자가 푸석한 얼굴로 열차에 올랐고, 증순도 옥염과 석중을 데리고 따랐다. 하지만 증순은 왕과 한 객차에 탑승하지 않았다. 오랜만에 해후한 형제 간에 많은 말씀을 나누시라고 다음 객차에 자리를 잡았다.

열차가 천천히 움직이기 시작했다. 플랫폼에 늘어선 군악대가 연주를 시작했다. 열렬히 손을 흔드는 마쓰이 지사와 일본 지방 관리들을 증순은 차창을 통해 보았다. 창밖에 시선을 고정시킨 채 증순은 맞은편에 앉은 석중과 옥염에게 물었다.

"저들이 왜 저리 우릴 환대하는지 알아?"

석중은 입을 굳게 다물었고 대신 옥염이 냉큼 대답했다.

"그야 전하와 마마가 존귀하신 분들이기 때문이죠."

증순은 피식 웃으며 고개를 저었다.

"아니, 저들 중 누구도 우리를 존귀하게 생각하지 않아."

"그런데 왜 앞다퉈 머리를 숙입니까?"

"우리로 인해 자신들의 천황이 더욱 존귀해지기 때문이지. 저들은 그게 고마워서 저러는 것이다."

"……."

옥염은 더 이상 말을 거두고 무언가 골똘히 생각에 잠겼다. 석중은 씁쓸히 창밖을 응시하는 증순의 선명한 옆얼굴을 측은하게 바라보았다. 열차가 덜컹덜컹 소리를 내며 빠르게 질주했다.

"일본은 정말 무섭구나."

특별열차가 하코네箱根와 요코하마橫浜를 지나 도쿄 부로 접어들면서 증순은 탄식하듯 중얼거렸다. 열차에서 내려다본 거리는 깨끗했고, 손을 흔드는 사람들의 얼굴에선 생기가 넘쳐흘렀다. 서양풍의 높은 석조 건물과 개미처럼 바삐 움직이는 사람들은 역동하는 일본을 대변하는 듯했다.

증순의 놀라움은 일본 최대의 공업 지역인 게이힌京濱 공업 지대로 접어들면서 절정에 달했다. 산악처럼 끝도 없이 늘어선 공장들이 시커먼 연기를 하늘로 힘차게 뿜어 올리고 있었다. 증순의 눈에는 공장들이 꼭 세상을 지배하는 포악한 거인들처럼 보였다. 저 공장 안에서 총을 만들고, 탱크를 만들고, 군함과 비행기를 만들고 마침내는 일본은 위대하다는 자긍심을 만들어 낸다. 그리고 그 자긍심으로 조선인들을 잘근잘근 짓밟고 수탈할 것이다.

'어쩌면 선황폐하나 현재의 전하께서 아무리 발버둥 쳤다 한들 사람의 힘으로는 망국을 막지 못했을지도……..'

미간을 찌푸린 채 자꾸만 한숨을 내쉬는 증순을 맞은편의 석중과 옥염이 이상하다는 듯 쳐다보았다.

도쿄 역은 그야말로 인산인해였다. 데라우치 수상을 비롯 일본의 황족들과 대신들이 거의 모두 나온 듯했다. 여기에 환영 인파까지 더해지며 그 넓은 역사가 콩나물시루처럼 꽉 들어차고 말았다.

수행원들과 함께 이리저리 떠밀리던 왕과 증순을 향해 십여 명의 장군을 거느린 데라우치가 다가왔다.

"원로에 얼마나 노고가 많으셨습니까, 전하?"

절도 있게 머리를 꺾는 데라우치를 알아본 왕이 반색했다.

"오, 데라우치 총독 아니시오? 정말 반갑소."

"현재는 총독이 아니라 대일본국 수상 각하십니다."

재빨리 정정하는 하세가와 총독을 향해 데라우치가 손을 저었다.

"아아, 상관없네. 전하께서 편하실 대로 부르시면 되는걸세."

"하잇, 죄송합니다!"

재빨리 부동자세를 취하는 하세가와를 무시하고 데라우치의 시선이 왕 바로 옆에 서 있는 증순에게로 향했다. 데라우치는 한동안 말없이 증순을 보았다. 짧은 순간 그의 눈에 예리한 기광이 스치고 지나갔다. 하지만 워낙 짧은 순간이었기에 누구도 미처 알아차리지 못했다. 딱 한 사람 그 눈빛을 본 사람이 있었다. 바로 증순 어깨 너머에 서 있던 석중이었다. 그는 데라우치의 심상치 않은 눈빛에서 흐릿한 음모의 전조를 느꼈다. 자신의 예감이 정확한지 아닌지 확신할 수는 없었지만 일단 경계심을 최고조로 끌어올리는 게 좋겠다고 생각했다.
 만면에 미소를 머금은 데라우치가 증순을 향해 고개를 살짝 숙였다.
 "왕비전하, 더욱 아름다워지셨군요."
 "과찬의 말씀이세요."
 대충 인사를 마친 데라우치가 오른팔을 번쩍 쳐들며 말했다.
 "지금부터 숙소인 가스미가세키霞が関 별궁으로 모시겠습니다. 연도에 수만의 시민들이 나와 있으니, 이왕전하의 위엄을 보일 수 있도록 장엄히 모시겠습니다."
 데라우치의 공언대로 행렬은 장엄했다. 먼저 예복을 갖춰 입은 일본군 기마부대가 선두를 맡았다. 그 뒤를 힘찬 군악을 연주하며 군악대가 행진했고, 착검한 소총을 높이 쳐든 의장대 병사들이 왕과 증순을 태운 네 필의 준마가 끄는 마차를 호위했다. 드넓은 도로 양옆에서 열렬히 환호하는 일본인들을 향해 왕이 친근하게 웃으며 손을 흔들었다.
 "허헛! 일본인들이 우리를 진심으로 환영해주는구려."
 증순은 그게 보기 싫어 고개를 들어 파란 하늘을 보았다. 구름 한 조각 없는 초여름 하늘은 조선이나 일본이나 하나같이 상쾌했다. 그 산뜻한 하늘 아래서 구경거리로 전락한 망국의 왕이 손을 흔들고 있었다.

 해질녘에야 왕과 증순은 별궁에 들어갈 수 있었다. 저녁 연회에 잠시 얼굴을 비친 증순은 몸이 좋지 않다는 핑계로 곧장 침실로 향했다. 아닌 게 아니라 온몸이 물에 적신 솜처럼 축 늘어졌다. 육체적 피로보다는 심리적 피로가 그녀를 힘들게 했다. 아까 별궁으로 오는 길에 자신을 손가락질하며 허리를 튕기는 시늉을 하던 일본 무뢰배들의 모습이 선연했다.

증순은 쓰러지듯 침대에 누웠다. 그리고 모든 것을 잊고 싶어 곧 깊은 잠에 빠져들었다. 옥염도 고단했는지 증순 바로 옆의 침대에서 잠이 들었다. 하지만 석중은 깨어 있었다. 낮에 도쿄 역에서 보았던 데라우치의 눈빛이 손톱 사이에 낀 가시처럼 거슬렸다. 그래서 그는 왕비의 맞은편 자신의 숙소에서 밤을 지새우기로 했다.

"으하하하!"

멀리 연회장 쪽에서 왁자한 웃음소리가 들려왔다. 힘도 없는 식민지의 왕을 끌어다 놓고 일본 정치가들과 군인들은 승리를 만끽하고 있었다.

'치졸한 놈들……!'

창문 너머 연회장을 노려보는 석중의 눈매가 날카로웠다.

연회가 끝난 늦은 밤, 별궁의 깊숙한 밀실로 김 상궁과 윤 상궁이 호출되었다. 일본 궁녀들이 소리 없이 열어주는 미닫이를 열고 들어간 다다미방 아랫목에 낯익은 인물이 정좌해 있었다. 김 상궁과 윤 상궁이 재빨리 무릎을 꺾었다.

"수상 각하를 알현하옵니다."

"오랜만이구나."

김 상궁이 다다미에 대었던 이마를 들며 비굴하게 웃었다.

"예, 참으로 오랜만에 뵈옵니다. 만인지상 일인지하의 자리에 오르셨다는 소식을 듣고 마음속으로나마 감축을 드렸사옵니다."

데라우치가 입술 한 귀퉁이를 일그러뜨리며 웃었다.

"김 상궁의 늙은 혓바닥은 여전히 달구나."

"과찬이시옵니다."

다시 다다미에 이마를 대는 김 상궁을 보며 데라우치는 이토 히로부미를 떠올렸다. 김 상궁을 자신에게 소개해 준 사람이 바로 이토였다. 이토는 조선 왕실을 휘어잡으려면 상궁들부터 장악해야 한다고 역설했다. 그는 이토가 그토록 중시하던 상궁들을 이용해 유일하게 존경했던 문벌 정치가의 유지를 받들 작정이었다.

'내가 암살당하면 조선의 왕비를 죽여라……!'

데라우치에게서 웃음이 사라지며 눈가에 살광殺光이 어른거렸다.

"너희는 조선의 백성인가, 천황의 신민인가?"

김 상궁과 윤 상궁이 놀란 눈으로 서로의 얼굴을 보았다. 김 상궁이 곧 단호한 표정으로 답했다.

"저희는 살아서나 죽어서나 위대한 천황폐하의 신민이옵니다."

데라우치가 흡족한 듯 웃었다.

"그렇다면 내가 너희에게 이 일을 부탁해도 되겠구나."

"무슨 일이든 시켜만 주소서. 천황폐하를 위해서라면 종묘의 서까래라도 뽑아오겠나이다."

"내가 여인인 그대들에게 그렇게 힘든 일을 시키겠는가? 그보다는 훨씬 수월한 일이니 너무 걱정할 필요 없다. 이리 가까이들 오너라."

데라우치가 바싹 다가앉은 두 상궁에게 목소리를 더욱 낮춰 무언가 지시를 내렸다. 상궁들이 주린 족제비들처럼 눈을 번질거리며 연신 고개를 끄덕였다. 그렇게 음모의 밤이 깊어갔다.

제8장 생사의 고비

다음 날 오전, 드디어 왕과 증순의 천황 알현식이 열렸다. 하세가와 총독의 안내를 받으며 왕과 증순은 의장용 마차를 타고 황궁으로 들어갔다. 민병석, 윤덕영, 이병무 등이 수행했다. 일본 궁내청 관리들에 의해 왕과 증순은 대기실로 안내되었다. 적막이 감도는 대기실에 나란히 앉은 두 사람은 말이 없었다.

증순이 바로 앞에 앉은 백부 윤덕영을 보았다. 그는 이왕 찬시장의 자격으로 따라온 것이다. 평소 냉철하기로 유명한 백부의 얼굴이 황궁에 들어서자마자 긴장감으로 딱딱하게 굳어지는 것을 보고 증순은 고소를 금치 못했다. 백부가 천황을 두려워하듯 전하를 두려워하고 삼갔다면 망국의 길이 조금은 늦춰졌을지도 모른다.

잠시 후, 꼬장꼬장한 느낌의 노 대신이 대기실 안으로 들어왔다. 그가 전하를 향해 의례적으로 고개를 까닥였다.

"안녕하십니까, 이왕전하. 그리고 비마마. 소신은 일본국 궁내청 대신 하타노라고 합니다."

"오, 반갑소."

전하가 자리에서 일어나 악수를 청했지만 그는 무시하고 제 할 말만 빠르게 이어갔다.

"지금부터 전하와 비전하 그리고 민 장관과 윤 찬시장 이렇게 네 분만 천황폐하께서 계시는 대전으로 드실 것입니다. 지금부터 의복을 단정히 하고, 마음에서 우러난 존경심을 갖도록 하십시오."

"물론이오, 물론이오."

"자, 그럼 저를 따라오십시오."

왕과 증순은 그를 따라 복도로 나왔다. 민병석과 윤덕영 두 사람이 좌우에서 왕과 비를 수행했다. 회랑처럼 길게 이어진 복도에는 온통 국화 천지였다. 천장에도 벽에도 만개한 국화 문양이 새겨져 있었다. 증순은 문득 오얏꽃이 그리워졌다. 국화처럼 화려하지 않고, 초봄 메마른 산지에서 수줍게 피어나는 꽃이 못내 보고 싶었다. 짙은 국화꽃 향기에 질식할 것 같은 답답함을 느끼며 증순은 왕과 함께 넓은 대전 안으로 들어갔다.

순간 데라우치를 비롯한 수십 명의 일본 황족, 고관, 장성들의 시선이 일제히 조선의 왕과 비에게로 쏠렸다. 그들의 눈빛에는 승자의 여유와 정복자의 뿌듯함이 적당히 섞여 있었다. 그들의 시선이 자신의 심장을 관통할 것만 같아 증순은 오른손으로 왼쪽 가슴을 짚었다.

그러는 사이에 증순과 왕은 하타노를 따라 천황의 옥좌 앞으로 다가갔다. 늙은 대신이 꼬장꼬장한 목소리로 옥좌의 천황을 향해 보고했다.

"천황폐하, 조선의 이왕이 천황께 문후를 여쭙기 위해 바다를 건너왔습니다! 자애로운 성심으로 보듬어 주소서!"

증순이 힐끗 고개를 들어 흡족한 얼굴로 고개를 끄덕이는 천황을 보았다. 천황은 왕과 비슷한 대원수의 정장에 금빛 대수大綬를 왼쪽 어깨에서 오른쪽 허리까지 두르고 있었다. 한 가지 차이가 있다면 국화 문양이 선명한 최고훈장을 가슴에 달고 있다는 점이었다. 대수와 훈장은 같은 옷을 입었으나, 조선 왕과 일본 천황의 차이가 엄연함을 말해주는 듯했다.

증순은 왕을 돌아보았다. 무릎을 꿇든, 바닥에 머리를 찧든 알현 의식이란 걸 끝내야 동물원의 원숭이가 된 듯한 이 무차별적인 호기심에서 벗어날 수 있을 것이다. 한동안 멍하니 천황을 우러르던 왕의 입이 드디어 열렸다.

"천황폐하, 신 이척 진즉 알현해야 마땅하지만 숙병에 시달리는 병약한 몸인지라 예를 수행하지 못할까 우려하여 날을 미루다 보니 지금에 이르렀습니다. 다행히 오늘에야 용안을 지척에서 알현하니 기쁘기 그지없습니다. 또한 세자 은이 오래도록 궐하에 있어 폐하께 가르침을 받고, 학문에 정진하니 깊은 감동을 받았습니다. 이번에 저의 도쿄 방문에 즈음하여 폐하의 극진하고 융숭한 대접에 송구스럽고 감격하여 삼가 인사를 올리나이다."

왕의 굴종적인 알현사를 들으며 증순은 얼굴이 화끈거림을 느꼈다. 오랜 사대관계였던 중국에서조차 왕이 친히 입조하여 무릎을 꿇는 경우는 없었다고 승만이 알려주었다. 왕은 그야말로 비루한 포로가 되어 일본 황제에게 목숨을 구걸하고 있었다. 그 애걸하는 문장이 상상했던 것보다 훨씬 직설적인지라 증순은 양손으로 귀를 틀어막고 싶은 심정이었다.

끝도 없이 이어질 것 같던 기나긴 알현사가 마침내 끝났다. 증순은 저도 모르게 깊은 안도의 한숨을 내쉬었다.

이번엔 일본 천황의 답사가 길게 이어졌다. 한참 후에 천황의 입이 닫히자 하늘색 양장을 입은 황후의 답사까지 공손히 경청해야 했다. 마지막으로 옥좌의 천황과 황후를 향해 이마가 땅에 닿을 듯 머리를 조아린 후에야 증순과 왕은 겨우 대전을 나설 수 있었다. 천황을 알현한 것은 불과 두어 시간에 불과했지만 증순에겐 억겁의 시간처럼 느껴졌다.

불행히도 모욕은 아직 끝이 아니었다. 하타노의 안내를 받으며 두 사람은 일본 황태자를 방문했다. 여기서도 왕은 본인을 "신 이척이……"라고 칭하며 황태자에게 극진한 예를 표했다. 증순도 왕 옆에서 나란히 머리를 조아렸다. 이후에도 왕과 왕비는 아홉 개나 되는 궁가들을 차례로 순방하여 친왕들과 인사를 나누었다. 같은 왕의 자격이었지만 천황의 핏줄인 친왕들에게 조선의 왕은 눌릴 수밖에 없는 처지였다. 일국의 실질적인 왕이었던 그가 허울뿐인 친왕들에게까지 머리를 숙여야 했다.

'굴욕도 쉽지만은 않구나.'

증순은 홀로 탄식했다.

기나긴 알현 의식이 끝났을 즈음에는 초여름 해가 서쪽 하늘을 붉은

새의 깃털처럼 물들이고 있었다. 이때 황궁에서 조선 왕을 환영하는 연회가 열린다고 전해 왔으므로, 증순과 왕은 숨 돌릴 틈도 없이 궁으로 향했다.

화려하게 치장된 연회장에는 이미 데라우치 수상을 비롯해 각부의 각료들과 원로대신들 그리고 황태자를 비롯한 황족들이 부부 동반하여 왁자하게 떠들고 있었다. 이왕 부부가 들어서자 연회장이 순식간에 침묵에 잠겼다. 예의 그 살갗을 벗겨낼 듯한 시선들이 조선의 왕과 왕비를 주시했다.

"이쪽으로 오십시오, 전하. 자리를 마련해 두었습니다."

데라우치가 왕과 증순을 자리로 안내했을 때에야 좌중이 다시 떠들기 시작했다. 잠시 후, 궁내청 대신 하타노가 목청을 돋우어 길게 외쳤다.

"천황폐하와 황후마마 납시오!"

일본 황족들과 고관들이 일제히 부동자세를 취하며 입장하는 천황 부부를 향했다. 천황과 황후가 상석에 앉자마자 왕과 증순을 비롯한 일본 고관들과 황족들이 일제히 머리를 조아리며 외쳤다.

"천황폐하 만세!"

천황이 흐뭇한 표정으로 좌중을 둘러보다가 왕과 증순에게 시선을 고정시켰다.

"조선의 왕이 내게로 와 신하가 되기를 간청하니, 오늘은 기쁜 날이다. 이왕 부부를 비롯해 모두 마음껏 마시고 즐기라. 나도 오늘은 늦도록 취해볼 생각이다."

천황의 말이 끝나자마자 황궁 소속의 전통악단이 샤미센三味線, 히치리키鸞築, 고토後藤 등을 합주하기 시작했다. 간드러지는 현 소리와 피리 소리에 증순은 이상하게 속이 뒤틀렸다. 속을 진정시키려고 따뜻한 정종을 반 잔 마셨는데, 그것이 오히려 화근이 되어 얼굴이 달아오르고 머리가 지끈거렸다.

옥염은 비틀거리는 증순을 재빨리 부축했다.

"마마, 괜찮으십니까?"

"체기가 있는 것 같구나."

옥염은 증순을 부축한 채 복도를 빠르게 걸어 화장실로 향했다. 옥염을 뿌리치고 화장실로 달려 들어간 증순은 토악질을 하기 시작했다. 먹은 것도 없는 속에선 쓴물만 넘어왔다. 증순은 눈물을 찔끔거렸다. 하루 종일 감내해야 했던 모욕이 저 쓴물이 되어 나오는 것이라고 생각했다.

"마마, 안색이 백짓장 같으세요. 의원을 불러야겠습니다."

화장실 밖으로 나온 증순을 보고 옥염이 놀란 표정으로 말했다. 증순은 한사코 고개를 저었다.

"일본인 의원에게 몸을 맡기고 싶지 않구나. 잠시 쉬면 나을 테니 호들갑 떨지 말거라."

"하지만……?"

"내가 분기에 체해서 이런다."

옥염은 뜻 모를 소리를 중얼거리는 증순을 걱정스럽게 보았다. 옥염이 증순의 팔을 잡고 돌아서려는데, 낯익은 사람 둘이 앞을 막았다.

"마마, 어디가 편찮으시옵니까?"

흐릿한 미소를 머금고 나란히 서 있는 사람은 김 상궁과 윤 상궁이었다. 증순은 떨떠름하게 물었다.

"무슨 일인가?"

김 상궁이 고개를 살짝 숙였다.

"황후마마께옵서 마마를 따로 뵙기를 청하시옵니다."

"황후께서?"

"예."

"무슨 일로?"

"비천한 소인들이 어찌 황후마마의 깊으신 뜻을 알겠나이까? 다만, 같은 여인으로서 먼 길에 고생하셨을 마마를 위로차 부르신 듯합니다."

"흐음……."

증순은 잠시 생각에 잠겼다. 황후가 여러 귀족 부인들 앞에서 자신을 구경시키려는 모양이었다. 모욕이라면 얼마든지 받아 주겠다는 오기가 치밀었다.

"앞장서게."

증순을 따르려는 옥염을 윤 상궁이 막았다.

"너는 남아라."

"예에……?"

눈을 동그랗게 뜨는 옥염에게 윤 상궁이 말했다.

"황후전에서 조선의 궁녀 따윌 들이겠느냐?"

옥염은 지지 않고 맞받았다.

"내가 조선의 궁녀면 상궁님들은 일본의 궁녀이옵니까? 마마 혼자는 죽어도 보낼 수 없으니, 날 죽인 연후에 모셔 가든지 하시오!"

"이 아이가 미쳤나?"

옥염이 워낙 드세게 나오자 윤 상궁이 오히려 당황했다. 증순도 옥염을 거들고 나섰다.

"나도 옥염이 없이는 가지 않겠네."

잠시 고민하던 김 상궁이 대수롭지 않다는 투로 말했다.

"그럼 그렇게 하시지요."

결국 증순은 옥염을 데리고 김 상궁과 윤 상궁을 따라나섰다. 연회장을 빠져나온 네 사람은 긴 복도를 따라 한참 동안 걸었다. 미로 같은 복도를 몇 번이나 꺾었지만 앞장선 김 상궁과 윤 상궁은 멈출 생각을 하지 않았다. 어디가 어딘지도 모를 복도를 따라가다가 증순은 인적이라곤 없는 으슥한 공간에 다다르고 말았다. 심상치 않은 느낌을 받은 증순이 걸음을 멈추었다.

"대체 어디까지 가려는 건가?"

김 상궁이 윤 상궁과 함께 돌아서며 말했다.

"이제 거의 다 와 갑니다."

옥염이 증순의 뒤에서 소리쳤다.

"거짓말입니다, 마마! 이쪽은 황후전으로 가는 길이……."

퍼억!

옥염의 말이 끝나기도 전에 누군가 그녀의 뒤통수를 권총 개머리판으로 후려쳤다. 눈을 허옇게 까뒤집으며 옥염이 바닥에 쓰러졌다.

"웬 놈들이냐?"

놀라 돌아서는 증순의 정면에서 양복 정장에 중절모를 눌러쓴 건장한 사내 넷이 권총을 겨누고 있었다.

"내가 누군 줄 알고 감히……!"

하지만 증순도 더 이상 말을 잇지 못했다. 선두의 사내가 정권을 명치에 꽂아 넣은 것이다. 숨이 턱 막히며 눈앞이 아득해졌다. 짧은 순간 그녀의 눈가에 한을 품고 죽은 어머니와 반 폐인이 된 아버지 그리고 왕 같지 않은 남편의 얼굴이 쏜살같이 스쳐 지나갔다. 마지막으로 그녀의 망막에 어린 것은 석중의 얼굴이었다. 석중이라면 자신을 구해 줄 수 있을 것이다. 하지만 하급 무관인 그는 연회장에 들어오지 못하고, 황궁 입구인 니주바시二重橋 대문 옆 수행원 대기실에 머물고 있었다.

"석중 오라버니……!"

석중의 이름을 애타게 부르며 증순은 힘없이 쓰러졌다. 기절한 증순을 첫 번째 사내가 번쩍 둘러멨다. 김 상궁에게 눈인사를 건넨 사내들이 돌아서서 달렸다.

후미진 후원으로 달려 나온 사내들이 미리 준비해 둔 가마에 증순을 실었다. 그리고 양손과 양발을 묶고, 입에는 재갈을 물렸다. 네 사내가 가마를 들고 다시 급히 이동하기 시작했다. 사내들이 바람처럼 달려 몇 개의 문을 통과했다. 문마다 황궁 위병들이 지키고 있었지만 누구 하나 가마를 제지하려 하지 않았다. 그들은 가마를 든 사내들이 나는 새도 떨어뜨린다는 육군성 비밀특무대 요원들임을 알고 있었던 것이다.

밤늦도록 이어진 연회를 마치고 황궁을 나서려던 왕은 그제야 왕비가 사라졌음을 깨달았다. 이왕직 장관 민병석, 찬시장 윤덕영을 시켜 찾게 했지만 도무지 찾을 수가 없었다. 나중에는 데라우치 수상과 하세가와 총독은 물론 궁내청 대신 하타노까지 나서서 찾았지만 행방이 묘연했다.

"전하! 전하! 큰일 났사옵니다!"

옥염이 맨발로 달려온 것은 바로 그때였다. 불길한 예감을 애써 떨치며 왕이 떨리는 목소리로 물었다.

"무슨 일이냐?"

"왕비전하께서…… 괴한들에게 납치당하셨사옵니다!"

"왕비가 납치당하다니, 그게 무슨 말이냐?"

옥염이 눈물콧물을 쏟으며 김 상궁과 윤 상궁이 증순을 꾀어낸 일을 소상히 아뢰었다.

"그래서 김 상궁과 윤 상궁은 지금 어디에 있느냐? 왕비는 어디로 끌려갔고?"

"소녀가 기절했다 깨어 보니 상궁들도 사라졌고, 마마의 모습도 보이지 않았습니다. 하지만 뒤통수를 얻어맞고 쓰러질 때 권총을 든 수상한 사내들을 똑똑히 보았습니다. 두 상궁이 사내들과 작당하여 마마를 빼돌린 것이 분명합니다."

피를 토하듯 말하는 옥염을 보는 왕의 눈에 핏발이 섰다. 어디서 그런 용기가 났는지 왕은 평소 눈도 못 마주치던 데라우치를 사납게 노려보았다.

"어찌된 영문인지 설명해 주시오, 데라우치 수상."

하지만 데라우치의 얼굴은 태연 그 자체였다. 데라우치의 눈치를 살피던 민병석이 다급히 왕을 만류했다.

"고정하소서, 전하. 횡설수설하는 나인 아이의 말만 믿고 어찌 대일본국 총리대신을 몰아붙이십니까?"

"경은 왕비의 목숨보다 일본국 대신의 체면이 더 중하단 말인가?"

순둥이인 줄만 알았던 왕이 독기 어린 목소리로 쏘아붙이자 민병석은 입을 다물 수밖에 없었다. 겉으론 태연한 척했지만 데라우치도 당황스럽긴 마찬가지였다. 그 옛날 민비를 죽일 때의 태왕처럼 이번에도 왕이 대국의 위세에 눌려 왕비의 실종을 순순히 받아들일 줄 알았던 것이다.

'멍청한 놈들, 저 년까지 없애버리지 않고서!'

연신 콧물을 들이마시는 옥염을 데라우치가 어금니를 지그시 깨물고 쨰려보았다. 데라우치의 눈가에 스치는 살기를 궁내청 대신 하타노는 놓치지 않았다. 오랜 세월 황실을 돌보며 산전수전을 겪은 노 대신은 거의 직감적으로 데라우치가 이번 음모에 연관됐음을 알아차렸다. 묻어둘 것인가, 천황께 보고할 것인가가 문제였다. 조선 왕의 갑작스런 돌발행동으로 인해 그의 고민은 오래가지 않았다.

분기탱천한 얼굴로 데라우치와 하세가와를 노려보던 왕이 핑글 몸을 돌려 방금 빠져나온 연회장 건물을 향해 달려가며 고래고래 악을 썼던 것이다.

"천황폐하, 왕비를 살려주소서! 저는 천황폐하의 성심을 믿고 머나먼 황궁까지 알현을 왔건만, 어찌 저희 부부를 죽이려 하십니까? 천황폐하!"

데라우치의 안색이 급변했다. 연회장이 있는 건물에는 폐하의 침전도 있었던 것이다. 그가 민병석과 윤덕영을 향해 다급히 소리쳤다.

"막으시오! 어서!"

윤덕영이 왕의 앞을 막아섰고, 민병석이 뒤쪽에서 허리를 안았다.

"전하! 전하! 고정하소서!"

"놓아라, 역적놈! 내가 아직 왕의 칭호를 받는 몸인데 감히 옥체를 범하는가?"

서슬 퍼런 위세에 눌린 민병석이 저도 모르게 손을 떼고 물러섰다. 윤덕영도 왕에게 떠밀려 힘없이 엉덩방아를 찧었다. 왕이 건물 입구를 향해 뛰어가며 계속 부르짖었다.

"폐하! 폐하! 역적들이 폐하의 충직한 신하를 해치려고 합니다! 폐하, 저의 내자를 살려주소서! 왕비를 풀어 주소서!"

다급해진 데라우치가 현관을 지키고 있던 위병들에게 고함쳤다.

"뭘 멍청히 보고 있나? 잡아라!"

명령을 받은 위병들이 왕을 향해 우르르 달려갔다. 그때까지 침묵을 지키고 있던 하타노 대신이 버럭 소리쳤다.

"모두 물러서라!"

"!"

위병들이 멈칫하며 데라우치와 하타노의 눈치를 살폈다. 하타노가 위병들에게 눈을 부라렸다.

"일국의 왕이시다. 천황폐하 이외에는 누구도 손을 댈 수 없음을 모르느냐?"

데라우치가 낮은 소리로 항의했다.

"신성한 폐하의 침전을 어지럽히니 이러는 것 아니오?"

"이왕전하의 말처럼 비마마께서 납치를 당하셨다면 천황께서도 아셔야 하오."

"어찌 그런 말도 안 되는……."

당황하는 데라우치를 외면하며 하타노가 왕을 설득했다.

"위병들을 모두 풀어 비마마를 찾을 테니 고정하십시오. 만약 한 시간 안에 마마를 찾지 못하면 천황께 아뢰어 대책을 강구하겠나이다."

왕이 울먹이는 소리로 말했다.

"한 시간이면 사람 목숨이 열 번은 죽었다 살아날 것이오."

"무턱대고 천황의 성심을 어지럽힐 순 없습니다. 한 시간도 최대한 양보한 겁니다."

"나는 단 일 분도 기다리지 않겠소."

왕은 현관 앞에 주저앉았다. 그리고 독기 어린 얼굴로 선언했다.

"지금 당장 천황께 고해 왕비를 찾지 않으면 나는 이 자리에서 자결할 것이오. 그리되면 내선일체의 대업은 물거품이 되고, 일본은 항복한 나라의 왕을 끌어다 죽인 소인배로 세계인의 손가락질을 받을 것이오."

"흐음……."

데라우치와 하타노가 동시에 신음을 흘렸다. 비로소 사태의 심각성을 깨달은 것이다.

흔들리는 마차 안에서 증순은 깨어났다. 손과 발이 묶이고 입에 재갈이 물린 상태였다. 한동안 두려움에 떨던 증순은 결박을 풀려고 몸부림을 쳤지만 소용없었다. 그래서 이번엔 재갈을 뱉어내려고 얼굴을 이리저리 움직였더니 입이 조금 열렸다. 순간 증순은 힘을 다해 소리를 질렀다.

"우워어어!"

목소리는 나오지 않고 짐승의 울부짖음 같은 헛바람만 새나왔다.

'아아……. 어머니, 저는 이렇게 갈 운명이었나 봐요.'

니주바시 대문 옆 대기실에 앉아 있던 석중이 바람결에 이질적인 소리를 들은 것은 바로 그때였다. 바람에 바람이 섞이는 소리 같기도 했고, 바람결에 실린 사람의 목소리 같기도 했다. 그 정체불명의 소리로부터 증순을 떠올린 것은 순전히 우연이었다. 때론 사람의 간절한 염원이 고막이 아니라 가슴을 통해 전달되는 법이다.

석중은 눈을 가늘게 뜨고 대기실 창밖을 보았다. 가마를 든 채 잰걸음으로 황궁의 대문을 향하는 네 명의 사내들이 보였다. 석중은 대략 두 가지 면에서 사내들의 모습이 부자연스럽다고 생각했다. 첫 번째는 몸가짐이었다. 오랜 시간 몸을 단련한 듯한 사내들은 백 번 양보한다 해도 가마꾼으론 보이지 않았다. 두 번째 대문을 지키는 위병들의 태도였다. 바람조차 자유로이 출입할 수 없다는 삼엄한 니주바시 대문을 사내들은 검문도 받지 않고 통과하려는 중이었다.

"이봐, 어디 가?"

놀라서 외치는 동료 무관을 뒤로하고 석중은 대기실 문을 박차고 나왔다. 석중이 무서운 속도로 달려 막 대문을 빠져나가려는 가마를 추격했다.

"서! 거기 서라!"

뒤쪽에서 가마를 들고 뛰던 코가 뭉툭한 사내가 힐끗 석중을 돌아보았다. 그의 눈에 짧은 망설임이 스쳤다. 이대로 대문을 빠져나갈지 석중을 공격할지 고민하는 것 같았다. 사내가 결국 가마를 놓고 돌아섰다. 대문을 빠져나가기 전에 따라잡히리라 판단한 것이다. 옆에 있던 뱁새눈의 사내가 동료가 들었던 부분까지 받쳐 들었다.

코가 뭉툭한 사내가 석중의 정면을 치고 들어가며 주먹을 뻗었다. 석중은 반사적으로 고개를 비틀어 주먹을 흘려보냈다. 주먹이 살짝 스친 뺨에 칼에 베인 듯 가는 혈선이 그어졌다. 사내는 상상 이상으로 강했다. 눈 깜짝할 새에 사내의 주먹이 연거푸 날아왔고, 석중은 아슬아슬하게 피했다. 몇 번의 주먹질로 퇴로를 차단한 사내가 석중의 명치를 노리고 회심의 일격을 질렀다. 석중도 오른 손바닥에 기운을 모아 내뻗었다. 손바닥과 주먹이 부딪히는 순간, 뼈 으스러지는 소리가 울렸다. 둘 다 오랜 수련을 거친 손이었지만 석중의 손이 더 강했다.

"으아악! 내 손!"

부서진 손을 움켜잡고 사내가 뒹굴었다. 이렇게 되자 뱁새눈의 사내도 가만히 있을 수 없었다. 그는 결국 가마를 내려놓고 동료를 구하기 위해 달려왔다. 순식간에 거리를 좁힌 뱁새눈이 미처 방어 준비를 갖추지 못한 석중의 안면을 노리고 앞차기를 날렸다. 뱀 대가리 같은 발이 석중의 눈앞으로 날아왔다. 석중이 고개를 숙여 피하는 것과 동시에 뱁새눈의 무릎이 닥쳐들었다.

"흐윽!"

양손으로 간신히 막았지만 충격을 완전히 흡수하지 못한 석중이 주르륵 밀렸다. 뱁새눈이 기회를 놓치지 않겠다는 듯 강한 돌려차기를 날렸다. 석중은 허리를 눕힐 듯이 젖혀 피했다. 뱁새눈이 연달아 날린 돌려차기를 석중은 정신없이 뒷걸음질을 치며 피했다. 공격만 거듭하던 뱁새눈의 동작이 커지고 있었다. 그리고 이것은 석중이 노리는 바였다. 땅바닥을 쓸 듯이 휘둘러진 석중의 발이 뱁새눈의 발목을 가격했다. 사내가 균형을 잃고 비틀했다. 그 순간을 놓치지 않고 석중은 뱁새눈의 미간에 주먹을 꽂았다.

뱁새눈마저 당하고 나자, 마지막 두 사내까지 달려왔다. 그들의 손이 품속으로 들어가는 것을 보고 석중은 사내들이 총을 뽑으려 한다는 사실을 직감했다. 석중이 최후를 각오하며 온몸에 힘을 불어넣고 있을 때, 날카로운 고함 소리가 들려왔다.

"천황의 명이시다! 멈춰라!"

힐끗 돌아보는 석중의 눈에 헐레벌떡 달려오는 왕과 하타노, 그 뒤를 따라오는 데라우치, 하세가와, 윤덕영, 민병석, 옥염 등이 보였다. 외톨이 늑대처럼 짙은 살기를 풍기는 석중 앞에서 하타노가 멈칫했다. 무골인 데라우치도 긴장 어린 눈으로 석중을 보았다. 그런 하타노와 데라우치를 밀치고 옥염이 나섰다.

"무관님, 마마는요?"

석중은 말없이 마차를 쳐다보았다.

"마마님!"

"내가 가 보마."

눈물을 뿌리며 달려가려는 옥염을 왕이 제지했다. 그리고 마차를 향해 휘적휘적 걸어갔다.

"비……! 왕비……!"

가마 앞에 선 왕이 조심스럽게 불러봤지만 안에선 대답이 없었다. 왕이 가늘게 떨리는 손으로 가마의 휘장을 천천히 걷었다. 순간 기진하여 늘어진 증순의 모습이 보였다.

"왕비, 정신 차리시오!"

왕이 증순을 와락 안았다. 하타노가 사내들을 가리키며 일갈했다.

"저것들을 체포하라!"

왕은 기절한 증순을 업고 별궁으로 돌아왔다. 석중을 비롯해 찬시들이 대신 업겠다고 했지만 그는 고집을 부렸다. 땀을 뻘뻘 흘리며 증순을 업고 가는 그를 보며 석중은 자신이 어쩌면 왕에 대해 잘못 생각하고 있었는지도 모른다고 생각했다.

왕이 별궁 침소의 침대에 증순을 눕혔다. 그리고 바로 옆 의자에 앉아 그녀의 손을 잡았다. 그 모습이 어찌나 애틋한지 뒤쪽에 나란히 선 석중과 옥염은 오히려 당황스러웠다.

"몸이 땀에 젖었구나. 더운 물로 닦아줘야겠다."

"예, 전하."

옥염은 분부를 받고 방을 나갔다. 증순의 손을 계속 쓰다듬던 왕의 눈에서 눈물이 뚝뚝 흘렀다.

"미안하오……. 진정 미안하오……."

조용히 지켜보던 석중이 망설이듯 입을 열었다.

"나이는 어리지만 강한 분이십니다."

왕은 눈물 젖은 눈으로 석중을 돌아보았다. 그 눈에 맺힌 절망과 자괴가 감당하기 벅차 석중은 어금니를 지그시 깨물었다.

"본인조차 모르는 밝은 기운으로 주변까지 환하게 비추는 따뜻한 분이지요. 어여삐 여겨 주소서."

한동안 석중의 얼굴을 바라보던 왕이 독백처럼 중얼거렸다.

"나도 그러고 싶구나. 하지만 소중한 이는 모두 빼앗겼다. 망국의 왕은 아끼는 무엇 하나 소유할 수 없는 가련한 운명이 아니더냐?"

"……!"

석중은 눈을 크게 떴다. 십 년이 넘는 세월 동안 왕비를 방치했던 왕은 그것이 본심이 아니었노라 고백하고 있었다. 왕의 어깨가 무척 좁아 보였다. 망국의 왕은 좁은 어깨 위에 너무 큰 짐을 짊어지고 있는 것처럼 보였다. 다시 증순을 향하는 왕의 야윈 등을 석중은 한참 동안 내려다보았다.

"이만 물러가겠습니다."

막 방문을 열고 나가려는 석중의 뒤에서 왕의 목소리가 들렸다.

"자네와 왕비는 대체 어떤 사이인가?"

한동안 정면을 응시하던 석중이 천천히 돌아섰다.

"저는 시종무관이고, 마마는 목숨을 걸고 지켜야 할 웃전입니다. 그 이상도 이하도 아닙니다."

"미안하네. 그만 나가 보게."

방문을 열고 나오던 석중은 세숫물을 받아오는 옥염을 억지로 돌려 세웠다.

"마마님 세숫물 받아 오라는 전하의 분부 잊었어요?"

"지금은 두 분만 계시도록 해 주는 게 상책이다."

그날 묵은 어둠이 물러가고 신새벽이 올 때까지 왕은 비의 손을 놓지 않았다. 증순은 잠결에 따뜻한 체온을 느꼈다. 비몽사몽간에 단편적인 악몽을 연달아 꾸었는데, 그때마다 누군가의 다정한 손이 이마에 맺힌 땀을 쓸어주었다.

"어, 어머니."

그 손이 너무 따뜻해 증순은 어머니를 떠올렸다. 생전에, 건강하시던 때의 어머니는 그녀가 악몽에 시달릴 때마다 손바닥으로 이마의 땀을 닦아 주곤 하셨던 것이다. 간신히 눈을 뜨니 김이 서린 듯 시야가 뿌옜다. 그 사이로 자신의 이마를 수건으로 닦아주는 한 남자의 모습이 흐릿하게 어른거렸다. 그가 다름 아닌 왕이란 사실을 깨달은 그녀는 꿈속에서도 소스라치게 놀랐다.

"저, 전하!"

그녀가 짧은 외침을 지르며 벌떡 상체를 일으켰다.

"허억……, 허억……. 나 무관님?"

심장이라도 토할 듯 숨을 몰아쉬는 그녀 옆에 빙그레 웃으며 앉아 있는 사람은 왕이 아닌 석중이었다.

"악몽이라도 꾸셨습니까?"

"전하는요? 전하가 계시지 않았나요?"

석중은 고개를 갸웃했다.

"글쎄요……. 자정까진 옥엽이가 마마를 간호했고, 이후엔 제가 있었습니다만."

"그, 그래요."

서운함이 역력한 증순의 얼굴을 보며 석중은 답답함을 느꼈다.

"내가 여기 왔었다는 걸 비에게 알리지 말게. 알았는가?"

신신당부하던 왕의 얼굴이 떠올랐다. 복마전 같은 세상에서 왜 자신의 감정까지 속이며 살아야 하는지 도무지 이해할 수 없었다.

'그는 왕이고 나는 일개 무관이기 때문일지도 모르지.'

며칠 후, 왕과 증순은 창덕궁으로 돌아왔다. 떠날 땐 요란했지만 돌아올 땐 상여 행렬 같았다. 소기의 목적을 달성한 일본이 더 이상 홍보의 필요성을 느끼지 못했기 때문이다.

환궁하고 얼마 후에 창덕궁에서 큰 화재가 발생했다. 대조전에서 시작된 원인 불명의 큰불이 순식간에 내전 대부분을 집어삼켰다. 왕은 할 수 없이 낙선재로 거처를 옮겨야 했다. 성정각도 화마를 피할 수 없었으므로 증순도 어디론가 옮기긴 옮겨야 했다. 그러나 내전 대부분이 손상을 입은지라 마땅한 전각을 찾을 수가 없었다.

"마마, 어쩌면 좋습니까? 이러다간 밤하늘을 보고 눕게 생겼습니다."

이른 아침, 뼈대만 앙상하게 남은 영현문 앞에서 석중과 함께 간단한 세간을 짊어진 옥염이 울상을 지었다. 이왕직에 빨리 거처를 마련해 달라고 했으나, 이왕전하와 함께 낙선재로 드시라는 답변뿐이었다. 부부가 떨어져 산 지 십 년이 넘었다. 이제와 아무 일도 없었다는 듯이 합칠 순 없었다.

왕이 찬시 몇을 거느리고 나타난 건 바로 그때였다.

"웬만하면 낙선재로 오지 그러오?"

"……."

"낙선재 말고는 창덕궁에 거처할 만한 전각이 없지 않소?"

설득 조로 말하는 왕을 향해 증순은 차갑게 말했다.

"제가 왜 전하와 한 지붕 아래 머물러야 합니까?"

증순이 섭섭해하는 이유를 모르지는 않을 텐데, 왕은 흰 이를 드러내며 대수롭지 않게 답했다.

"그래 봬도 낙선재가 여섯 칸이나 되오. 비가 내 처소와 가장 먼 석복헌錫福軒을 사용한다면 마주칠 일도 드물 것이오."

속없이 웃는 왕을 원망 어린 눈으로 보던 증순이 마지못해 고개를 끄덕였다.

"그럼 석복헌을 쓰도록 하지요."

"그러면 되었소."

할 말을 마치고 찬시들과 함께 멀어지는 왕의 뒷등을 보며 증순은 한숨을 내쉬었다. 일본에 다녀온 이후 마른 모래처럼 버석대던 부부 사이가 조금은 달라졌다고 생각했는데, 아마도 그녀만의 착각이었던 모양이다.

"저런 분을 지아비라 모시고 사는 내가 실성한 사람이다."

옥염이 위로 조로 말했다.

"그래도 일본에서 마마께서 납치되셨을 땐 전하가 애를 많이 쓰셨습니다. 당장 마마를 내놓지 않으면 자결하겠다고 고래고래 소릴 지르셔서 하다노인가 하타노인가 하는 궁내청 대신을 움직이지 않았습니까?"

석중이 옥염의 입을 막으려고 눈을 부라렸지만 이미 시위를 떠난 화살이었다.

"또 마마께서 기절해 계시는 동안 물수건으로 사지를 닦아 주며 얼마나 정성스레 간병을 하셨다고요. 그 모습을 보고 소녀는 눈물이 앞을 가려서……."

실제로 콧물을 훌쩍이는 옥염을 향해 증순이 놀란 표정으로 물었다.

"그게 무슨 말이냐? 전하께서 날 구하기 위해 일본인들에게 자결하겠다고 소리를 치셨다고? 날 간호해 준 사람도 바로 전하라고?"

그제야 옥염이 기어들어가는 소리로 얼버무렸다.

"그…… 그게 그러니까……."

"똑바로 말하지 못할까!"

"모, 모두 사실입니다."

증순이 이번엔 석중을 째려보았다. 석중은 곤혹스런 표정으로 변명했다.

"알리지 말라는 전하의 지엄한 분부가 계셨던지라……."

"전하를 만나야겠어요!"

왕이 사라진 길을 향해 중순은 다급히 뛰어갔다.

"참새 혓바닥이 따로 없구나."

옥염을 면박 주며 석중이 중순을 황급히 쫓았다.

"전하! 전하!"

막 장락문長樂門을 통해 낙선재로 들려는 왕을 중순이 불러 세웠다. 왕이 의아한 듯 헐떡이며 다가오는 중순을 돌아보았다.

"무슨 일이오?"

"왜 숨기셨습니까?"

"내가 무엇을 숨겼단 말이오?"

"일본에서 제가 납치당했을 때 전하께서 구하지 않으셨습니까? 또한 밤새 저를 간호하지 않으셨습니까?"

왕의 표정이 굳어졌다. 추궁하는 듯한 그의 시선을 뒤따라 온 석중이 고개를 숙여 피했다.

"어찌 그랬는지 이유를 설명해 주소서, 전하."

작정한 듯 따지는 중순을 향해 왕은 착 가라앉은 음성으로 말했다.

"특별한 이유 따위는 없소."

"이유가 없다고요……?"

"왕실의 다른 척족이 비슷한 일을 당했다 해도 나는 비슷하게 행동했을 것이오."

증순은 그만 입을 다물었다. 대신 그녀의 눈이 진의를 파악하고야 말겠다는 듯 왕의 눈을 들여다보았다. 하지만 그의 눈에선 어떤 단서도 찾을 수 없었다.

"그만 가 봐도 되겠소? 아까부터 배가 살살 아파서 말이오."

그녀는 슬쩍 물러서서 길을 터주었다. 왕은 모면하고 싶은 자리에선 늘 배가 아프다는 핑계를 대지 않던가. 장락문 안으로 사라지는 그를 보며 증순은 긴 한숨을 내쉬었다.

"자결을 언급할 정도로 나를 구하기 위해 사력을 다해 놓고, 왜 그를 숨기려 하시는지 모르겠군."

불탄 창덕궁을 복구하기 위한 대대적인 작업이 시작되었다. 복구를 주도한 것은 증순의 백부이자 찬시장인 윤덕영이었지만 배후에서 은밀히 지시하는 사람은 총독 하세가와였다. 일본인 기술자들은 창덕궁을 재건한다는 명목으로 경복궁의 교태전交泰殿 일곽을 헐어다 썼다. 또한 강녕전康寧殿, 연길당延吉堂, 경성전慶成殿, 인지당麟趾堂, 흠경각欽敬閣, 함원전含元殿, 만경전萬慶殿, 홍복전洪福殿 등 사백여 칸에 달하는 전각을 헐어냈다. 일본인들은 의도적으로 조선 왕조의 궁궐을 훼손했고, 창덕궁은 군데군데 서양식으로 바뀌어 잉어 몸통에 붕어 비늘을 붙인 듯 부조화의 극치를 이뤘다. 일본인들이 왕궁을 헐어내기 위해 부러 화재를 일으켰다는 흉흉한 소문이 경성 거리에 파다했다. 왕은 낙선재에 갇혀 아무 말이 없었다. 증순은 가끔 백부를 만나 항의했지만 돌아오는 대답은 한결같았다.

"위대하신 천황께서 이왕부를 재건하기 위해 얼마나 많은 자금과 노력을 기울이고 있는데, 그런 불경스런 말을 입에 담으십니까? 내선일체의 광영 덕분에 비가 새는 누옥에 거처하게 되지 않은 것을 감사히 여기셔야 할 겁니다."

이미 일본인이 된 백부 앞에서 더 이상 할 말은 없었다.

제9장 붕어崩御

조용하던 낙선재에서 큰 소동이 일어났다. 일본에서 증순을 납치하려다 실패하고 사라졌던 김 상궁과 윤 상궁이 돌아온 것이다. 두 사람은 잠시 휴가를 다녀온 듯한 모습으로 증순 앞에 머리를 조아렸다.

"마마, 오랜만에 뵈옵니다."

이번만은 증순도 그냥 넘어가지 않을 결심이었다. 두 사람의 얼굴을 똑바로 쏘아보며 추궁했다.

"참으로 뻔뻔하군. 그런 끔찍한 일을 벌여 놓고 어찌 궁에 다시 발을 들여놓을 생각을 하였는가?"

김 상궁은 증순의 눈길을 피하지도 않았다.

"당시 소인들도 괴한들의 습격을 받고 큰 부상을 입었습니다. 천행으로 황궁 궁인들에게 발견되어 목숨을 건졌지요. 정신을 차려 보니 전하 일행은 이미 고국으로 떠나셨고, 저희는 간신히 치료를 마친 후 지금에서야 돌아올 수 있었나이다."

"그런 뻔한 거짓말을 믿을 것 같은가?"

"믿어 주소서. 저희는 결백하옵니다."

흥분한 증순이 장락문을 가리키며 고함쳤다.

"궁에서 당장 나가라!"

김 상궁과 윤 상궁이 나란히 비웃었다.

"송구하오나 마마, 저희의 출궁은 오직 이왕직에서 결정할 사안이옵니다."

"이이……!"

어금니를 사려 물고 상궁들을 노려보던 증순은 그만 맥이 탁 풀려 버렸다. 상궁들이 옳았다. 그녀는 허울뿐인 왕비였으므로 실세인 상궁들을 응징할 수단이 없었다.

"물러가라. 꼴도 보기 싫구나."

손을 휘휘 내젓는 증순을 향해 김 상궁과 윤 상궁이 예의를 갖춰 머리를 숙였다. 입술을 잘근잘근 깨물며 장락문을 나서는 두 상궁의 뒷등을 쏘아보는 증순 옆으로 석중이 다가섰다.

"저들을 감시하겠습니다."

"왜요?"

"원래 밖에서 도사린 승냥이보다 안에서 도사린 개가 더 무서운 법입니다. 또 어떤 음모를 꾸민다면 미리 막아야죠."

"무관님이 알아서 해 주세요. 하지만 저들이 일본인들의 비호를 받고 있으니, 너무 무리하지는 마세요."

"알겠습니다."

 적당히 하겠다고 말했지만 석중은 두 상궁을 철저히 감시했다.
 '이번만은 한 치의 빈틈도 허용하지 않을 것이다.'
 일본에서 증순이 납치당한 일로 그는 무거운 책임감을 느끼고 있었고, 그것이 고스란히 상궁들에 대한 감시로 이어졌다.
 석중의 집요하고 끈질긴 감시는 해를 넘기면서까지 계속되었다. 그리고 기미년己未年 정월 초에 그의 오랜 노력은 드디어 결실을 보았다. 새해를 맞아 창덕궁도 오랜만에 들뜬 분위기였다. 소주방 굴뚝에서 떡 찌는 연기가 피어오르고, 고드름이 주렁주렁 달린 전각들의 처마를 스쳐 전 부치는 냄새가 고소하게 퍼졌다.
 아침 일찍 석중은 우연히 윤덕영 찬시장이 김 상궁, 윤 상궁과 더불어 승화루承華樓 쪽으로 빠르게 걸어가는 것을 목격했다. 대수롭지 않게 세 사람을 향해 마주 가던 석중이 순간적으로 멈칫했다. 윤 찬시장의 몸가짐에서 주변의 이목을 피하려는 듯한 느낌을 받았기 때문이다. 눈 쌓인 커다란 소나무 뒤에 몸을 숨겼던 석중은 찬시장과 상궁들을 소리 없이 쫓았다.
 승화루로 들어간 세 사람이 문을 걸어 잠그고 무언가 속닥이기 시작했다. 석중은 문가에 귀를 대고 엿들으려 했지만 무슨 말들이 오가는지 정확히 알아들을 수는 없었다. 다만, 정월 열아흐레라는 말과 덕수궁이란 말만 간신히 엿들었다.

"그럼 수고들 해 주게. 총독께서 자네들에게 거는 기대가 크시네."

나오려는 기척이 들리자 석중은 재빨리 누각 아래로 몸을 날렸다. 그가 소리 없이 땅에 착지하는 것과 동시에 윤덕영과 상궁들이 밖으로 나왔다. 석중은 누각의 기둥 뒤에 도둑고양이처럼 몸을 숨긴 채 세 사람이 지나가기를 기다렸다. 주위를 살피며 종종걸음 치는 세 사람에게선 음모의 냄새가 물씬 풍겼다.

석중은 자신이 염려하던 일이 드디어 일어나려 한다고 직감했다. 중순을 만나기 위해 한달음에 석복헌으로 달려갔다.

"덕수궁이란 태왕전하를 말하는 게 아닐까요?"

검박하게 꾸며진 좁은 방 안에서 석중의 보고를 받은 중순이 긴장 어린 얼굴로 말했다. 듣기에 따라서는 백부와 두 상궁이 이달 열아흐레 날 덕수궁에 거처하시는 태왕전하를 시해하려 한다고 추측할 수도 있었다. 상상만으로도 끔찍해 중순은 손바닥으로 가슴을 쓸어내렸다.

"아직 확실하진 않으니……."

중얼거리는 중순의 말을 석중이 단호히 잘랐다.

"확실합니다."

"무슨 말씀인지……?"

"저들이 태왕전하를 시해하려는 게 확실합니다. 제 직감이 그렇게 소리치고 있습니다."

중순은 고개를 무겁게 끄덕였다. 석중은 빈말을 하는 남자가 아닌 것이다. 어찌해야 좋을지 갈피를 잡지 못하고 있던 증순은 자리를 박차고 일어섰다.

"전하를 만나 뵈어야겠어요."

"어쩌시려고요?"

"솔직히 말씀을 드리고 대책을 강구해야지요. 우리끼리는 덕수궁에 접근조차 할 수 없어요."

"전하께서 선뜻 움직이실지……?"

"아버님의 운명이 걸린 일이에요. 이번만은 전하도 다르실 겁니다."

"……어찌하면 좋겠소?"

석중을 대동하고 온 증순으로부터 경위를 들은 왕이 십 분 넘게 침묵을 지키다가 목구멍을 쥐어짜듯 뱉은 첫 마디였다.

증순은 단호히 답했다.

"먼저 전하의 결심이 중요합니다."

"나보고 뭘 어찌 결심하란 말이오."

"이 천인공노할 시해 음모를 막으려면 우리가 궁에서 갖고 있는 힘을 총동원해야 합니다. 그런데 그나마 남은 힘을 동원할 수 있는 분은 전하밖에 없으십니다."

"으음……."

왕의 입술을 비집고 가는 신음이 새나왔다. 한동안 무릎 위에 놓인 주먹을 부르르 떨던 그가 갈라지는 음성으로 물었다.

"내가 뭘 어찌하면 되겠소?"

증순은 마치 준비라도 해 온 듯 빠르게 설명하기 시작했다.

"찬시장이 김 상궁과 윤 상궁을 이용해 덕수궁 전하를 시해하려 한다면 아마도 독을 쓸 것이옵니다. 그러려면 누군가로부터 독을 건네받겠지요. 여기 나석중 무관이 상궁들을 미행하다가 독을 입수하는 현장에서 체포할 것입니다. 문제는 저나 나 무관에게 이들을 취조할 권한이 없다는 겁니다. 그러니 상궁들을 체포하면 전하께옵서 직접 취조하시어 여죄를 밝혀 주소서."

왕의 안색이 더욱 굳어졌다. 이왕직 장관을 거치지 않고 상궁을 직접 취조한다는 것은 총독부에 정면으로 반기를 드는 것이나 다름없었다. 왕의 염려를 헤아린 듯 증순이 부연했다.

"상궁들의 여죄만 밝혀낸다면 총독부도 이 일로 시비를 걸진 못할 겁니다."

"알았소. 그리하리다."

"또 한 가지, 저들이 열아흐레 날 일을 도모한다고 했으니 하루 전부터는 저희가 덕수궁에 거처해야 합니다. 그래야 만약 나 무관이 상궁들을 체포하지 못해도 태왕전하를 지킬 수 있을 테니까요."

"하지만 저들은 내가 덕수궁에 문안 가는 것조차 한사코 말리고 있는데······."

저들이란 총독부와 그 사주를 받은 이왕직 장관 한창수韓昌洙를 일컬었다. 민병석에 이어 이왕직 장관이 된 한창수는 전임 장관을 몇 배 능가할 정도의 골수 친일파였다. 특히 그는 영친왕英親王과 일본 마사코方

子 황녀와의 혼인을 추진해 태왕의 진노를 한 몸에 받고 있었다.

'아마도 그 때문일 테지.'

태왕은 한사코 조선 왕실과 일본 황실의 혼인을 반대했다. 후일 독립을 이루었을 때 복벽의 기회가 영영 사라질지도 모른다는 불안감 때문이었다. 이처럼 태왕은 줄기차게 독립을 꿈꾸었고, 아마도 그것이 일제로 하여금 노회한 왕에 대한 암살까지 결심하도록 만들었을 것이다.

여기까지 생각한 증순은 목소리에 힘을 실었다.

"무슨 핑계를 대서라도 밀고 들어가야 합니다. 그래야 덕수궁의 아버님을 지켜드릴 수 있습니다."

왕도 결심한 듯 고개를 크게 끄덕였다.

"알겠소. 내 반드시 그리하리다."

오후에 석중은 무관부에 병가를 냈다. 독감 때문에 며칠 쉬어야겠다는 석중의 멀쩡한 얼굴을 영관으로 승차한 김상태가 위아래로 훑었다. 그러나 별말 없이 휴가증에 인장을 찍어주었다. 이병무가 숙환으로 한동안 무관부를 비운 상태였고, 예전에 석중에게 호되게 당했던 김상태는 아직 석중을 어려워했다.

휴가를 얻은 석중은 거의 하루 종일 김 상궁과 윤 상궁을 미행했다. 측간에 갈 때와 잠자리에 들 때만 빼놓곤 감시의 눈초리를 거두지 않았다. 상궁들은 좀처럼 움직이려 하지 않았다.

시간은 빠르게 흘러 열여드레 날 아침이 밝을 때까지 상황은 진전되지 않았다. 그날 오전 왕과 중순은 덕수궁으로 향했다. 대한문大漢門을 지키던 일본 경비병들이 왕과 중순을 막아섰다. 옥염이 병사들 앞으로 나서서 목청을 높였다.

"전하와 비마마께서 태왕전하가 편찮으시다는 소식을 들으시고 문후를 여쭈러 왔소! 당장 문을 여시오!"

콧수염을 더듬이처럼 기른 이등육위가 앞으로 나섰다.

"이왕직으로부터 그런 지시를 받은 적이 없소이다. 전하께서는 일단 창덕궁으로 환궁하시는 게 좋겠소."

"태왕전하가 편찮다고 하지 않소. 부자 간 상봉을 막았다가 불상사라도 생기면 후환을 어찌 감당하려오!"

"나 이거야 원……!"

이등육위는 귀찮아하는 기색이 역력했다. 하필이면 자신의 근무 시간에 이런 곤란한 상황을 맞닥뜨린 것이 짜증스러운 듯했다. 이등육위가 인화문仁和門 옆 작은 초소를 향해 돌아섰다.

"그럼 본부에 전화해서 지시를 받겠습니다."

"기다리세요, 장교님."

중순은 그를 불러 세웠다. 이등육위 앞으로 바싹 다가선 중순이 그의 손에 백 원짜리 수표 한 장을 슬그머니 쥐어주었다. 수표를 본 장교가 흠칫 놀라는 듯했으나, 이내 흠흠 헛기침을 하며 부하들 몰래 챙겨 넣었다. 백 원이면 의사의 한 달 치 월급에 해당했고, 이등육위로서는 석 달 치 월급에 맞먹는 거금이었다.

이등육위가 왕을 향해 공손히 말했다.

"태왕께서 편찮으시다니 일단 들어가십시오. 그동안 제가 이왕직에 보고를 올리겠습니다."

"그래 주면 고맙겠군."

이등육위가 부하들을 향해 소리쳤다.

"이왕전하의 태왕전하 문후시다! 대문을 열어라!"

인화문을 통과하는 중순의 입가에 미소가 걸렸다. 들어가기가 어렵지 일단 들어간 후에 버티기는 그리 어렵지 않을 것이다.

점심시간이 지날 무렵 석중도 이상한 낌새를 챘다. 소주방으로 들어간 김 상궁과 윤 상궁이 나올 생각을 안 했다. 문을 박차고 뛰어든 석중을 늦은 점심을 먹던 상궁들과 나인들만 눈을 동그랗게 뜨고 쳐다보았다.

"김 상궁님과 윤 상궁님은 어디로 가셨는가?"

다급히 묻는 석중을 향해 나인 하나가 반대편 쪽문을 가리켰다. 그런 쪽문이 있는 줄도 몰랐던 석중은 이를 갈아붙이며 문을 박차고 나갔다. 바람처럼 달렸지만 상궁들의 흔적은 찾을 수 없었다. 어차고御車庫 앞에서 가쁜 숨을 몰아쉬며 두리번거리던 그가 곧장 돈화문을 향해 뛰었다. 막 돈화문을 빠져나온 석중의 눈에 저쪽 육조 거리를 향해 총총히 걸어가는 김 상궁과 윤 상궁의 뒷등이 보였다. 석중은 숨을 고르며 상궁들을 미행했다.

운종로와 청계천이 만나는 모퉁이에서 영국제 다임러 리무진 한 대가 미끄러지듯 멈췄다. 나란히 걷던 김 상궁과 윤 상궁 바로 옆이었다. 주위를 두리번거리던 상궁들이 재빨리 리무진 뒷문을 열고 들어갔다. 거리가 멀어 차 안에서 무슨 일이 벌어지고 있는지 알 수 없었지만 석중은 조급해 하지 않았다. 내일이 예정된 열아흐레이고 보면 분명 독극물을 건네받을 것이다.

리무진을 빠져나오자마자 두 상궁은 창덕궁으로 향했다. 석중은 계속 미행했다. 상궁들이 돈화문을 통과하자마자 석중은 그들을 덮쳤다.

"이, 이게 뭐하는 짓거리냐?"

윤 상궁이 석중의 팔목을 깨물며 강하게 저항했다. 그러거나 말거나 품속을 뒤져 기어이 작은 비단 주머니를 찾아냈다. 주머니 안에서 기름종이로 꽁꽁 싸맨 회색 덩어리가 나왔다. 언뜻 봐도 비소가 분명했다. 증거물을 확보한 석중이 김 상궁의 멱살을 틀어쥐었다.

"할멈은 이제 죽은 목숨이야."

"사람 살려! 사람 살려!"

윤 상궁의 다급한 비명을 듣고 일본 경비병 몇이 몰려왔다. 소식을 들은 김상태와 임기홍도 시종무관 십여 명을 거느리고 달려왔.

김 상궁의 멱살을 잡은 석중을 향해 김상태가 황당한 듯 말했다.

"석중이 자네 미쳤는가?"

석중은 비단 주머니를 흔들며 당당히 소리쳤다.

"이 요망한 것들이 궁에 비소를 들여와 태왕전하를 시해하려 했다!"

임기홍의 눈이 커다래졌다.

"그, 그게 사실인가?"

"지금 당장 덕수궁에 가 계신 전하와 비마마를 모셔 오시오. 두 분 전하께서 진실을 명명백백히 밝혀주실 것이오."

사태가 심상치 않음을 깨달은 김상태가 눈짓을 했고, 임기홍이 덕수궁을 향해 내달렸다.

함녕전咸寧殿에서 아들 부부의 갑작스런 방문을 받은 태왕전하는 크게 놀라는 눈치셨다. 하지만 왕이 오랜만에 문후를 왔노라 아뢰고, 증순이 이런저런 세상 돌아가는 얘기를 해 드리자 오랜만에 말벗이 생겼다며 기뻐하셨다. 서양식으로 꾸며진 거실에 둘러앉아 평소 좋아하시는 커피를 마시며 담소를 나눴는데, 전하는 안색이 밝은 대춧빛으로 정정해 보이셨다.

이때 증순의 백부 윤덕영과 이왕직 장관 한창수가 사색이 되어 뛰어들었다.

"전하, 어쩌자고 이러십니까?"

"덕수궁을 방문하시려면 이왕직에 사전에 알리셨어야죠!"

왕은 두 사람을 여유 있게 돌아보았다.

"이왕직에서는 안 된다고만 하지 않나? 찬시장 또한 요즘 통 얼굴을 볼 수가 없으니 말하고 싶어도 할 수가 없었소."

할 말이 없어진 두 사람이 서로의 얼굴만 쳐다봤다. 백부 덕영이 태왕과 이왕을 번갈아 보며 설득 조로 말했다.

"어쨌든 태왕께 문후도 드렸으니 그만 일어나소서. 창덕궁을 너무 오래 비워 두시면 안 됩니다."

"창덕궁에 훔쳐갈 보물이 아직 남았답니까? 나는 궁 복원에 다 녹여 쓴 줄 알고 있었소만."

왕에게 허를 찔린 윤덕영이 머리를 조아렸다.

"전하, 어찌 그런 망극한 말씀을……?"

"어쨌든 나는 오늘 밤 아버님 곁에 있을 것이오. 경들은 그런 줄 알고 이만 물러가오."

"이러시면 정말 곤란합니다, 전하."

"찬시장이 나를 협박하는가!"

왕이 버럭 고함치자 윤덕영과 한 장관의 얼굴에선 당황하는 기색이 역력했다. 왕을 함부로 끌어낼 수도 없는지라 전전긍긍했다. 왕과 비를 덕수궁에서 끌어내리고 안달하는 두 사람을 보며 증순은 자신들의 추측이 정확했음을 알았다. 이들은 내일 열아흐레 날 태왕을 시해하려는 음모를 진행 중인 게 분명했다.

'끝끝내 버텨낼 테니 두고 봐라!'

증순이 결의를 다졌다. 하지만 임기홍이 갑자기 거실로 뛰어들면서 상황은 급변했다.

"큰일 났습니다, 전하! 나석중 무관이 돈화문 안쪽에서 제조상궁의 멱살을 틀어쥐고 독약을 찾았다며 소리를 지르고 있습니다. 속히 가셔서 시시비비를 가리셔야 할 줄로 압니다."

왕과 증순은 의미심장한 눈빛을 교환했다. 계획이 척척 맞아떨어지고 있었던 것이다.

"아바마마, 창덕궁에 작은 소동이 있어 가 봐야 할 듯합니다. 다시 문후 올릴 때까지 강건하소서."

"그래……. 그래……. 어서 가 보아라."

인자하게 웃으며 손을 젓는 태왕의 용안을 증순은 다시 한 번 보았다. 가장 힘든 시절에 늘 따뜻한 말과 미소로써 위로해 주셨던 시아버님이시다.

'전하, 믿으소서. 저들이 전하를 해치도록 놔두지 않을 것입니다.'

증순은 백부의 얼굴을 똑바로 보며 말했다.

"제조상궁의 일은 가벼이 넘길 문제가 아니니 두 분도 창덕궁으로 가시죠."

"그렇게 하시지요."

순순히 따라나서는 백부와 한창수를 보며 증순은 문득 안개처럼 의혹이 일었다. 만약 태왕전하의 시해 음모에 이들이 가담했다면 적어도 둘 중 하나는 덕수궁에 남으려고 했을 것이다. 너무 순순히 따라나서는 폼이 아무래도 이상했다. 하지만 음모를 실행에 옮길 김 상궁과 윤 상궁이 석중의 수중에 있으니 괜찮을 것이라고 스스로를 안심시키며 증순은 왕과 함께 창덕궁으로 향했다.

황적색으로 변한 서쪽 하늘이 정월 추위에 꽁꽁 얼어 터질 듯 부풀었다. 알록달록한 돈화문 단청에는 햇볕의 잔재가 깃털처럼 남아 있었다.

하지만 아래쪽 기둥은 늪에 빠진 거인의 다리처럼 시커메졌다. 싸라기 눈이 먼지처럼 흩날리는 돈화문 안쪽 광장에 김 상궁과 윤 상궁이 꿇려 있었다. 바로 앞에 추상같은 기세의 왕과 증순이 나란히 서 있었다. 좌우편에 각각 석중과 옥염 그리고 윤덕영과 한창수가 자리를 잡았다. 일본 경비병들은 멀찍이 물러서서 만일의 사태에 대비했고, 김상태와 임기홍을 비롯한 시종무관 열 명이 횃불을 대낮처럼 밝혀 들었다.

증순은 노기 띤 눈으로 김 상궁을 쏘아보았다. 백발을 잘 빗어 넘긴 상궁은 왕과 비 앞에서도 단정했다. 늙은 상궁의 가슴에 켜켜이 쌓인 적의가 증순의 눈에는 훤히 보이는 듯했다. 저 여인이 왜 저토록 왕가에 반감을 품고 있는지 증순은 알지 못했다. 하지만 일본인들보다 저런 사람들이 더 큰 위협이 되리란 사실만은 분명히 알았다.

왕이 상궁에게 호통을 쳤다.

"너희의 죄를 스스로 알렷다?"

김 상궁의 입꼬리가 슬쩍 비틀렸다.

"죄를 물으시니 죄가 있을 것인데, 그 죄를 알지 못하겠으니 난감하옵니다."

"네 혓바닥이 참으로 요사하다. 하지만 증좌가 명백하니 손바닥으로 하늘을 가릴 수는 없을 테지."

김 상궁이 말없이 웃었다. 그 웃음이 왠지 불길해 보인다고 증순은 생각했다. 추궁 받는 자의 자포자기한 웃음이 아니라 추궁하는 자의 머리 꼭대기에 올라앉았다는 자신감이 엿보이는 웃음이었다. 증순은 고개를 돌려 백부의 안색을 살폈다. 백부 또한 당황하는 기색이 없었다.

자신들의 음모가 만천하에 까발려지기 직전인 사람이라고 보기엔 너무 여유가 만만했다. 무언가 일이 잘못 돌아가고 있었다. 하지만 꼭 짚어 낼 수가 없었다.

김 상궁의 얼굴을 겨눈 왕이 쐐기를 박듯이 말했다.

"네가 비소를 숨겨 들여오지 않았느냐? 그것으로 망극하게도 태왕전하를 시해하려 하지 않았느냐?"

"비소라뇨? 소인은 금시초문입니다."

"네가 나 무관에게 비소를 빼앗기는 것을 여럿이 보았다. 그런데도 부정할 테냐?"

오히려 답답하다는 듯 한숨을 길게 쉬며 김 상궁이 청했다.

"원하옵건대 그 비소란 것을 보여 주소서. 저도 구경해 보고 싶습니다."

"나 무관!"

"예, 전하!"

"당장 비소를 보여라!"

"알겠습니다!"

석중이 비단 주머니 안에서 기름종이로 꽁꽁 싸맨 회색빛 덩어리를 꺼냈다. 왕이 석중의 손바닥 위에 놓인 덩어리를 가리키며 외쳤다.

"저것이 비소가 아니고 무엇이냐?"

"전하……, 저것은 비소가 아니라 죽염이옵니다."

김 상궁이 오랫동안 노렸던 사냥감의 심장에 창을 박은 사냥꾼처럼 웃었다. 반대로 왕과 증순의 얼굴이 참담하게 일그러졌다. 비소인지 죽염인지 모를 덩어리를 손에 든 채 석중은 항변했다.

"그럴 리가 없습니다, 전하! 이것은 비소가 분명합니다!"

"그 죽염을 이리 줘 보시오."

김 상궁이 손가락을 까닥까닥하자 석중은 눈을 치뜨며 물었다.

"뭐하려고?"

"내가 손가락으로 찍어 직접 맛을 보리다."

어찌하면 좋겠냐는 듯 돌아보는 석중을 향해 증순은 고개를 끄덕였다. 그녀도 이제 저 덩어리가 대체 무엇인지 알고 싶었다.

늙은 상궁을 향해 기름종이에 싸인 회색 덩어리를 마지못해 내미는 석중을 좌중이 눈을 크게 뜨고 지켜보았다. 김 상궁이 덩어리를 손가락으로 비볐다. 그리고 회색 가루가 묻은 손가락을 천천히 입으로 가져갔다. 손가락이 김 상궁의 입안으로 들어가는 것을 왕과 증순은 똑똑히 지켜보았다. 김 상궁은 모두 들을 수 있도록 아예 손가락을 소리 내어 쪽쪽 빨았다.

"이, 이럴 리가 없는데……."

멀쩡한 김 상궁을 귀신이라도 되는 양 쳐다보던 석중은 회색 덩어리 한 귀퉁이를 깨물었다. 으적으적 씹던 석중이 망연히 중얼거렸다.

"정말…… 소금이구나."

순간 증순은 백부를 홱 돌아보았다. 백부의 입가에 서린 악랄한 미소를 발견한 그녀는 아찔한 현기증을 느꼈다. 그때 증순이 왕을 향해 외쳤다.

"덕수궁의 태왕께서 위험하십니다, 전하!"

덕수궁 태왕의 처소를 향해 가던 증순과 왕은 황망히 함녕전 밖으로 나오는 전의감 한상학韓相鶴과 마주쳤다. 당황하는 기색이 역력한 한상학을 향해 증순이 물었다.

"전의감이 야심한 시각에 함녕전에는 어인 일이오?"

한상학이 증순의 배후에 선 윤덕영과 한창수의 눈치를 살피며 답했다.

"태왕전하께서 위중하신지라……."

왕의 안색이 급변했다.

"몇 시간 전까지 정정하셨던 태왕께서 위중이라니?"

"아마도 저녁 수라를 드시고 급체하신 듯한데……."

"허튼 소리 마라!"

왕이 한상학을 밀치고 함녕전 안으로 들어갔다. 증순이 재빨리 뒤따랐다. 침소의 아랫목에 반듯이 누운 태왕전하의 안색은 이미 흙빛이었다. 불과 한 시간 전만 해도 대춧빛으로 빛나던 얼굴이 순식간에 사색으로 변해버린 것이다.

"아아…… 아버님!"

참담한 현실이 믿기지 않는 듯 왕이 태왕전하 옆에 무릎을 꿇었다. 눈물이 앞을 가렸지만 증순에겐 꼭 해야 할 일이 있었다. 그녀는 시신을 꼼꼼히 살폈다. 시신은 이가 빠져 있었고, 혀가 심하게 부어 있었다. 또한 목에서부터 가슴까지 검은 줄이 길게 나 있었다. 누가 봐도 독살이 분명했다. 증순이 눈물을 뚝뚝 흘리는 왕을 향해 떨리는 음성으로 속삭였다.

"전하, 독살이 분명합니다."

"조용히 하오."

왕의 손바닥이 증순의 입을 틀어막았다. 눈물에 젖은 그의 동공에서 증순 자신에 대한 걱정을 읽을 수 있었다. 증순이 알았다는 듯 고개를 끄덕인 후에야 그가 천천히 손을 치워주었다.

"전하, 원통하옵니다!"

증순이 설운 울음을 터뜨리자 왕도 통곡을 시작했다. 살얼음이 낀 듯 차가운 밤하늘로 부부의 곡하는 소리가 퍼져 나갔다.

기미년 열아흐레 날, 조선 제 이십육 대 임금께서 한 많은 삶을 마감하셨다.

다음 날 이왕직에 국장도감이 설치되는 것과 동시에 덕수궁 중화전中和殿에서 장례식이 엄숙히 거행되었다. 하세가와 총독과 야마가타 이사부로 정무총감을 비롯해 총독부의 고관들과 이왕직 장관 한창수, 찬시장 윤덕영, 시종무관장 이병무, 중추원 원로들인 이완용, 송병준, 민병석과 종친들이 중화전에 모여 문상객들을 맞았다.

그런데 조선 왕실의 법도에 따라 거행되던 장례 절차가 일본 궁내청으로부터 "일본식 국장으로 치르라" 하는 칙령이 내려지면서 갑자기 일본식으로 바뀌었다. 결국 일본에서 제관장 이토 히로쿠니伊藤博邦가 급파됐고, 그의 주도 하에 태왕께서 평소 기거하던 함녕전에서 일본 전통의 장례 의식인 봉고제奉告祭가 치러졌다.

"아아…… 아버님께선 장례조차 선조의 예법을 따르지 못하시는구나."

조선식 장례복이 아닌 일본식 의례복을 입은 각료들과 종친들을 보며 나직이 탄식하는 왕을 옆에서 지켜보는 증순의 마음도 미어졌다. 의도한 바는 아니지만 선왕을 강제 퇴위시키고 왕위에 오른 것에 대해 늘 죄책감을 품었던 그의 마음을 알기에 더욱 그랬다.

장례가 일본식으로 진행된다는 소식을 들은 귀족들과 종친들도 조선의 장례복이 아니라 양복을 입고 문상을 왔다. 다만 대한문 밖에 몰려든 일반 백성들만 흰 두루마기를 입고 엎드려 통곡했다. 이 소식을 전해 들은 왕이 탄식했다.

"아아……, 백성들이야말로 진정 충신들이로다."

보통 수개월간 계속되는 장례는 느리게 진행되었다. 선왕에 대한 애도의 마음으로 충만해야 할 장례였지만 끊임없이 예법을 무시하는 일본인들과 친일 귀족들의 등쌀에 왕은 슬퍼할 겨를조차 없었다. 하지만 그는 결코 분노를 드러내는 법이 없었다. 지독한 가뭄을 견디는 나무처럼 모든 모멸을 참으며 선친의 영정 앞에서 눈물조차 아꼈다.

장례가 보름쯤 진행된 날 밤, 탈진한 왕이 잠시 덕수궁 석어당昔御堂에 묵기로 했다. 방 안에 멍하니 앉아 있던 그는 증순이 따라 들어오자 흠칫 놀라는 눈치였다. 증순은 아무 말 없이 왕 앞에 마주 앉았다. 어느덧 증순의 존재 따윈 까맣게 잊은 듯 왕은 넋이 나간 사람처럼 정면 벽을 바라보았다. 왕의 시선이 머무는 곳에는 아무것도 없었다. 그 텅 빈 백지에 슬픔마저 삭여야 하는 비루한 삶이 일렁일 뿐이었다. 삶과 죽음이 그렇게 하나로 연결되어 있음을 깨우치며 증순은 감당하기 힘든 아픔을 느꼈다. 설움이 복받친 증순은 왕 앞에 엎드려 오열했다.

"우시옵소서, 전하. 세상의 어떤 아들이 아비의 죽음 앞에서조차 울지 못한답니까? 여염집 사내처럼 목 놓아 우소서."

어깨를 들썩이며 눈물을 뚝뚝 흘리는 증순을 조용히 굽어보던 왕이 헛헛하게 웃었다.

"날 위해 우는 거요?"

"예, 신첩이 전하를 위해 우옵니다. 혼례를 치른 지 십수 년 만에 지아비를 위해 처음 우옵나이다."

물끄러미 증순을 보던 왕이 천천히 손을 뻗었다. 그의 떨리는 손이 어깨에 닿자 증순이 흠칫 고개를 들었다. 어느새 왕의 눈에서도 눈물이 흐르고 있었다. 부부는 그렇게 서로의 눈물을 한동안 바라보았다. 증순의 어깨를 어루만지던 왕의 손이 뺨으로 옮아갔다. 젖은 뺨을 만지며 그가 떨리는 음성으로 속삭였다.

"사모했소."

"예?"

"당신을 사모했소."

"……"

십 년 넘게 방치해 놓고 사모했다니 증순은 그것이 어떤 의미인지 알 수 없었다. 그녀는 떨리는 목소리로 간신히 물었다.

"어, 언제부터이옵니까?"

"안국동 별궁에서 혼례식을 올리던 날, 당신이 내 옆에서 우스꽝스럽게 넘어졌을 때부터."

"아아……!"

다시 목이 콱 메어와 증순은 아무 소리도 낼 수 없었다. 마치 오랫동안 큰 물길을 막았던 둑이 터지듯 왕의 목소리는 가팔라지고 있었다.

"허나 지킬 수 없었으므로 드러낼 길 또한 없었소. 저들은 내가 소중히 여기는 것을 모두 빼앗아 갔소. 당신을 향한 마음을 알아차린다면 저들은 당신마저 앗아 가려 했을 거요. 나는 진실로 두려웠소."

"전하!"

증순이 한 떨기 꽃잎처럼 스러져 왕의 품에 안겼다. 처음 느껴 보는 따뜻한 품이었다. 그것은 어머니와의 오랜 약속이었으며, 스스로 지향했던 단 하나의 염원이었다. 너무도 벅차서 서글픈 지아비의 가슴으로 파고들며 증순은 열에 들뜬 목소리로 중얼거렸다.

"아무 말씀 마소서. 아무 말씀 마소서."

막 불이 꺼진 석어당 섬돌 아래 석중이 석상처럼 서 있었다. 어둠에 얼룩진 미닫이가 꼭 검은 벽처럼 보였다. 그 벽 너머에는 자신이 우연히 십수 년을 지키게 된 한 여인이 있었다. 오랫동안 버림받아 홀로 외로웠던 그녀는 오늘 밤 지아비의 품에 안겨 질긴 외로움에 종지부를 찍었다. 그도 진심으로 기뻤다. 아니, 기뻐해야 마땅했다. 머리로는 그렇게 생각하는데, 가슴에선 벌건 불길이 치솟았다. 미친 질투의 불꽃이 심장을 살라 버릴 기세였다. 이대로 있다간 온몸이 마른 장작처럼 활활

타 버릴 것만 같아 석중은 황급히 몸을 돌렸다. 누군가는 대가를 치러야 할 것이다.

"덴노헤이가 반자이!"

그날 밤, 을지로 입구 동양척식회사 맞은편 유명한 요정 명월관에서 일단의 남녀가 술잔을 높이 들고 목청 높여 "천황폐하 만세"를 외치고 있었다. 태왕 제거라는 대업을 완수하고 기분 좋게 연회를 즐기는 사람들은 이왕직 장관 한창수, 찬시장 윤덕영, 전의감 한상학 그리고 김 상궁과 윤 상궁이었다. 한창수가 친동생인 한상학의 잔에 넘치도록 술을 부어주며 치하했다.

"이번 거사에 전의감의 공이 컸네."

"과찬이십니다. 저기 김 상궁이 스스로 미끼가 되는 계책을 내놓지 않았다면 성공하기 힘들었을 겁니다."

한상학이 김 상궁에게 공을 넘기자 윤덕영도 동의하듯 고개를 끄덕였다.

"김 상궁이 사내로 태어났다면 우리들 머리 위에 앉아 있었을 거야."

김 상궁이 엷게 웃으며 응수했다.

"제가 이미 대감님들의 머리 위에 앉아 있는 줄을 모르신단 말입니까?"

윤덕영과 한창수가 무릎을 쳤다.

"핫하하! 과연 김 상궁일세."

"오늘은 코가 비뚤어지게 마셔 보세."

새벽이 되어서야 한상학과 김 상궁, 윤 상궁이 명월관을 나섰다. 한창수와 윤덕영은 어린 기생을 하나씩 끼고 잠들었다. 한상학이야 원래 그런 쪽으로 도통 관심이 없어서 상궁들을 따라나선 것이다.

"내가 두 분을 돈화문 앞까지 모셔다 드리리다."

한상학이 길 건너 골목에 세워둔 자신의 마차로 상궁들을 안내했다. 세 사람을 허리에 일본도를 비껴 찬 일본 낭인 셋이 호위했다. 일진회에 소속되어 독립운동가들을 암살하는 사냥개들이었다. 으슥한 골목으로 들어서던 한상학이 자신의 앞을 막아선 젊은이를 발견하고 멈춰 섰다. 낯익은 얼굴이었는데 누군지 떠오르지가 않았다. 옆에 있던 김 상궁이 먼저 젊은이를 알아보고는 긴장된 목소리로 말했다.

"나석중 시종무관 아니시오?"

"아, 그 시종무관!"

그제야 석중을 알아본 한상학이 손뼉을 쳤다. 그것을 신호로 석중이 달려왔다. 낭인들이 일본도를 뽑으며 석중을 가로막았다.

바람 소리와 함께 세 자루의 일본도가 석중의 얼굴, 가슴, 다리를 노렸다. 석중이 물결처럼 칼날들을 흘려보냈다. 석중의 양 손바닥이 네댓 개 환영을 그리며 허공을 가르는가 싶더니 낭인들이 차례로 칼을 놓치며 고꾸라졌다.

믿었던 낭인들이 추풍낙엽처럼 쓰러지자 한상학은 사색이 되었다. 짙은 살기를 일렁이며 다가오는 석중을 피해 주춤주춤 뒷걸음질을 치며 우물거렸다.

"내, 내가 뭘 잘못했다고 이러시나?"

석중이 한상학의 멱살을 잡아 얼굴을 바싹 끌어당겼다.

"너는 전의감의 신분으로 태상왕을 시해했다. 이는 명백한 대역죄이니 죽어도 할 말이 없을 것이다."

"으어어……!"

자신의 목을 노리고 오른손 수도를 화악 쳐드는 석중을 향해 한상학이 무슨 말인가 하려고 했다. 하지만 석중의 수도가 빨랐다.

빠각!

수도가 목을 때리는 순간 뼈 부러지는 굉음과 함께 한상학의 눈알이 돌아갔다. 전의감은 비명조차 지르지 못하고 죽었다. 석중이 핏발 선 눈으로 이번엔 김 상궁과 윤 상궁을 보았다. 겁에 질린 윤 상궁이 몸을 돌려 도망치기 시작했다.

"사, 사람 살려!"

목이 터져라 외쳤지만 새벽의 단잠을 포기하고 그녀를 구하러 와 줄 사람은 없었다. 석중이 뒤쪽에서 그녀의 목을 닭 모가지처럼 꺾어 버렸다. 무언가를 찾는 사람처럼 양손을 허우적대던 윤 상궁이 땅바닥에 얼굴을 처박았다. 천천히 돌아서는 석중 앞에 마지막으로 김 상궁이 보였다. 노회한 상궁의 얼굴에선 한 줌의 두려움도 읽을 수 없었다.

"김 상궁, 당신의 죄는 스스로 알 것이오."

늙은 상궁이 요사하게 웃었다.

"스스로 죄라고 생각하지 않는데 어찌 죄를 알겠느냐? 나는 내가 할 일을 했을 뿐이다. 너는 네가 할 일을 하여라."

상대가 너무 당당하면 오히려 망설여지는 법이다. 김 상궁의 얼굴을 한동안 뚫어져라 응시하던 석중이 주먹을 움켜쥐며 다가갔다. 김 상궁의 입가에는 흐릿한 비웃음이 걸려 있었다. 석중은 그 웃음의 한복판을 겨냥해 주먹을 날렸다.

퍽!

핏물을 쏟으며 스러지면서도 김 상궁은 웃고 있었다.

선왕의 국장이 끝난 삼월 초순에 미국 GM 사의 붉은색 캐딜락 리무진 한 대가 한낮의 운종로 골목으로 접어들고 있었다. 아직 보기 드문 자동차가 지나가자 행인들이 신기한 듯 쳐다봤지만 짙게 선탠이 된 차창 때문에 안에 누가 타고 있는지는 알아볼 수 없었다.

리무진이 멈춘 곳은 운종로 뒷골목의 일식집 앞이었다. 운전석 문을 열고 석중이 뛰어내렸다. 정중히 뒷문을 열어 주자 화사한 베이지색 양장에 감색 코트를 걸친 증순이 내렸다.

"이쪽입니다, 마마."

석중이 증순을 일식집 안으로 정중히 안내했다.

잠시 후, 석중과 증순은 일식집 깊숙한 내실에서 승만과 마주 앉아 있었다. 솜씨 좋은 요리사가 만든 회 정식에 따끈한 정종까지 곁들였지만 누구도 선뜻 젓가락을 들지 않았다. 분위기가 전체적으로 무거웠다. 오랜 국상 때문에 지친 듯했지만 그 때문에 더 고혹적인 증순의 얼굴을 가만히 응시하던 승만이 입을 열었다.

"상중에 노고가 크셨겠습니다?"

"저보다는 전하의 상심이 크셨지요."

나직이 답하는 증순을 보며 승만의 미간이 좁혀졌다. 증순의 착 가라앉은 음성에서 미묘한 감정의 변화를 감지한 것이다. 그동안 그는 견고한 관습의 껍질을 깨고 조선의 왕비를 공화주의자로 변신시켰다고 믿었다. 그 소중한 믿음이 무너지려 하고 있었다. 사상적인 측면뿐만 아니라 감정적인 측면에서도 배신감이 밀려드는 것을 느끼며 승만이 비아냥 조로 말했다.

"어찌 보면 잘된 일이 아닙니까?"

"예?"

"선왕께서는 일본의 볼모였습니다. 구차하게 삶을 영위하느니 편안히 영면하시는 게 나을 수도 있지요."

"선왕께선 조국의 독립을 위해 누구보다 치열하게 싸운 분이세요. 헤이그에 밀사를 파견했고, 만주 독립군에게 군자금을 보내셨죠. 또 우리 왕실과 일본 황실의 정략혼을 온몸으로 막으셨어요. 이런 저항 정신 때문에 일본인들에게 시해당한 걸 모르시겠어요?"

승만의 입꼬리에 노골적인 비웃음이 걸렸다.

"물론 선왕이 현왕보다는 일본에 저항적이었다는 건 인정합니다. 하지만 그게 다 무슨 소용입니까? 어차피 벌레에게 파 먹혀 속이 텅 비어버린 고목나무 같은 왕조인 것을요."

"……"

증순은 더 이상 대꾸하지 않고 입을 다물었다. 그녀의 입술이 파르르 떨리는 것을 석중은 놓치지 않았다. 스승의 말은 뾰족한 송곳이 되어 증순의 가슴을 찌르고 있었다. 스승이 왜 저러는지 그는 알지 못했으므로 답답했다.

한참만에야 증순이 독백처럼 말했다.

"권력을 가진 신하들은 변절하기만 하면 되었어요."

증순이 왕실을 비호한다고 생각한 승만이 반박했다.

"신하들도 잘못했지만 책임은 왕에게 있습니다."

그의 말을 무시하고 증순이 덤덤히 말을 이었다.

"신하들에겐 조선 왕가나 일본 천황가나 별반 다르지 않게 느껴지는 것 같았어요. 백성들 중에도 일본에 쓰임이 있는 자는 변절하면 되었고, 쓰임이 없는 자는 고단한 식민지인의 삶을 견디면 되었어요. 문제는 왕족이었죠. 그들에겐 변절도 허락되지 않았고, 고난을 견딜 끈기도 없었어요. 그들 앞에는 일본의 선전용 인형으로 살거나, 미치거나 둘 중 하나의 선택밖에는 없었어요. 두 가지 다 가혹한 길이었어요. 그에 비하면 변절과 견딤은 오히려 축복으로 여겨져야 마땅해요."

"으음……."

증순의 말을 다 들은 승만이 깊은 신음을 흘렸다. 배신을 넘어 강렬한 적의가 승만의 얼굴에 일렁였다.

"마마께서는 마치 공화주의자가 되길 포기하신 듯이 말씀하시는군요?"

"공화정이냐 왕정이냐를 논하는 것보다 중요한 것은 진심 아닐까요? 나를 나로 바라보고, 시대를 똑바로 응시할 진심 어린 마음 말이에요."

"닥치시오!"

참고 있던 승만이 박차고 일어서며 일갈했다.

"공화정은 시대의 소명이오! 공화정만이 일제에 속박당하는 이 나라를 구하고, 백성을 구할 유일무이한 희망이오!"

씩씩거리는 승만을 조용히 올려다보던 증순이 안타깝다는 듯이 말했다.

"내가 보기에 당신은 공화정이란 이름의 새 왕국을 세우려는 것 같군요. 웬만하면 그만두세요. 사욕으로 세워진 왕조가 얼마나 가겠어요?"

"……!"

눈을 사납게 부릅뜨고 증순을 보던 승만이 말했다.

"이것으로 우리의 인연이 끝난 것으로 알아도 무방하겠습니까?"

"그렇게 하세요."

증순은 순순히 고개를 끄덕였다. 그런 증순을 마치 처음 보는 사람처럼 쳐다보던 승만이 석중을 돌아보았다.

"가자."

"가다니요? 어디로요?"

"이 분은 이제 우리와 인연이 없으신 분이시다. 그러니 그만 떠나야지."

"하지만……."

석중이 난감한 눈으로 증순을 보았다. 석중이 떠난다고 생각하니 증순도 가슴이 먹먹했다. 그녀가 애잔한 눈으로 석중의 눈을 보았다. 한동안 불안하게 눈알을 굴리던 석중이 승만을 향해 착 가라앉은 소리로 말했다.

"저는 가지 않겠습니다."

"무슨 소리를 하는 거야?"

"저는 마마 옆에 남겠습니다."

"우리는 조국의 독립을 위해 목숨을 바친 사람들이다. 한낱 여자 때문에 결심이 흔들려서야 되겠는가?"

"죄송합니다, 스승님."

더 이상 구차한 변명을 늘어놓는 대신 석중이 무릎을 꿇었다. 타는 듯한 눈으로 석중을 쏘아보던 승만이 어금니를 사려 물며 선언했다.

"이것으로 너와 나의 인연도 끝난 것으로 알겠다."

"!"

순간 석중은 눈을 부릅떴다. 한동안 불안하게 흔들리던 석중의 눈빛이 차츰 안정을 찾았다.

"부디 강녕하십시오."

석중은 승만을 향해 다시 머리를 조아렸다. 의절을 받아들인다는 뜻이었다. 격분한 승만이 거칠게 방문을 열고 나가버렸다. 승만이 사라진 방문을 보는 석중의 표정이 어두웠다.

'정말 고마워요. 진심이에요.'

어버이처럼 따르던 스승을 포기하고 남아 준 석중에게 증순은 무한한 고마움을 느꼈다.

"와아아!"

석중과 증순을 태우고 궁으로 향하던 리무진이 흰 옷을 입고 운종로를 가득 메운 군중들에게 가로막혔다.

"대한 독립 만세!"

"대한 독립 만세!"

"일본은 물러가라!"

"친일파를 처단하라!"

군중들이 손과 손에 태극기를 들고 보무당당히 행진하는 중이었다. 일본 군경들조차 이 거대한 행렬을 막지 못하고 멀찍이서 지켜볼 뿐이었다. 선왕의 승하가 일본인들과 친일파들에 의한 독살이라는 풍문이 퍼지면서 삼월초하루부터 만세운동이 시작되었다는 소식은 들었지만 이 정도일 줄은 미처 몰랐다.

"마마, 위험합니다. 차 안에 계시옵소서."

"저들은 우리의 백성 아닙니까? 저들이 저를 해하지는 않을 것입니다."

석중이 정색하고 말렸지만 증순은 기어이 차 문을 열고 나왔다. 남녀와 노소를 가릴 것이 없었다. 배우고 못 배우고, 헐벗고 부유하고를 가릴 필요가 없었다. 매일 거리에서 마주치는 평범한 백성들이 한 덩이로 똘똘 뭉쳐 거리를 휩쓸고 있었다. 어떤 이는 환희에 들떠 만면에 웃음을 머금었고, 어떤 이는 감격에 겨워 눈물을 흘리고 있었다. 바로 앞을 스쳐가는 그들로부터 전해지는 감정의 파고波高가 너무 강렬해 증순은 그만 숨이 멎을 것 같았다.

"아아……, 저건 강물이구나."

증순이 나직이 중얼거리자 알아듣지 못한 석중이 의아한 표정으로 물었다.

"뭐라고 하셨습니까, 마마?"

"사람의 염원이 강이 되어 흐르는구나. 사람이 푸른 강이 되어 흐르면 누구도 막을 수가 없는 것이구나. 당장은 총칼로 막는다 해도 종국에는 둑이 터지듯 모든 압제가 이 물결에 휩쓸려 사라지겠구나. 오오……, 내 눈에는 세상의 어떤 권세도 저 강물을 막을 수 있을 것으로 보이지 않는다."

오랜 침묵을 깨고 거리로 나와 강물이 된 군중을 보며 증순은 이 나라가 언젠가는 독립을 이루긴 이룰 것이라고 생각했다.

제10장 임이여, 새가 되어 가소서

 봄비가 오려는지 덕수궁 함녕전 처마 끝에 회색 구름이 걸렸다. 탈상 준비로 바쁜 함녕전으로 들어서던 증순은 이완용, 송병준, 민병석은 물론 백부 윤덕영에게까지 에워싸인 왕을 발견했다. 만세운동 때문에 궁 안에 갇혀 오도 가도 못하는 친일 각료들의 신경은 극도로 날카로워져 있었다. 그들은 모든 신경질을 왕에게 배출하고 있었다.
 "당장 폭도들을 토벌하소서, 전하!"
 "만세운동을 중단하라는 교지를 내리소서!"
 "총독부에서 만세운동의 배후로 왕실을 지목할까 두렵습니다!"
 "전하, 속히 대책을!"
 그러잖아도 흰 얼굴에 핏기가 완전히 가신 왕이 당장이라도 쓰러질 듯 휘청거렸다. 증순은 재빨리 왕의 앞을 막아서며 각료들을 꾸짖었다.
 "그대들이 일본과 합병조약을 맺어 전하의 권한을 빼앗을 땐 언제고,

이제 와 아무 힘도 없는 전하에게 만세운동을 막으라고 강요하는 것이오? 만세운동이 일어난 것도 그대들 때문이고, 그를 막을 책임 또한 그대들에게 있으니 더 이상 전하를 괴롭히지 마시오!"

증순의 단호한 태도에 기세등등하던 각료들의 태도가 약간 누그러졌다. 하지만 백부 윤덕영만은 전하를 끈질기게 물고늘어졌다.

"전하, 그렇다면 선왕전하의 승하가 독 때문이 아니니 더 이상 소요를 일으키지 말라는 선언문이라도 한 장 작성해 주십시오. 저희가 남대문 사거리로 나가 백성들 앞에서 소리 내어 읽겠사옵니다."

순간 증순의 손을 잡고 버티던 왕이 아랫배를 움켜쥐며 뒹굴었다.

"아악! 내 배! 배가 아파 죽겠다!"

증순은 왕이 배가 아프다는 핑계로 곤란한 상황을 모면하는 것을 여러 번 보아 왔다. 그래서 이번에도 꾀병이라고 여겼다. 그런데 이번만은 새파래진 용안이 예사롭지 않았다.

"전하, 선언문을 한 장 적어주소서!"

왕이야 죽든 말든 제 살 방도만 찾는 백부를 향해 증순이 버럭 고함쳤다.

"그대가 이러고도 왕을 보좌하는 찬시장이라 할 텐가? 당장 전의를 부르라! 당장!"

저녁 무렵 증순은 왕을 모시고 창덕궁으로 환궁했다. 태의감에 소속된 일본인 의사와 조선인 의사가 와서 차례로 왕을 진찰했다. 증순은 부러 그들을 따로 불러 진료 내용을 들었다. 두 의사의 진료 내용은 전체적으로 일치했다.

"전하께서는 거의 모든 장기에 손상을 입으셨습니다. 심장 기능 또한 현저히 떨어져 있습니다. 정확한 원인은 모르겠으나 현재 상태로 봐선 완치는 불가능합니다. 마음을 편히 하시며 정양하시는 수밖엔 방도가 없습니다."

답답해진 증순이 의사들에게 물었다.

"알아듣기 쉽게 말해 보오. 전하가 위중하시다는 거요?"

"그렇습니다."

"얼마나 버티시겠소?"

"짧으면 수개월, 길어도 이, 삼 년을 넘기지 못하실 겁니다."

"하하……!"

너무도 기가 막혀 증순이 실소를 흘렸다. 정들자 이별이라고 했던가. 오랜 오해를 풀고 부부답게 살아 보나 했더니 전하의 수명이 풍전등화라 한다. 새삼 자신의 박복함을 탓하며 증순은 가슴을 두드렸다. 하지만 마음 놓고 올 수도 없었다. 그녀 앞에는 하루가 다르게 쇠잔해 가는 전하가 있었다.

어렸을 때부터 어머니를 간병했던 증순의 환자 돌보는 솜씨는 남다른 데가 있었다. 볕이 좋은 날이면 석중과 함께 왕을 부축하고 부용지를 산책했고, 밤이면 자신이 좋아하는 책을 읽어주었다. 환자에겐 낮보다 밤이 몇 배 고통스러운 시간이란 사실을 잘 알기에 팔과 다리를 정성껏 주무르며 새로운 새벽이 시작될 때까지 이야기꽃을 피웠다.

어느 날 밤인가 자신의 팔을 정성껏 주무르는 증순을 측은하게 보던 왕이 말했다.

"이제 그만 주무르오. 그러다 연약한 팔이 남아나질 않겠소."

"제 팔은 생각보다 튼튼하옵니다. 그러니 걱정 마시고 쾌차할 생각만 하십시오."

부러 씩씩하게 말하는 증순을 조용히 바라보던 왕이 문득 물었다.

"혹 부부지간에 아쉬웠던 일은 없소?"

"아쉬웠던 일이라 하심은……?"

"꼭 해 보고 싶었는데 못 해 본 일 같은 거 말이오."

"흐음……."

곰곰이 생각하던 그녀가 장난스럽게 답했다.

"남의 흉을 보는 일이오."

"남의 흉?"

"부부지간에는 왜 허물없이 남의 흉도 막 보고 그러지 않습니까? 어떤 부부는 시부모 흉까지 본다고 들었습니다."

"그렇소?"

무언가 골똘히 생각하던 왕이 큰 비밀이라도 털어놓는 사람처럼 말했다.

"아바마마는 실은 커피 맛을 잘 모르시오."

"예? 그게 무슨 말씀이십니까?"

"을미년에 아바마마께서 나와 더불어 러시아 공사관으로 파천하셨을 때, 공사인 베베르의 커피 마시는 모습이 그렇게 멋있어 보였던 모양이오. 그때부터 아바마마는 맛도 잘 모르는 쓰디쓴 커피를 조석으로 드셨다오."

"그게 정말이십니까?"

선왕이 대단한 커피 애호가인 줄만 알았던 증순으로선 놀라운 소식이었다. 왕이 짓궂은 아이처럼 웃었다.

"재미있소?"

"예, 무척 재미있습니다."

"그럼 부부 간에 아쉬운 일 한 가지는 해결한 셈이구려."

"예, 분명히 해결했습니다."

"비?"

"예, 전하."

"윤증순?"

"예?"

왕이 갑자기 자신의 이름을 부르자 증순은 괜히 귀밑이 붉어졌다. 지난 십수 년간 누구도 불러 준 적이 없는 이름이었다.

"이제 내 이름도 불러 보오."

"하, 하지만……."

"괜찮으니 불러 보오."

한동안 망설이던 증순이 입술을 파르르 떨며 간신히 내뱉었다.

"척……, 이척……."

"하하, 방금 나도 소원 한 가지를 풀었소."

오랜만에 마음껏 웃는 왕의 다리를 주무르며 증순도 푸근하게 웃었다. 입으론 웃는데 눈가에 눈물이 맺혔다. 아, 왜 좀 더 일찍 이런 살가운 부부가 되지 못했던 걸까? 새삼 지나온 세월이 아쉽고, 얼마 남지 않은 시간이 두렵기만 했다.

"전하, 오래오래 사셔야 합니다. 그래서 지금껏 못했던 남의 흉도 보고, 서로의 이름도 지겹게 불러 주며 그렇게 사셔야 합니다. 아시겠습니까?"

왕의 가냘파진 다리를 주무르며 증순은 스스로에게 다짐하듯 중얼거렸다.

새벽녘에 그녀는 깜빡 잠이 들었다. 동쪽으로 난 창이 환하게 밝아올 무렵에야 눈이 떠졌다. 상반신을 일으키며 무언가 일이 어긋났다는 생각이 들었다. 간병에 지친 증순은 새벽에 잠들면 아침잠이 없는 왕의 기척으로 깨곤 했던 것이다. 그런데 오늘은 해가 중천에 떠오를 때까지 늦잠을 잤다. 재빨리 옆자리를 돌아보았을 때, 왕은 가사 상태로 마지막 숨을 몰아쉬고 있었다. 증순이 남편의 사지를 주무르며 소리를 질렀다.

"전하! 정신 차리십시오, 전하! 전하!"
"무슨 일이시옵니까, 마마?"

증순의 울음소리에 놀란 옥염이 방문을 박차고 들어왔다. 증순이 옥염을 향해 소리쳤다.

"당장 전의감을 부르라! 지금 당장!"

밖에서 대기하던 석중이 태의원으로 뛰었다. 이번엔 조선인 의사 둘과 일본인 의사 둘이 왔다. 왕을 진찰한 그들이 하나같이 머리를 흔들었다.

"전하께서 위독하십니다."

"어떻게든 해 보시오!"

"뾰족한 방법이 없습니다."

"이대로 손을 놓고 있자는 말이오? 그러고도 당신들이 이 나라 최고의 의사들이오?"

머리를 맞대고 의논하던 의사들이 왕의 팔뚝에 기다란 주사를 놓았다. 왕이 순간적으로 의식을 회복했다.

"전하, 절 알아보시겠습니까?"

눈물을 글썽이는 증순의 손을 쥐는 왕의 목소리가 풀벌레 소리처럼 가녀렸다.

"증…… 증순……."

"예, 예! 저 여기 있습니다!"

"나, 나도 훌륭한 왕이 되고 싶었소. 하, 하지만 그때는 이미 국운이 쇠잔할 대로 쇠잔하였소."

"전하, 말씀을 아끼시옵소서. 전하의 마음을 다 아옵니다."

증순의 말을 듣지 못하는 듯 왕이 퀭한 눈에서 고로쇠 수액 같은 눈물을 주르륵 흘리며 말을 이었다.

"내, 내가 할 수 있는 일이라곤 오욕을 참고 왕실을 보, 보존하는 것뿐이었소. 일본으로부터, 친일파로부터, 왕실을 잊어 가는 백성들로부터 온갖 모욕을 참으며 나무처럼…… 뿌리를 깊이 내린 채 겨울을 견디는 나무처럼 그렇게……."

왕이 말을 맺지 못하고 기진하여 정신 줄을 놓쳤다. 증순은 왕의 사지를 주무르고 쓰다듬으며 절규했다.

"전하! 전하!"

일본인 의사가 주사를 한 방 더 놓고 나서야 왕은 간신히 눈을 떴다. 왕의 눈에 초점이 사라진 것을 보고 증순은 마지막이 얼마 남지 않았음을 직감했다. 안개 속을 헤매는 사람처럼 왕의 손이 허공을 더듬었다.

증순은 그 손을 강하게 잡으며 애끓는 목소리로 말했다.

"전하, 마음을 편히 하소서. 제가 여기 있습니다."

"야…… 약속해 주실 수 있겠소……?"

"말씀만 하십시오. 무슨 약속이든 못 하겠나이까?"

"초, 초라한 나의 소명을 이어 주시겠소? 이 비루하고 가여운 왕가를 보존해 주시겠소? 다른 무엇도 바라지 않으리다."

"약속합니다. 약속합니다. 제 모두를 걸고 반드시 그리하겠노라 약속합니다, 전하."

지아비의 손을 움켜잡고 맹세하는 증순의 눈에서 눈물이 하염없이 흘렀다. 왕이 숨을 헐떡이며 중얼거렸다.

"머, 머리를 아버님의 무덤이 보이는 쪽으로 돌려 주시오."

증순은 조심스럽게 왕의 머리를 홍릉洪陵이 있는 금곡 쪽으로 돌렸다.

"아아, 시원하다. 시원해. 정말 시원하다."

왕이 웃옷을 풀어헤치고 크게 한 번 웃더니 이내 고요해졌다. 자신의 손안에 있는 왕의 손이 서서히 식어감을 느끼며 증순은 오열했다. 마치 견고했던 둑이 터져버린 듯 눈물이 쉴 새 없이 흘렀다. 오랜 세월 무슨 고집처럼, 혹은 신념처럼 참아냈던 눈물이 지난 세월을 보상받기라도 하려는 듯 뜨겁게 흘러내렸다.

"시원하십니까, 전하? 이제 눈을 부라리는 총독도, 세 치 혀로 위협하는 친일파도 없는 세상으로 가소서. 한 마리 새가 되어 자유로운 창공으로 날아가소서. 훨훨 가소서."

조선의 마지막 왕은 그렇게 아버지를 그리워하며 세상을 떠났다.
총독부와 이왕직은 일본식을 고집했던 선왕의 장례식과는 달리 이번에는 철저히 조선식으로 치렀다. 괜히 일본식을 강요했다가 3.1 만세 운동과 같은 민중 봉기를 자초하고 싶지 않았기 때문이다. 왕은 금곡 홍릉 옆 유릉裕陵에 안치되었다. 커다란 봉분 옆에 세워진 망주석을 쓰다듬으며 증순은 머지않아 자신도 이곳에 합장되기를 진정으로 소망하였다.
하지만 사람의 명운은 마음먹은 대로 흘러가지는 않았다. 그 후로도 증순은 낙선재에 홀로 남아 오랜 오욕의 세월을 견뎌야 했다. 그동안 일본은 만주를 침략하고 중국 본토를 집어삼키더니, 마침내는 저 멀리 서태평양의 미국령 산호 섬을 폭격했다. 전쟁이 치열해질수록 수탈도 심해졌다. 친일파들은 작은 꼬투리라도 잡아 천황에 대한 충성을 증명하기 위해 낙선재 주변을 들개처럼 떠돌았다. 그녀가 그 모든 치욕과 고난을 견딘 이유는 오직 한 가지였다.
"초라하지만 나의 소명을 이어 주시겠소? 이 비루하고 가여운 왕가를 보존해 주시겠소? 다른 무엇도 바라지 않으리다."
그녀에겐 지아비이자 조선의 마지막 왕으로부터 넘겨받은 소명이 있었다. 너무 힘이 들 때면 그런 소명 따윈 안 받는 게 좋았을 것이라며 악을 썼지만 그녀도 알고 있었다. 그 작은 소명으로부터 자신이 영원히 자유롭지 못하리란 사실을.

    몇 년 후, 또 한 번의 부고가 낙선재로 날아들었다. 십여 년 전 빚에 쫓겨 중국 베이징으로 야반도주했던 아버지 택영이 객사했다는 소식이었다. 아버지의 시호는 해풍부원군海豊府院君이었다. 왕조가 망하지 않았다면 아버지는 뜻하던 부귀영화를 누렸을 것이다. 당연하게 여겼던 보상을 받지 못했으므로 그의 삶은 가련하다고 할 만했다. 그녀는 하루 밤과 하루 낮 동안 곡기를 끊고 통곡하는 것으로 아버지에 대한 마지막 연민을 날려 보냈다. 부디 저승에서나마 어머니를 만나 용서를 구하고, 가까운 사람의 흉도 보면서 오순도순 살기를 바랄 뿐이었다.

    세월을 견디는 그녀에게 유일한 낙이 있다면 독서였다. 그녀는 다니자키 준이치로谷崎潤一郎의 《세설》, 도스토예프스키Fyodor Mikhailovich Dostoevskii의 《죄와 벌》, 고리끼Maxim Gorki의 《어머니》 등을 읽으며 지냈다. 작품들을 읽으며 그녀는 '극한 상황에서 인간성이란 무엇인가'에 대해 진지하게 고민했다. 바야흐로 세상은 격동기였고, 그녀뿐 아니라 많은 이들이 고난을 견디며 살고 있는 것이다. 그 깨달음이 아주 작은 위로가 돼 주기도 했다.

    책을 읽다 지치면 가끔 창을 열고 어둠을 가만히 응시하곤 했다. 어둠은 완전히 검지 않고 푸른빛이 섞여 있다는 사실을 그녀는 나중에야 깨달았다. 세상살이도 저 어둠 같은 것이라고 그녀는 생각했다. 완전한 절망도, 완전한 아픔도 없이 삶은 그렇게 견뎌지는 것이라고, 기왕 견딜 수밖에 없다면 웃으면서 견디겠다고 생각했다.

일천구백사십오 년 을유년乙酉年 여름에 증순은 낙선재 대청에 앉아 영국의 여류작가 버지니아 울프Virginia Woolf의 소설 《세월》을 읽고 있었다. 형식의 파괴를 통해 치열하게 인간의 내면을 파헤치던 작가가 중년에 이르러 전통적인 소설 기법으로 회귀한 작품이었다. 소설에서는 오랜 방황을 끝내고 돌아온 사람의 안도감 같은 것이 배어 있었다. 얼마 남지 않은 책장 한 장, 한 장을 소중하게 넘기고 있을 때 석중이 사색이 되어 달려 들어왔다.

"마마! 마마! 해방이 되었습니다!"

증순은 책을 내려놓고 석중을 꾸짖었다.

"그러잖아도 이왕직에서 무관님을 쫓아내려고 별의별 트집을 다 잡는데 그런 말 함부로 하지 마세요."

"일본 천황이 진짜 항복을 선언했단 말입니다! 지금 사대문 안의 사람들이 쏟아져 나와 만세를 부르고 난리가 났습니다!"

"……"

순간적으로 증순은 멍한 표정이 되었다. 시야가 흐려지며 귓속에서 웅웅거리는 이명이 들렸다. 앞치마에 손을 닦으며 부엌에서 나오던 옥염이 그런 증순을 향해 외쳤다.

"마마, 해방이 되었다면 다시 복벽이 되는 것 아닙니까? 일본으로 끌려간 영친왕도 돌아오시고, 마마께서도 정식으로 대왕대비에 오르시지 않겠습니까?"

증순의 귀에는 옥염의 말이 제대로 들리지 않았다. 마치 수백 마리의 벌 떼가 윙윙 날갯짓하는 소리처럼 들렸다. 그래서인지 증순은 불안했다. 아무런 힘도 없이 맞은 이 과분한 축복이 또 어떤 시련을 등 뒤에 감추고 있을지 두렵기만 했다.

원래 좋은 예감보다는 나쁜 예감이 잘 들어맞는 법이다. 해방이 시련을 불러올 것이란 그녀의 예감은 적중했다. 일본이 밀려난 자리에 미군이 빠르게 몰려왔는데, 그를 등에 업은 사람이 바로 이승만이었다. 그가 남한에서 빠르게 권력을 움켜쥐면서 그를 추종하는 정치 세력은 창덕궁을 지키고 있던 증순에게 낙선재를 비워줄 것을 요구했다.

그들이 이렇게 요구하는 근거는 간단했다. 조선 왕실이 일본제국주의와 야합해 온갖 기득권을 누려 왔으니 국민에게 사죄하는 의미에서라도 모든 재산을 헌납하고 조용히 물러나야 한다는 것이었다. 때론 총을 들고, 때론 적의로 가득 찬 군중을 앞세우고 나타난 그들을 대할 때마다 증순의 대답 또한 한결같았다.

"식민지 시대에 왕가가 대체 무슨 이득을 보았단 말이오? 고종께선 저들의 손에 독살을 당했고, 순종께선 저들의 등쌀에 속병을 얻은 후 한을 품고 승하하셨소. 누군가 득을 보았다면 그것은 일본을 등에 업은 친일파들이지 우리 왕실은 아니오. 백성들이 피를 흘렸다면 우리는 고혈을 짜냈고, 백성들이 손발이 잘렸다면 우리는 심장을 통째로 들어냈소. 일본에 볼모로 끌려간 영친왕께선 아직 환국조차 못 하시고, 대마도 번주와 강제 혼인한 덕혜옹주는 살았는지 죽었는지 생사조차 불명한 게 그 증거요. 조선 왕실은 삼십오 년간 누구보다 처절하게 일제에게 짓밟힌 피해자란 사실을 알아 주었으면 하오."

그러나 진실은 통하지 않았다. 남한 단독정부가 수립되고, 이승만이 초대 대통령에 취임하면서 압박은 가중되었다. 정부에서는 계속 사람을 보내 때론 협박하고, 때론 회유하며 낙선재를 비우라고 집요하게 요구했다. 하지만 증순은 낙선재 섬돌을 베고 죽었으면 죽었지 결코 굴복할 생각이 없었다. 사람이 가진 것이 많으면 겁도 많아지는 법이다. 하지만 그녀에겐 오직 하나, 왕가의 명맥만이라도 이어 달라는 선왕의 유지가 전부였다. 가진 것이 하나뿐인지라 그녀는 두렵지 않았다.

다만 석중만이 점점 험악하게 변해가는 세상 소식을 전하며 증순의 경호에 만전을 기할 뿐이었다.

"마마, 오늘 저녁은 백숙을 푹 고았습니다. 이럴 때일수록 든든하게 드셔야 저 잡놈들한테 당하지 않으십니다."

옥엽 또한 걸쭉한 입담과 음식 솜씨로 증순을 극진히 보필했다. 저 두 사람이 없었다면 어떻게 이 무덤 같은 궁에서 살 수 있었을지 증순은 가끔씩 아득했다. 그리고 한동안 이승만 측에선 어떤 연락도 없었다.

초여름의 경교장京橋莊은 시원했다. 활짝 열어젖힌 사방의 창을 통해 청량한 바람이 불어와 마음속 풍진까지 씻어주는 것 같았다. 바람에 섞인 흙냄새와 풀냄새를 맡으며 승만은 차를 마시고 있었다. 찻물에서도 초여름의 향이 풍긴다고 생각하며 눈을 들어 자신의 맞은편에서 조용히 차를 마시는 오랜 경쟁자이자 동지인 백범白凡 김구金九를 보았다.

"벌써 여름이 무르익는구먼."

"계절이야 늘 꾸밈없이 제 모습을 드러내는 법이니까요, 이 형."

천팔백칠십구 년생으로 자신보다 한 살 어린 백범은 승만을 꼭 형이라 호칭했다. 백범은 그렇게 관습과 예법을 중시하는 인물이었다. 그렇기에 십수 년간 조국의 독립운동을 주도해 온 임시정부를 이끌었으면서도 빈손으로 귀국할 수밖에 없었던 것이라며 승만은 내심 혀를 찼다. 백범이 시류를 읽지 못하고 굼벵이처럼 느릿느릿 움직일 때, 자신은 재빨리 미국의 의중을 간파하고 남한에 단독정부를 수립했다. 그리고 그 수반으로 취임했던 것이다. 누가 뭐래도 그는 이제 이 나라의 최고 권력자였고, 백범은 일개 필부에 불과했다. 그런데도 백범과 그의 한국독립당은 남북한 공동정부 수립을 역설하며 사사건건 자신을 방해하고 있는 것이다.

백범의 말에 뼈가 있는 것을 알아차린 승만이 희미하게 웃으며 말했다.

"나는 조국의 자주와 독립을 위해서라면 몇 번이라도 모습을 바꿀 수가 있소. 그게 나 이승만과 백범의 차이라면 차이라고 할 수 있겠지."

"조국의 허리를 반 동강 내는 독립은 진정한 독립이 아니오. 이 대의에는 나 백범과 이 형에게 차이가 있을 수 없소."

아직도 고리타분한 대의명분만 늘어놓은 김구에게 짜증이 치민 승만이 차갑게 쏘아붙였다.

"언제까지 환상에 젖어 군중들을 선동할 텐가? 조국의 허리를 가른 건 내가 아니라 미국이라는 초강대국이야! 그들의 비위를 거슬러서는 남한의 단독정부마저 세울 수가 없고, 그러면 이 나라가 빨갱이 천지가 된다는 사실을 왜 모르는가?"

"으음......"

김구가 입을 굳게 닫고 그윽한 눈으로 승만을 보았다. 승만도 지지 않고 그의 눈빛을 정면으로 받았다. 한동안 승만과 눈을 마주치고 있던 김구가 안타까움이 절절이 밴 목소리로 말했다.

"내가 보기에 이 형은 미국의 위세를 빌어 이 땅에 이 형 자신만의 새 왕국을 세우려는 것 같구려. 민족의 반역자란 오명을 뒤집어쓰고 싶지 않다면 멈추기를 진심으로 권고합니다."

"......!"

순간 승만의 눈이 부릅떠졌다. 살기를 가득 머금은 그의 동공이 터질 듯 부풀었다. 승만의 명석한 두뇌는 언젠가도 비슷한 말을 들은 적이 있다는 기억을 떠올렸다. 조국이 독립되기 수년 전 종로 뒷골목의 일식 집에서 조선의 왕비라는 당돌한 여인으로부터 비슷한 말을 들었던 것이다. 윤증순의 얼굴을 떠올리는 순간 가슴 저 밑바닥에서 오장육부를 태워 버릴 듯한 분노가 치밀었다. 그 분노의 불길이 너무 거세어 지금이라도 총이 있다면 당장 뽑아 눈앞의 김구를 겨누게 될 것 같았다. 간신히 감정을 다스리며 승만이 일어섰다.

"아무래도 우리는 대화가 통하지 않을 듯싶군. 이것으로 자네를 설득하기 위한 모든 노력을 중단하도록 하겠네."

김구가 따라 일어서며 사람 좋게 웃었다.

"배웅하지 않겠습니다, 이 형."

그가 경교장 현관 밖으로 나오자, 대기하고 있던 대여섯 대의 차량이 달려왔다. 차 문이 열리며 열 명도 넘는 건장한 경호원들이 우르르 뛰어내렸다. 그들의 삼엄한 호위를 받으며 승만은 승용차 뒷좌석으로 들어갔다.

"이 경호원들을 보았는가? 자네가 인정하든 인정하지 않든 이 나라에서 난 이미 왕일세."

만약 김구가 창밖으로 내다보고 있다면 승만은 그렇게 소리쳐 주고 싶었다. 옆에 앉은 비서가 조심스럽게 물었다.

"안색이 어두우십니다. 역시 회담은 실패입니까?"

잠시 눈을 감고 혼자만의 생각에 잠겨 있던 승만이 천천히 눈을 뜨며 말했다.

"안두희安斗熙 소위라고 했던가? 조만간 그 친구를 만나 보고 싶군."

며칠 후, 중순은 이승만과 대립하던 김구가 암살당했다는 소식을 석중으로부터 전해 들었다. 이후 한동안 잠잠하던 승만으로부터의 압력이 다시 거세졌다. 경무대景武臺의 뜻을 전하는 수많은 유력자들이 다녀갔고, 때때로 험상궂은 자들이 야음을 틈타 변변한 경비조차 없는 낙선재를 범했다. 그때마다 어둠 속에 도사리고 있던 석중이 달려 나가 제압해 버렸다.

해를 넘겨 천구백오십 년으로 넘어가면서 경무대로부터의 협박과 깡패들의 습격은 점점 더 극악해졌다. 그래도 증순은 이를 악물고 견뎌냈다.

'일본놈들도 견뎠는데, 이만한 핍박을 못 견딜까 보냐!'

우르르릉!

그해 초여름 경무대로부터의 압력이 뚝 끊기는가 싶더니, 먼 하늘에서 마른천둥이 으르렁거렸다.

"천둥소리는 가까워 오는데 비 님은 어째 오실 생각을 않을까?"

대청에 앉아 초여름 푸른 하늘을 올려다보며 중얼거리는 증순을 마당에서 빨래를 널던 옥염이 입이 댓 발이나 나와 돌아보았다.

"비 님이 오시면 이 많은 빨래는 다 어쩌라고 그러십니까, 마마?"

이때 석중이 장락문 안으로 구르듯 뛰어 들어왔다.

"마마, 빨리 피란하셔야 합니다!"

증순이 차분히 물었다.

"경무대에서 또 깡패들을 보낸 겁니까? 그래도 나는 낙선재에서 한 발자국도 나가지 않을 테니……."

"그런 게 아니라 난리가 났습니다!"

"난리라니요?"

"인민군이 삼팔선을 넘어 쳐들어왔답니다! 벌써 미아리를 넘었다고 하니, 궁까지는 지척이옵니다!"

안색이 하얗게 질린 옥염이 분한 듯 소리쳤다.

"인민군이 지척까지 이르렀는데 경무대에선 피란 차량 한 대 보내지 않는단 말이오?"

"대통령과 각료들이 이미 서울을 버렸다는 소문이 시내에 쫙 깔렸다."

"지들끼리 도망치면 우린 대체 어쩌라고……."

사지를 벌벌 떨던 옥염이 증순을 향해 다급히 말했다.

"당장 피란 보따리를 꾸리겠사옵니다, 마마!"

삼팔선 이북에 세워진 공산당 정권 또한 이씨 왕조에 어느 정도 적의를 품고 있다는 사실도 증순은 들어 알고 있었다. 잠시 생각에 잠겼던 그녀는 그러나 고개를 가로저었다.

"나는 가지 않을 것이오. 만약 죽어야 한다면 이곳 낙선재에서 죽을 생각이오."

"마마 그게 대체 무슨 말씀이시옵니까?"

"경무대에서 보낸 깡패들과 인민군은 또 다르옵니다! 그들은 마마께 총부리를 겨눌 것이옵니다!"

석중과 옥염이 눈물로 애원했지만 한 번 마음을 정한 증순은 요지부동이었다. 결국 석중이 상황을 자세히 알아 보러 이제는 총성이 아주 가깝게 들리는 거리로 나갔고, 옥염은 장락문을 걸어 잠근 채 증순과 함께 방 안으로 숨었다.

쾅! 쾅! 쾅!

"문 열라우! 당장 열지 않으면 쳐부수갔어!"

해질 무렵에 장락문을 부서져라 두드리는 소리가 들렸다. 옥염이 증순과 두툼한 솜이불을 뒤집어쓰고 방 안에 넙죽 엎드린 채 속삭였다.

"마마, 기척도 내지 마소서. 저들이 마마가 계신 걸 알면 반드시 해코지를 할 것이옵니다."

한동안 가만히 있던 증순이 이불을 젖히고 일어섰다.

"마마, 어디를 가시려고 이러십니까?"

"열지 않으면 부수겠다고 하질 않느냐? 소중한 왕가의 재산을 함부로 상하게 할 순 없다."

"마마! 마마! 나가시더라도 나 무관님이라도 돌아오면 나가십시오, 예?"

필사적으로 만류하는 옥염을 뿌리치고 증순이 기어이 장락문으로 향했다. 소명을 받들다 죽더라도 부군과의 맹세를 어기는 것이 아니라고 생각하니 무서울 것이 없었다.

"꼼짝들 말라우!"

"움직이면 쏘갔어!"

증순이 대문을 열어 주자 억센 평양 사투리를 쓰는 인민군 소위와 병사 십여 명이 뛰어들었다. 병사들이 따발총으로 증순과 등 뒤에 숨은 옥염을 겨누었다. 증순은 조금도 위축되지 않고 권총을 늘어뜨린 소위를 지그시 보았다. 만만찮은 기세를 풍기는 증순을 살피던 소위가 반존댓말로 물었다.

"당신은 누기요? 직책이 뭐요?"

순간 옥염이 증순의 팔을 세게 움켜잡았다. 말하지 말라는 뜻이었다. 하지만 이미 죽음까지 각오한 그녀는 가슴을 쭉 펴며 당당하게 밝혔다.
　"나는 순종대왕의 정실인 윤 대비라고 하오. 영친왕께서 아직 일본에서 환국하지 못하시어 내가 왕실을 지키고 있소."
　추상같은 기세를 풍기는 중년 여인을 바라보는 앳된 청년 장교의 눈에 곤혹이 스쳤다. 그는 대체 스스로를 대비라 칭하는 여인을 어찌 처리해야 좋을지 알 수가 없었다. 한동안 고민하던 소위가 증순을 향해 조금은 공손해진 목소리로 말했다.
　"우리는 이승만 괴뢰 정권을 몰아낸 북조선 혁명군입네다. 이제부터 창덕궁도 우리가 관리할 테니, 지시에 따라주셨으면 합네다."
　"북조선이니 남조선이니 나는 그런 거 모르오. 다만 왕실의 재산인 궁이 온전히 보존되길 바랄 뿐이오."
　소위가 한숨 섞인 음성으로 말을 이었다.
　"우리 군대는 궁을 파괴할 생각이 없습네다. 부하 둘을 놔두고 갈 테니, 오늘은 편히 쉬시라요. 내일 상관이 도착하면 뭔가 조치를 취해 주갔지요."
　증순이 말없이 고개를 끄덕이자 소위는 경례까지 붙이고 사라졌다. 소위가 사라지는 것을 보고 옥염이 허물어지듯 주저앉았다.
　"으흐흑……. 저는 꼭 죽는 줄만 알았습니다요, 마마."

　밤새도록 총성과 포성이 끊이질 않았다. 시체가 산을 이루고, 피가 강이 되어 흐르는 거리의 전경을 떠올리며 방 안에 마주 앉은 증순과 옥염은 치를 떨었다.

밖에 나갔던 석중이 낙선재로 돌아왔다. 하지만 증순의 처소 앞에는 인민군 둘이 따발총을 어깨에 걸친 채 경비를 서고 있었다. 커다란 나무 뒤에 숨어 그는 잠시 망설였다. 두 인민군과의 거리는 이십여 미터. 한달음에 도달하기는 제법 먼 거리였고, 그 사이 총격을 받을 위험이 농후했다. 하지만 선택의 여지는 없었다. 방금 서울을 빠져나갈 마지막 방도를 찾았는데, 당장 떠나지 않으면 그마저 사라질 것이다.

결심을 굳힌 그가 바람처럼 달렸다. 자신들을 향해 쏘아오는 석중을 멍하니 보던 두 인민군이 재빨리 따발총을 들었다. 그들의 손이 방아쇠에 닿기 전에 석중이 먼저 다다랐다. 두 인민군이 비명조자 지르지 못하고 썩은 나무처럼 쓰러졌다. 그들이 기절했음을 확인한 석중이 증순의 처소로 뛰어들었다.

"가셔야 합니다, 마마! 마마께서 가시지 않으면 저도 죽고, 옥염이도 죽게 될 것입니다!"

"그렇다면…… 가야겠지요. 가십시다."

어떤 설득에도 꿈쩍 않던 증순도 소중한 사람들이 상하게 될 것이란 말에는 어쩔 수 없이 움직였다. 그 길로 석중은 두 사람을 한강으로 인도했다. 한강 다리가 이미 폭파됐기에 새벽녘 동작나루에서 거룻배를 타고 강을 건넜다. 한강 이남 쪽에서는 이미 연락이 닿은 미군 수송 트럭 한 대가 대기하고 있었다. 증순의 소식을 들은 미군 당국이 왕실의 어른을 적의 수중에 넘겨 줄 수는 없다며 방도를 찾아준 것이다.

"미군이 우리 정부보다 낫군요."
흔들리는 트럭 짐칸에 쪼그리고 앉은 증순이 자조적으로 웃었다.

부산에서의 피난 생활은 고단했다. 정부의 지원이 전무한 상태에서 증순은 석중, 옥염과 함께 끼니를 걱정해야 했다. 증순을 알아본 한 농부 덕분에 잠자리 문제는 해결됐지만 모든 게 귀한 시절 세 사람이 입에 풀칠을 하기 위해선 증순까지 삯바느질에 나서야 했다.
"마마께서 어찌 이런 일을 하십니까? 제가 할 테니 쉬고 계십시오."
옥염이 한사코 말렸지만 이제 적지 않은 나이인 그녀에게 모든 일을 떠맡길 수는 없었다. 일이 없는 날에는 국제시장에 나가 삶을 위해 악다구니를 쓰는 사람들을 둘러보았다. 식민지의 굴레에서 막 벗어난 사람들이 이번엔 동족끼리의 사생결단에 시퍼렇게 멍들어 가고 있었다. 언제쯤 이 민족에게 닥친 시련이 끝날 것인가? 증순은 지치고 고단한 사람들의 삶을 진정으로 안타깝게 여겼다.

진짜 시련은 전쟁이 끝나면서부터 시작되었다. 삼 년여에 걸친 전쟁이 끝난 후, 증순은 당연히 낙선재로 돌아갈 수 있으리라 생각했다. 그런데 아니었다. 이승만과 자유당 국회의원들이 '구황실재산처리법안'이란 것을 만들어 황실의 재산을 전부 국유화해 버렸다. 졸지에 집도 절도 없는 빈털터리가 된 증순은 이승만의 옛 별장인 정릉 수인제修仁齊로 강제로 보내졌다. 창덕궁 돈화문 앞으로 달려가 대문을 두드리며 울부짖고, 광화문에 돗자리를 깔고 단식으로 항거해도 아무 소용이 없었다.

전쟁이 막 끝나고 이승만의 권력이 정점에 이른 시절이었다. 누군지도 모를 건장한 청년들이 떼거지로 달려와 증순을 아예 둘러메고 다시 수인제에 처박기 일쑤였다. 그때마다 석중이 나서서 청년들과 큰 싸움을 벌였다. 석중은 혼자서 스물이 넘는 청년들을 죄 때려눕힐 정도로 강했지만 그러면 또 경찰들이 몰려와 폭행죄로 연행하기를 반복했다.

"이러다간 내가 아니라 내 식구들이 먼저 상하겠구나."

석중이 동대문경찰서에서 모진 고문을 당하고 돌아온 날, 터지고 깨진 얼굴에 연고를 발라주며 증순은 눈물을 훔쳤다. 그리고 환궁을 고집하지 않고 당분간 수인제에서 지내기로 결심했다. 낙선재에 비해 턱없이 비좁은 수인제에서의 생활은 불편했다. 황실사무총국이란 곳에서 쥐꼬리만 한 보조금이 나왔지만 그것으로 세 사람이 살아가기엔 턱없이 부족했다. 사무총국은 증순에게만 보조금을 지급할 뿐 옥염이나 석중에 대해서는 일절 신경 쓰지 않아 한 사람의 보조금을 셋이 쪼개서 써야 했던 탓이다.

할 수 없이 석중은 돈벌이에 나섰다. 그러나 반평생을 궁에서 보낸 석중에게 돈을 벌 기술이란 없었다. 석중은 결국 당시 서울 주먹계를 평정하고 있던 동대문사단의 이정재李丁載 휘하로 들어갔다. 증순이 농성을 벌일 때마다 몰려왔던 자들이 바로 이승만이 거느린 깡패 조직인 동대문사단이었던 것이다. 혼자서 자신의 부하 스물을 눕혔다는 석중의 소문을 듣고 이정재가 영입을 강력히 원한 결과였다.

이정재는 석중을 깍듯하게 "형님"이라고 호칭했다. 또한 그의 강직한 성격을 알기에 정치적 폭력에는 동원하지 않고, 다른 조직의 실력자들이 도전할 때만 일 대 일 대결용으로 써먹었다. 보수도 후하게 지급하는 편이라 수인제의 증순과 옥염의 형편도 점차 나아졌다. 하지만 이정재가 석중을 편애하는 듯하자, 동대문사단 내에서 반발하는 자들이 생겨났다. 이정재의 참모인 유지광柳志光은 사람이 진중해서 별 문제가 없었는데, 돌격대장 격인 곽영주郭永周가 문제였다. 그는 시시때때로 석중에게 시비를 걸었다. 석중은 웬만한 모욕은 참아 넘기며 상대하지 않으려고 했다. 그것이 자신을 배려하는 이정재에 대한 보답이라고 생각했기 때문이다.

그해 초겨울 밤에 이정재가 동대문의 한 요정으로 석중을 호출했다. 유지광과 곽영주도 있을 줄 알았는데 기생들과 이정재뿐이었다. 호리호리한 기생이 따라준 술잔을 단숨에 들이켠 후, 이정재가 석중을 향해 넌지시 물었다.

"요즘 대비께서 조병옥趙炳玉 박사를 만나고 다니신다죠?"

"......!"

석중이 긴장하며 이정재를 보았다. 이정재는 약삭빠르다는 세간의 평과는 달리 전형적인 호상虎像이었다. 화가 치밀어 눈을 부릅뜨면 하루에 수십 명씩 죽어나갔던 전후의 서울 뒷골목을 피로 평정한 아수라의 살기가 느껴졌다. 석중조차 씨름 선수 출신인 이 거한과는 적이 되고 싶지 않을 정도였다. 이정재와 적이 되지 않는 방법은 오직 하나, 솔직하게 말하는 것이었다.

"그 이야기는 나도 들은 적이 있소. 마마께서 낙선재로 환궁하시기 위해 야당 최고위원 조병옥 박사를 만난 모양이오. 알다시피 조 박사는 마마께 호의적인 몇 안 되는 정치인 중 한 명 아니오."

이정재의 눈빛이 약간 누그러졌다.

"물론 마마의 간절한 마음이야 알지요. 저도 형님을 생각해서라도 마마를 돕고 싶습니다."

이정재가 손가락으로 천장을 가리키며 미간을 찌푸렸다. 그가 손가락으로 천장을 가리킬 때면 누구에 대해 말하는 것인지 석중도 잘 알고 있었다.

"하지만 우리 각하 또한 고집이 대단하시거든요. 이 분이 왜 그리 왕가를 못 잡아먹어 안달인지는 모르겠지만 어쨌든 대비만큼이나 간절하게 그 분이 낙선재로 돌아가는 걸 막으려 한다 이겁니다. 자, 이러니 어떤 문제가 발생할까요?"

석중의 눈매가 가늘어졌다.

"각하께서 이 회장에게 처리를 명하시던가?"

이정재가 고개를 가로저었다.

"그건 아닙니다."

"그럼……?"

"아랫사람으로서의 조바심이라고나 할까요? 각하가 하명하지 않아도 알아서 궂은 일을 처리해야 하는 저희들의 입장을 아시지 않습니까?"

"으음……."

석중은 신음을 흘리며 눈을 질끈 감아 버렸다. 옛 스승의 고집스런 얼굴이 떠올랐다. 그의 고집이 저 아수라 같은 사내에게 전해져 증순의 생명을 위협하고 있었다. 천천히 눈을 뜨는 석중의 빈 잔에 술을 채워주며 동대문사단의 총회장 이정재가 목소리를 낮추었다.

"제가 왜 이런 말씀을 드리는지 아시겠죠?"

"……."

"마마를 설득해서 앞으로 절대 궁으로 돌아가지 않겠다는 각서 한 장만 받아 오십시오. 그게 형님을 위해서 또한 저를 위해서 좋은 일입니다. 대신 기회를 봐서 제가 번듯한 한옥 한 채 장만해 드리면 되지 않겠습니까? 핫하하!"

이정재가 호방하게 웃었지만 그 웃음 뒤에 숨겨진 냉엄한 살기를 석중은 놓치지 않았다. 그가 보기엔 이승만이나 증순이나 대단한 고집쟁이들이었다. 그들은 자신이 보기엔 일고의 가치도 없는 스스로의 명분을 위해 한 치도 물러서려 하지 않고 있었다.

"하지만 이번만은……."

이정재와 술잔을 부딪치며 석중은 이번만은 증순이 져야 한다고 생각했다. 그러지 않으면 반드시 피를 보게 될 것이다.

제11장 저 푸른 강물처럼

"이게…… 뭡니까?"

다음 날 아침상을 물리자마자 석중이 내민 그 '각서'라는 것을 읽은 증순의 표정이 싸늘해졌다. 석중은 각서의 내용을 미리 적고 맨 아래 증순이 지장을 찍을 자리만 남겨 두었던 것이다.

"송구합니다, 마마. 하지만 여기에 지장을 찍지 않으면 큰일을 당하시게 됩니다."

"큰일을 당하다뇨? 저들이 나를 해치기라도 하겠답니까?"

한동안 침묵하던 석중이 갈라지는 소리로 말했다.

"그렇습니다."

"뭐요……?"

"사람 목숨을 파리 목숨쯤으로 여기는 자들입니다. 또한 이승만의 명이라면 불구덩이 속이라도 뛰어드는 자들입니다. 마마를 해하는 것쯤은 일도 아니지요."

"그래서 그런 무서운 자들과 술을 마시고, 함께 주먹을 휘두르며 어울렸습니까?"

"!"

증순의 눈꼬리가 치켜 올라가자 석중은 찔끔했다. 그가 황급히 머리를 조아렸다.

"그것은 다 마마를 위하여……."

"제가 아니라 나 무관님 본인을 위해서였겠죠. 차라리 명맥조차 사라진 왕실의 지킴이 노릇 따윈 시시해서 못 하겠다고 하세요. 지금이라도 깡패들과 어울려 흥청망청 사시면 될 일입니다."

석중에 대한 섭섭함 때문인지 증순의 말이 점점 사나워지고 있었다. 그 사나움에 가슴을 긁히며 석중 또한 견딜 수 없을 만큼 서러웠다. 그가 어금니를 악물며 그동안 누르고 또 눌러왔던 말을 시작했다.

"명맥조차 사라진 왕실이라 하셨습니까? 말씀 한번 잘하셨습니다. 그렇다면 마마께옵선 어찌하여 그런 왕실에서 헛되이 생을 낭비하려 하십니까?"

"말을 삼가세요."

증순의 미간에 노기가 어렸지만 석중은 무시하고 빠르게 할 말을 했다.

"지금이라도 모든 걸 내려놓으세요. 낙선재 안에 살면 어떻고, 밖에 살면 어떻습니까? 그만큼 했으면 되었으니, 왕실에 대한 책임일랑 훌훌 털고 자신의 삶을 살아가시란 말입니다."

"말을 삼가라고 했어요, 나 무관님!"

"제가 왜 지금껏 마마 곁에 머물고 있다고 생각하십니까? 왕실로부터 어떤 은혜도 입은 적이 없는 공화주의자였던 제가 대체 왜요?"

"……."

석중의 표정이 애절하게 바뀌고 있었다.

"마마, 우리가 살면 앞으로 얼마나 살겠습니까? 더 늦기 전에 과거는 훌훌 털어버리고 새 출발한다면……."

쾅!

증순이 손바닥으로 방바닥을 내리친 것은 바로 그때였다.

"입 다물라, 나석중! 아무리 황실이 기울었기로서니 네가 감히 황후를 능멸하느냐?!"

한동안 어안이 벙벙한 표정을 짓고 있던 석중의 입에서 실소가 새나왔다.

"핫…… 하하하……!"

자조적인 웃음소리가 마른 먼지처럼 풀썩거렸다. 석중이 자리에서 천천히 일어섰다. 그리고 증순을 향해 머리를 조아렸다.

"그동안 돌봐주신 은혜에 감사드립니다. 신 나석중, 더 이상 마마를 지켜드릴 수 없음을 부디 혜량해 주옵소서."

증순은 입술을 질끈 깨물고 아무 말도 하지 않았다. 황급히 돌아서는 석중의 눈가에 언뜻 눈물이 비친 것도 같았다. 그를 불러야겠다고 생각했지만 아교를 칠한 듯 입이 떨어지지 않았다.

타악!

석중이 사라지고 마침내 미닫이가 닫혔다. 문 닫히는 소리가 전쟁 때

들었던 대포 소리보다도 크다고 생각하며 증순은 벽에 등을 기댔다. 온몸에 기운이 쭉 빠지며 그대로 잠들고만 싶었다. 스르륵 눈을 감으며 증순은 아무리 작고 초라한 소명이라도 누군가의 소명을 완수한다는 것이 쉬운 일이 아님을 뼈저리게 실감했다.

이후 근 한 달 동안 석중은 동대문 식구들과 술독에 빠져 살았다. 평소 여자를 멀리하던 그가 요정의 기생들을 몇이나 자빠뜨렸다.
"끌끌……. 늦게 배운 도둑질이 무섭다더니만."
오죽하면 곽영주까지 기생을 옆구리에 끼고 병째 술을 들이켜는 석중을 보며 혀를 차고 지나갔다. 이정재는 각서에 대해선 한 마디도 묻지 않았다. 다만 석중의 갑작스런 변화를 보고 대충의 사정을 짐작하는 눈치였다. 그가 증순에 대해 앞으로 어떤 태도를 취할지 석중은 알지 못했다. 아니, 솔직히 알고 싶지 않았.
"세상사 될 대로 되라지."
석중의 솔직한 심정이었다. 밤늦게까지 술을 마신 석중이 기생의 방 안에 쓰러져 잠이 들었다. 새벽에 목이 타는 듯해서 눈을 뜬 석중은 알몸으로 자고 있던 기생의 엉덩이를 두드려 물주전자를 가져오게 했다. 걸신들린 듯이 물을 마시는 그를 향해 기생이 하품을 하며 주절거렸다.
"이정재 회장님 이하 다른 식구들은 죄 정릉으로 출동했는데, 오라버니는 가지 않아도 돼요?"
순간 망치로 뒤통수를 맞은 듯 눈앞에서 별이 번쩍했다.

"정릉이라고 했냐?"

"예, 분명히 그렇게 말했어요."

"몇이나 갔는데?"

"트럭 세 대가 꽉 찼으니까 백 명은 족히 될걸요."

"이런 빌어먹을……!"

석중이 바지를 꿰입으며 방문을 박차고 나갔다.

요정의 보이가 타고 다니던 모터사이클 덕분에 석중은 막 수인제에 도착하는 동대문사단의 트럭 행렬을 따라잡을 수 있었다.

"여어, 석중 형님이 여긴 어쩐 일이오?"

온몸이 흙먼지 투성이가 되어 모터사이클에서 내리는 석중을 향해 이정재가 오른손을 번쩍 들어 반가운 척을 했다. 이정재를 따라 세 대의 트럭에서 내리던 유지광과 곽영주 그리고 손과 손에 쇠파이프를 한 자루씩 움켜쥔 청년들의 얼굴에서 짙은 살기가 일렁였다.

이정재의 앞을 가로막은 채 석중이 말했다.

"내 얼굴을 봐서 돌아가 주게, 아우님. 은혜는 평생 잊지 않겠네."

"이게 형님 얼굴을 보고 안 보고 할 문제가 아니잖습니까? 형님이야말로 아우의 체면 좀 살려 주시오."

그러면서 이정재가 손가락으로 희뿌연 새벽하늘을 가리켰다.

"이 일을 해결 못 하면 내가 저 윗분한테 큰 곤욕을 치른다 이겁니다."

석중의 눈동자에 힘이 들어갔다.

"정말 가 줄 수 없겠나?"

이정재의 눈도 서서히 빛을 발하기 시작했다.

"정말 비켜 줄 수 없겠소?"

그 말을 끝으로 두 사람이 한동안 서로를 뚫어져라 응시했다. 이정재의 오른손이 어깨 위로 천천히 올라갔다. 순간 유지광과 곽영주가 거의 동시에 땅을 차고 튀어 올랐다.

먼저 유지광의 현란한 발차기가 석중의 얼굴로 퍼부어졌다. 일부는 막고, 일부는 피하며 석중은 물러섰다. 유지광의 강력한 돌려차기를 막으며 비틀하는 순간, 곽영주의 유명한 돌주먹이 안면으로 파고들었다.

"흐읍!"

손바닥으로 주먹을 막는 순간 저릿한 통증 때문에 석중은 저도 모르게 신음을 삼켰다. 과연 동대문사단의 핵심들이라 할 만했다. 여느 깡패들과는 질적으로 달랐다. 유지광의 발차기는 예리했고, 곽영주의 주먹은 묵직했다. 단 한 번의 실수로 당할 것이라고 긴장하며 석중은 동작 하나하나에 정신을 집중했다. 시간이 흐르면서 틈이 생겼다. 기선을 잡았다고 여긴 곽영주가 유지광과의 암묵적인 합의를 무시하고 서둘러 치고 나왔던 것이다. 그 찰나의 괴리를 놓치지 않고 석중이 오른 장을 강하게 질렀다. 석중의 장이 가슴에 박힌 곽영주가 전기가 통한 개구리처럼 펄쩍 뛰었다. 사오 미터를 날아간 곽영주가 형편없이 처박혔다. 곽영주가 사라지자 유지광의 발도 예리함을 잃었다. 서너 번 연달아 쏘아 오는 발을 가볍게 피한 석중이 그의 안쪽으로 물 흐르듯 파고들었다. 석중의 수도가 목젖을 찌르자 유지광의 눈빛이 흐려졌다. 목을 움켜쥐고 대여섯 걸음 물러선 유지광이 힘없이 무릎을 꿇었다.

"나석중, 정말 바닥을 볼 셈이냐!"

성난 범처럼 포효하며 이정재가 석중에게로 돌진했다. 석중은 그의 저돌적인 돌진을 막으려고 주먹을 연달아 날렸지만 견고한 갑옷처럼 두툼한 어깨에 부딪혔다가 힘없이 미끄러져 버렸다. 이정재가 석중의 허리를 와락 끌어안은 채 번쩍 들어 올렸다. 이천에서 유명한 장사였던 이정재가 괴력을 실어 조르자 허리가 끊어질 듯 아팠다.

"으으윽!"

석중이 몸부림쳤지만 이정재는 그의 척추가 끊어질 때까지 놓아 주지 않을 기세였다. 석중은 몸 안에 남은 힘 전부가 실린 오른손 수도를 화악 쳐들었다. 석중의 수도가 이정재의 목을 연달아 찍었다. 상당한 충격이 가해졌을 텐데도 그는 우직하게 버텼다. 허리의 압박감은 점점 거세지며 호흡이 힘들어졌다. 이정재의 목이 먼저 부러지느냐, 석중의 척추가 먼저 끊어지느냐의 승부였다. 석중은 최후의 힘을 쥐어짜 오른손을 다시 쳐들었다. 허공에서 잠시 멈춘 그의 손이 살짝 부풀어 오른 듯이 보였다.

빠악!

혼신의 힘이 실린 수도가 목을 다시 한 번 강타하고 나서야 이정재의 팔이 풀렸다. 이정재가 스르륵 무릎을 꿇었다.

타앙!

날카로운 총성이 울린 것은 바로 그때였다. 석중이 눈을 크게 뜨고 돌아보니 저쪽에서 포연이 피어오르는 권총을 겨눈 채 야비하게 웃는 곽영주가 보였다. 그는 미뤄 둔 사명을 완수한 사람처럼 웃고 있었다. 석중의 눈이 총구가 뚫린 제 가슴으로 향했다. 보일 듯 말 듯한 작은 구멍에서 핏물이 보글보글 새나오고 있었다.

 한 손으로 목을 잡은 채 무릎을 꿇었던 이정재가 천천히 일어서며 말했다.

 "조금 꼴사납게 됐지만 어쨌든 싸움은 끝났소. 부디 몸부터 돌보도록 하시오."

 대답조차 하지 못하고 거친 숨만 몰아쉬는 석중을 스쳐 이정재와 부하들이 수인제로 향했다. 비웃음을 가득 머금은 곽영주의 얼굴도 언뜻 보였다.

 "우워억!"

 상처 입은 맹수의 노호 같은 소리를 듣고 이정재가 문득 멈춰 섰다.

 "뭐야……?"

 황당한 얼굴로 돌아서는 이정재의 정면에서 석중이 무섭게 돌진해 오고 있었다. 가슴의 상처에서 피를 뿌리며 달려오는 석중에게선 비장한 기세가 일렁였다.

 "그 사람, 고집하고는……!"

 석중이 죽음을 각오했음을 알아차린 이정재가 쓰게 입맛을 다셨다. 곽영주가 재빨리 손짓을 하자, 수십 명의 조직원들이 달려 나갔다. 쇠파이프를 휘두르며 달려오는 조직원들 한복판으로 석중이 뛰어들었다. 그가 주먹을 휘두를 때마다 조직원들이 어설프게 묶은 짚단처럼 흩어졌다. 꼭 한 방에 한 명씩 피를 토하며 고꾸라졌다.

"저런 독종새끼!"

이를 갈아붙이며 권총을 뽑는 곽영주를 이정재가 팔을 뻗어 막았다. 그가 복잡한 시선으로 사선을 돌파하는 석중을 바라보았다.

"형님께서 마지막 불꽃을 태우고 계신다. 스스로 사그라질 때까지 지켜봐 주는 게 예의가 아니겠나?"

"하지만 아이들이……!"

"아이들에게도 좋은 공부가 될 거야. 저게 진짜 사나이의 모습이지."

이정재의 판단은 반은 맞고, 반은 틀렸다. 석중은 마지막 불꽃을 태우고 있었지만 생각처럼 쉽게 사그라질 불길 또한 아니었다. 백여 명에 육박하던 조직원들 중 절반이 쓰러졌다. 석중의 살벌한 기세에 질려 나머지 절반도 물러서기 바빴다. 온몸에 피를 칠한 석중이 어느새 이정재의 목전까지 다다르고 있었다.

퍼억!

바로 그 순간 한 조직원의 쇠파이프가 석중의 뒤통수에 꽂혔다. 영원히 멈추지 않을 것 같던 석중도 멍하니 굳어 버렸다. 그것을 신호로 대여섯 명의 조직원들이 석중의 전신에 쇠파이프를 처박았다. 그때마다 석중의 몸이 덜컥덜컥 진동했다. 공격하던 조직원들이 물러섰다. 석중이 한동안 핏물을 꾸역꾸역 게워내며 이정재를 쏘아보았다. 잠시 후, 석중의 터진 입술을 비집고 이제 되었다는 듯이 긴 한숨이 새나왔다.

"후우우……!"

체념인지 안도인지 모를 숨소리가 이정재의 귀에까지 똑똑히 들렸다. 석중이 무릎을 강하게 찍으며 고개를 푹 떨어뜨렸다.

'진정한 무사는 땅에 등을 대지 않고 죽는다더니……!'

이정재는 석중의 죽음 앞에서 왜소해지는 자신을 느꼈다. 그도 실은 석중처럼 불꽃같은 삶을 살고 싶었다. 정치인들의 지시를 받고 무고한 사람들을 때려잡는 짓 따윈 하고 싶지 않았다.

"회장님, 곧 날이 밝습니다."

재촉하는 곽영주를 돌아보며 이정재가 착 가라앉은 음성으로 말했다.

"영주야."

"예, 회장님."

"우리 그냥 가자."

"예에?"

"형님이 이렇게 고생하셨는데 헛되이 할 순 없지 않겠니?"

"하, 하지만 경무대에선 은근히 기대하고 있을 텐데……."

불만스런 표정을 짓는 곽영주 대신 이정재가 유지광을 보았다.

"지광아?"

유지광이 고개를 살짝 숙이며 답했다.

"형님 뜻대로 하십시오. 우리는 우리의 방식이 있지 않습니까?"

"그렇지? 그럼 가자고!"

이정재, 유지광, 곽영주 등을 태운 트럭들이 먼지를 자욱하게 일으키며 출발했다. 그 먼지가 고개를 떨어뜨린 석중의 머리와 어깨에 뽀얗게 내려앉았다.

석중의 시신을 발견한 증순은 한동안 아무 말도 못 했다.

"마마! 대비마마! 어찌하면 좋습니까? 나 무관님이…… 나 무관님이 돌아가셨습니다……! 으흐흑!"

옥염이 석중 앞에 주저앉아 땅을 두드리며 울부짖었지만 증순은 고집 센 아이처럼 입을 굳게 다문 채였다. 땅바닥에 무수히 흩어진 핏자국과 트럭 바퀴 자국들이 상황을 설명해 주고 있었다.

"얼굴을 보여라."

"예?"

눈물을 훔치는 옥염을 향해 증순이 힘주어 말했다.

"나 무관님의 얼굴을 들어 내게 보이란 말이다."

"어찌……?"

"시키면 시키는 대로 하여라."

"예, 마마."

옥염이 떨리는 손으로 석중의 턱을 조심스럽게 들어 올렸다. 증순은 허리를 구부려 온통 피범벅이 된 석중의 얼굴을 들여다보았다. 오랜 세월 곁을 지켜 준 이 남자가 이렇게 생겼었나, 하고 증순은 생각했다. 영원히 심장에 각인시키려는 듯 석중의 얼굴을 오랫동안 바라보던 증순이 빙그레 웃으며 말했다.

"우리 석중 오라버니가 참 편안해 보이지 않으냐? 그러면 되었다."

"으허허헝! 원통하옵니다, 마마!"

석중이 떠나고 시간이 반 뼘쯤 더 느려진 것 같다고 증순은 생각했다. 세월이란 마치 눈치 빠른 생명체처럼 사람의 마음을 미리 알아차리고, 제 나름대로 속도를 조절하는 것 같았다. 시간이 너무 느리게 흘러 견딜 수 없어질 때면 그녀는 우리 모두 죽음을 향해 시시각각 다가가고 있으므로 삶과 죽음은 하나로 연결되어 있다는 생각으로 버텼다. 그리고 소중한 모든 사람들을 데려간 그 죽음이 자신도 어서 데려가기를 진정으로 갈망했다. 하지만 죽음이란 괴팍해서 가고 싶어 하는 사람은 데려가지 않고, 가고 싶어 하지 않는 사람은 한사코 데려가는 것이었다.

점점 더 느려지는 시간을 견디기 위해 증순은 영어와 불법 공부에 열중했다. 영어는 어딘지 멀리 떠나고 싶다는 막연한 동경 때문이었고, 불법은 석중이 떠난 후 세상이 덧없이 느껴져서였다. 그렇게 몇 년이 흐르자 영어는 외국인과 자유롭게 대화를 나눌 수준이 되었고, 조계종으로부턴 대지월이란 법명도 받았다.

늦봄 햇살에 수인제 앞마당에 꽃이 만발했다. 증순은 오랜만에 옥염을 데리고 종로 황실사무총국을 찾았다. 한 달에 한 번 나오는 보조금을 타기 위해서였다. 종로통 시장에서 대충 장을 봐서 돌아가려던 두 사람은 거리를 가득 메운 엄청난 인파와 마주쳤다. "대한 독립 만세"를 외쳤던 기미년의 그날처럼 남녀노소가 한데 어우러진 수많은 사람들이 거리를 행진하며 목청 높여 외치고 있었다.

"못 살겠다 갈아보자!"

"부정선거 규탄한다!"

"이승만은 하야하라!"

겁에 질린 옥염이 증순의 팔을 끌어당겼다.

"또 난리가 난 모양입니다, 마마. 빨리 수인제로 돌아가셔요."

옥염의 손을 살며시 떼어내며 증순은 낮은 목소리로 중얼거렸다.

"사람들이 또 강물이 되어 흐르는구나. 나는 저 도저한 물결을 예전에도 본 적이 있다. 누군가 총을 쏘고, 누군가 피를 흘려도 저 푸른 물결을 막을 수는 없는 것이다. 나는 그것을 알고 있다."

증순의 예언처럼 얼마 후 이승만 대통령이 국외로 망명했다는 소문이 들렸다. 잠시 동안의 혼란기를 거친 후, 박정희朴正熙라는 젊은 장군이 혁명정부를 수립했다는 풍문이 다시 수인제에 전해졌다. 새로운 정부에 의해 증순은 꿈에도 그리던 낙선재로 돌아갈 수 있었다.

칠월 초, 옥염과 황실사무총국장 오재경吳在璟의 부축을 받으며 장락문을 지나 낙선재 앞마당으로 들어서던 증순은 문득 걸음을 멈추었다. 그녀가 회한 어린 눈으로 초여름 풍경에 묻힌 전각들을 보았다. 단청 하나, 미닫이 하나 놓치지 않으려는 듯 찬찬히 살피던 그녀가 옥염을 나직이 불렀다.

"옥염아?"

"예, 마마."

"여름이란 단어가 참 좋지 않니?"

"그게 무슨 말씀이세요?"

의아한 옥염을 향해 증순은 나무 그늘 같은 시원한 미소를 지으며 말했다.

"나는 여름이란 단어가 참 좋다. 특히 초여름이란 단어는 울림이 좋구나. 그 이름만으로도 숨 죽였던 것들이 다 살아나고, 무엇이든 새로 시작할 수 있을 것 같지 않니?"

"예, 마마. 저도 좋습니다."

무슨 뜻인지 알아들을 순 없었지만 옥염은 증순이 낙선재로 돌아와 무척 기꺼운 모양이라고 생각하며 고개를 끄덕였다. 섬돌 위 툇마루에는 먼지가 뽀얗게 쌓여 손가락으로 문지르면 굵은 줄이 선명하게 생겼다.

"옥염아, 우리 대청소부터 하자꾸나."

"제가 할 테니 마마는 쉬고 계십시오."

옥염이 손사래를 쳤지만 증순은 팔소매를 걷어붙였다.

"나도 함께 걸레질을 하련다. 오늘은 무엇을 하든 조금도 힘들 것 같지 않구나."

증순과 옥염은 힘을 합쳐 낙선재의 묵은 때를 벗겨냈다. 깨끗해진 대청에 앉아 증순이 황실사무총국장 오재경의 손을 꼭 잡고 당부했다. 오재경은 제사보다 젯밥에 관심이 많던 다른 국장들과는 달리 매사 공명정대하고 증순이 낙선재로 돌아오는 데 큰 공을 세운 인물이었다.

"염치없지만 한 가지만 더 부탁드리겠소."

"말씀하십시오, 대비마마."

"전 정권의 무관심 때문에 영친왕과 덕혜옹주가 아직 환국하지 못하고 있소. 이는 국가적으로도 크게 부끄러운 일로 새 정부는 만사에 앞서 이 일부터 해결해야 할 것이오."

"잘 알겠습니다, 마마. 제가 각하께 꼭 전해 올리겠습니다."
"정말 고맙소. 내 오재경 공의 은혜는 평생 잊지 않으리다."

 오재경과 몇몇 뜻있는 인사들의 도움 덕분에 천구백육십이 년에는 덕혜옹주가, 천구백육십삼 년에는 영친왕 부부가 낙선재로 돌아올 수 있었다. 덕혜옹주는 정신분열증을 앓는 상태였고, 영친왕은 실어증에 걸려 인사 한마디 제대로 못하는 처지였다. 두 사람의 손을 꼭 잡으며 증순은 누구를 향한 것인지도 모를 탄식을 내뱉었다.
 "이것이 일본과 결탁한 사람들의 모습인가? 이것이 온갖 기득권을 향유했다는 사람들의 모습인가? 모두 나와서 보거라. 그리고 우리가 아직도 가해자라면 돌을 던져도 좋다."
 증순이 울먹이자 겁에 질린 덕혜옹주가 닭똥 같은 눈물을 뚝뚝 흘렸고, 영친왕은 초점 없는 멍한 눈으로 낙선재 지붕 위로 흘러가는 흰 구름을 보았다. 어쨌든 이것으로 왕실을 보존하겠다는 증순의 소명은 완수되었다.
 세월에 치인 사람들에겐 또한 세월이 약인지라 낙선재에선 가끔 웃전들의 웃음소리도 새나왔다. 정신이 온전하지 못한 덕혜옹주는 신기하게도 증순 앞에서만은 멀쩡한 사람처럼 행동했다. 그런 덕혜옹주를 친동생처럼 어여삐 여기며 증순은 오랜 시간 도란도란 얘기를 나누고, 맛있는 음식을 만들어 먹이곤 했다. 어린 나이에 낯선 이국땅에 볼모로 끌려가 남편에게 버림받고, 하나뿐인 딸을 잃은 덕혜옹주의 지친 영혼이 증순의 진심 어린 보살핌에 치유되고 다시 원기를 회복하는 것 같았다.

옹주도 옹주지만 무엇보다 증순을 기쁘게 한 것은 영친왕의 변화였다. 덕혜옹주보다 더 오랜 세월 일본에 볼모로 잡혀 있었던 영친왕은 낙선재로 돌아온 후, 굳게 입을 다문 채 증순과도 눈을 마주치려 하지 않았다. 깊은 동굴처럼 먹먹한 그의 눈은 무서운 현실의 세상과 관련된 모든 것을 보려 하지 않았다. 그래서 그의 시선은 늘 하늘과 나무와 돌멩이에 쏠려 있었다.

그런 영친왕이 봄볕 좋은 어느 한낮, 낙선재 툇마루에서 덕혜옹주의 머리를 빗겨주던 증순을 물끄러미 바라보다가 이렇게 중얼거렸던 것이다.

"고…… 고맙습니다……. 대비마마께서는 참으로 우리 왕실을 지탱하시는 기둥이십니다……."

증순도, 덕혜옹주도, 한쪽에서 나물을 다듬던 옥염까지 눈을 크게 뜨고 영친왕을 쳐다보았다. 증순이 무릎걸음으로 영친왕에게 다가가 그의 손을 와락 잡으며 감격 어린 목소리로 말했다.

"영친왕이야말로 조선 왕실을 떠받치는 기둥이십니다. 이제 저는 저의 소명을 다했으니, 영친왕께선 부디 마음을 굳건히 하시고, 왕실의 적통을 이어 달라는 순종대왕의 유지를 받드셔야 합니다. 아시겠지요?"

"예……. 명심하겠습니다, 형수님."

조금 더 또렷한 목소리로 대답하는 영친왕의 얼굴을 들여다보며 연신 고개를 끄덕이는 증순의 얼굴이 어느새 눈물에 젖어 있었다. 이제야 선왕의 유지를 받들게 되었다는 기쁨의 눈물이었다.

봄이 깊어갈수록 낙선재에는 웃음소리가 높아졌다. 옥염으로선 일이

훨씬 많아졌지만 힘이 드는 줄도 몰랐다. 오랜 세월 서러운 일들에 지쳤던 증순에게 모처럼 봄볕 같은 평화가 찾아왔기 때문이다.

그러나 서둘러 흩어지는 봄볕처럼 낙선재의 평화는 오래가지 않았다. 증순이 병을 얻어 자리보전을 시작한 것이다. 여러 의사들이 찾아와 증순을 살폈지만 병세는 호전될 기미가 없었다. 그리고 옥염은 수십 년을 동무처럼 혹은 친언니처럼 따르고 흠모했던 웃전의 생명이 얼마 남지 않았음을 알아차렸다.

낙선재에선 늦봄의 밤이 깊어가고 있었다. 상량정上凉亭 너머에 우뚝 솟은 자목련의 선홍색 잎이 봄눈처럼 날리며 봄이 다하고 있음을 알렸다. 창덕궁으로 돌아와 거처로 삼은 수강재壽康齋의 아랫목에 누워 증순은 마른 풀잎처럼 메말라가고 있었다. 증순의 여윈 팔을 주무르며 옥염이 울음 삼킨 목소리로 말했다.

"마마, 초여름을 좋아한다 하셨지요? 그 울림이 마음에 든다 하셨지요? 상량정 뒤뜰 자목련 잎이 다 떨어지는 것으로 보아 이제 곧 초여름이옵니다. 기왕이면 조금 참으셨다가 마마께서 그토록 좋아하시는 계절에 떠나소서."

생기 잃은 눈으로 조용히 옥염을 올려다보던 증순이 들릴락 말락 한 소리로 중얼거렸다.

"나는 소명을 다했는가……?"

옥염은 그것이 꼭 자신을 향한 물음이 아님을 알았다. 그 물음은 먼저 떠난 순종을 향한 것일 수도 있고, 증순 자신을 향한 것일 수도 있었다. 하지만 지금은 자신이 대답할 수밖에 없다고 옥염은 생각했다.

"마마는 참으로 잘 해내셨습니다. 훌륭하게 소명을 다하셨고말고요."

"나는 소명을 다했는가……?"

증순은 이미 옥염의 말을 듣지 못하는 듯했다. 그녀의 텅 빈 시선은 이 세상에 속하지 않은 것을 보고 있었다. 옥염이 왈칵 눈물을 쏟았다.

"마마, 편히 가소서! 아무 염려치 마시고 부디 편안히 가소서!"

"내, 내가 죽으면 유릉 순종대왕 곁에 묻어 다오."

"물론입니다. 당연히 그리할 것입니다."

"그리고……."

아주 짧은 순간 증순의 눈에 연약한 생기가 돌아왔다. 그리고 그 생기 속에 망설임이 스치는 것을 옥염은 똑똑히 보았다.

"마마, 떠나시는 순간이옵니다. 한을 남기지 마시고 무슨 말씀이든 하소서."

맑은 눈물 한 방울을 주르륵 흘리며 증순은 가녀린 목소리로 말했다.

"내가 떠난 후에도 유월 열이틀 날이 오면 망우리에 술이라도 한잔 부어주면 좋겠구나."

"으흐흑, 대비마마!"

옥염이 더 이상 참지 못하고 증순의 가슴에 엎드려 오열했다. 유월 십이 일은 석중의 기일이었던 것이다. 조선의 마지막 황후의 심장 박동이 조금씩 잦아드는 것을 느끼며 옥염이 끅끅, 울음을 삼킨 소리로 중얼거렸다.

"마마, 소명이든 무엇이든 훌훌 털고 부디 원하는 곳으로 가소서. 초여름의 푸른 바람결처럼 자유롭게 가소서. 마마를 모실 수 있어 옥염은 정녕 행복했나이다."

증순의 싸늘한 가슴에 젖은 볼을 부비며 옥염은 새벽이 밝아올 때까지 움직이지 않았다.

자목련이 눈처럼 날리는 여명을 뚫고 황후의 영혼이 유릉으로 향했을지, 망우리로 향했을지 귀밑이 희끗해진 상궁은 그것이 궁금할 따름이었다.